作者简介

隐者一白

　　生长于山明水秀的江南，文如其人，质朴雅淡。长期笔耕不辍，在各类刊物上发表文学作品多篇。高级教师、副研究员，曾任县志副主编，参与编纂志书，计数百万字。

隐者一白 著

空谷云影

浙江工商大学出版社
ZHEJIANG GONGSHANG UNIVERSITY PRESS

小说纯属虚构

请勿对号入座

目　录

第一部　乌夜啼

第二部 鹊桥仙

第三部　凤栖梧

第一部　乌夜啼

至今
我依然记得
那夜
你用温热的手掌
托着玫瑰色的梦
向我走来
草，听见了你的诺言
树，收藏了你的盟誓
然顷刻之间
一切的一切
都化为
一声叹息

陌生人的短信

八月，超强台风袭击兰城，带来了一场狂暴的风雨。

凌晨时分，如盈被巨大的声响惊醒。外面狂风嘶吼、大雨如注，激起嘈杂的声浪，仿佛千军万马奔腾，欲将一切踏平撕碎似的。玻璃落下跌碎，发出令人心悸的爆裂声。不知什么东西轰然倒塌，让人感觉地动山摇。

馨儿会不会害怕？如盈担心女儿，就起床去隔壁房间探看。她轻轻推开房门，蹑手蹑脚地走到女儿床前，按亮了床头的小灯。馨儿动了一下，翻了个身，并没有醒来。房间里打着空调，冷飕飕的。如盈弯下腰，拉过女儿身边的夏被，替她盖上。一本封面浅蓝底色绘着粉红花朵的书露了出来。她随手拿起来，翻了翻，发现是一本短篇校园爱情小说集。她有些吃惊，小姑娘居然有了自己的秘密。

她合上书，把它放回原处，然后在床沿上坐下来，出神地看着女儿。小姑娘侧着身子睡得正香，嘴角漾着笑意，长长的睫毛微微颤动，在红扑扑的脸上画出一道弧形的阴影，她兴许正做着好梦哩。如盈微微笑了。自己的小宝贝已在不知不觉中长大，变成一个美丽少女了。

哦，时间过得真快，馨儿都十二岁了。过完暑假，她就是一名中学生了呢。如盈想，又坐了好一会，这才熄了灯，悄悄退出来，回到自己房间睡下。

清晨六点，如盈准时起床，出门去农贸市场购买食材。

风已基本停歇，雨还是没有小一点的意思。她开车出了小区，马路变成了水流湍急的小河，有汽车超到她前面，"唰"地飙起两道雪白的水花。路边碗口粗的树木被拦腰折断，压着扭曲变形的广告牌。途经基建路段时，她看见铁皮顶棚躺在道路中间。

七点未到，如盈就从农贸市场回来了。她开始给女儿做早饭，蒸上鸡蛋、面包，取出刚买来的瘦肉，洗净，细细切碎，拌上盐备用。往砂锅内加足量的水，烧开后，倒入泡好的新米，煮到沸腾，放入瘦肉，再煮一些时间，撒上新鲜蔬菜，用筷子搅匀，一锅蔬菜肉末粥便成了。

做好早餐，如盈去叫女儿起床。等馨儿洗漱完出来，香喷喷的食物已经上了桌。

虽然是暑假，但馨儿却上着好几个培训班。她三年级开始学钢琴，四年级又进了奥数班和英语辅导班。暑假前，温和高雅的钢琴老师跟如盈说：对女孩子来说，没有什么比美丽更重要。我们没法改变五官的样子，但可以通过努力让体态更美、气质更好。如盈深以为然。于是，根据老师的推荐，她又给女儿报了舞蹈培训班。

今天上午有钢琴课。如盈给女儿准备了出门穿的衣服，把摊在钢琴上的琴谱收起，连同雨伞、水杯、纸巾一起放进了书包。待馨儿吃完早饭，母女俩一起出了门。

雨还在不停地下，天地被白茫茫的雨雾笼罩着，从车窗望出去，远处的山峦和村舍只剩下浅淡的轮廓。

妈。馨儿叫道。

嗯，什么？如盈全神贯注地开着车。她要赶在八点之前把女儿送到培训学校。

我不想去跳舞了呢。馨儿嘟哝道。

啊？不是说得好好的吗，为什么又不想去了呢？如盈诧异地看了女儿一眼。前天报名时小姑娘还挺高兴的，才隔了一天，怎么忽然就变卦了？

昨天我和素素一起压腿，她能抬到肩膀上面，可我怎么也抬不上去。我腿不够软，肯定跳不好舞。我真的不想去了呢。

如盈笑了。素素一直与馨儿一起学钢琴，她非常熟悉。在如盈看来，素素资质平平，各方面都不出色，与她相比，自己的女儿应该很有自信才对。但少女的心最易患得患失，总爱无端生些忧愁出来。

素素弹钢琴不如你，为什么跳舞就比你好呢？

弹钢琴是弹钢琴，跳舞是跳舞，又不是一样的。馨儿反驳道。

一样的，都得有艺术天赋才行。如盈笑着说，明白了吗？小傻瓜！

那好吧。我去学还不行吗。馨儿马上又转忧为喜，来了个一百八十度大转弯。

到了目的地，如盈把已失去光泽的红色两厢车停在离教学楼不远的广场上。

妈。

又怎么啦？

别忘了给我买舞蹈服和舞蹈鞋哦。馨儿说，没有衣服鞋子我就不去上课。

知道啦，会给你买好的。

不行，得拉钩盖章。馨儿对母亲撒娇。

如盈把右手伸过去。母女俩小指相钩、拇指对按，完成了她们之间常玩的仪式。

馨儿感受到了母亲的宠爱，十分开心，倒在母亲身上"咯咯"直乐。

如盈给女儿整理了一下头发，然后下车，撑着伞绕到汽车右侧，拉开车门，让女儿躲进自己的伞下，搂着女儿的肩膀，送她到楼梯口。

馨儿跟母亲道了再见，蹦蹦跳跳地跑上楼去。小姑娘就像春天里的新枝，眨眼之间便迅速蹿高了。

如盈望着女儿的背影，不自觉地露出欣喜的微笑。她站在原地，听着女儿的脚步声一层层往上、消失，然后转身往回走。

回家得收拾厨房、整理房间，还得洗衣服、做午饭，忙完这些，又该来接女儿了。哦，女儿要的东西必须赶紧下单，不然就来不及了。她边盘算边走向自己的汽车。

从女儿上幼儿园开始，如盈的早晨和上午差不多都是这样度过的，很少有例外。

她的家不大，却给人赏心悦目的感觉。地面纤尘不染，阳台上摆满了各色花卉，客厅墙上挂着应季的字画，每件家具都被擦拭得闪闪发光，被褥终年散发着阳光的香气。她是一个十分称职的家庭主妇，对家里的一切了如指掌，即便夜里不开灯，也能找到诸如纽扣、创口贴、电池这样的小物件。跟她母亲一样，她也会做各种好吃的食物。春季，她用新韭做春饼，去田野采艾草做青团。初夏时节，苋菜上市了，新麦面粉也出来了，她就将炒熟的苋菜裹在面饼里煎烤，做成美味的苋菜包。到了七月半，她用米粉做成小圆饼煮熟，沾上黄豆粉撒些红糖，做出香甜软糯的金团。入冬以后，她制作甜酒酿，把它加在发面里，蒸出风味独特的馒头。馨儿爱吃她做的东西，她就不厌其烦地做给女儿吃。

平常午后，送馨儿去学校后，她有一段可以自由支配的时间。她会用二十分钟打个瞌睡，然后给自己泡一杯冒着香气的茶，坐在靠近阳台的地方，慢慢地享用。她不计较吃穿，生活朴素，唯独在喝茶这件事上有点小讲究。她爱喝清明前的绿茶、安溪铁观音、锡兰红茶。对她来说，喝茶是一种不可多得的享受。每当芳香的茶水在舌尖短暂停留后滑入喉咙，她便会情不自禁地从心底里发出一声欢喜的叹息。阳台上种着蜀葵、蔷薇、绣球、佛手、雏菊、茉莉、春兰、薄荷、海棠，每个季节都有花朵盛开。她一边喝茶一边看这些花花草草，它们蓬勃苗壮，仿佛总是嘻嘻哈哈地笑着。这时候，她觉得心很静，生活无比美好。喝完茶，她会随机处理一些家务事。有时打扫屋子，有时去街上购物，或者开车去平安镇探望自己的父母。

傍晚接女儿回家后，通常是她在厨房里做晚饭，女儿跟着她转，给她讲学校里发生的事情，讲到有趣的事，母女俩便一起开怀大笑。这是一天之中最轻松的时光。晚上馨儿总有很多作业要做，所以她也总是待在家里，陪在女儿左右辅导功课。

生活一成不变，但她却不曾有过丝毫烦怨，每天都过得开开心心的。

朱眉曾与她开玩笑：男人只喜欢会撒娇的漂亮女人，你这么老实，也不打扮自己，整天围着女儿和锅台转，就不怕彭海明嫌弃你吗？

如盈心里不由得"咯噔"一下。这话戳中了她的痛处。

彭海明是她的丈夫，为开拓新市场，一年前去了千里之外的F市。她没有多少物质欲望，因此并不赞成丈夫跑去那么远的地方赚钱。在她看来，一家人在一起并且平安快乐才是最重要的。但彭海明心意已决，根本不顾及她的感受。他向来强势，家里大小事情全由他做主，从不拿她的意见当回事。开办新公司需要投入大量时间、精力，所以他一直很忙，已经半年多没有回家了。

她跟朱眉一起长大，两人从幼儿园到高中都是同学。朱眉一向快言快语，有什么就说什么。她了解好友，又生性宽厚，即便遇到言语冲撞，也往往付之一笑，并不追究。但现在当她听到朱眉这句真得不能再真的话时，到底还是介意了。

当下，如盈走到车旁，插进钥匙开了车门，收起雨伞坐进车里，系上安全带，发动了汽车。就在这时，她听见了短信进来的声音。她从包里掏出手机，见是一个陌生号码发来的短信，便赶紧点开。

尊敬的江大姐：从跟彭海明结婚起，你就不再出去工作，好吃懒做，成天舒舒服服地待在家里享受。

如盈的心猛地提了起来，有些惊慌，也有些迷惑，弄不清是怎么回事。她定了定神，又继续看下去。

做男人身上的寄生虫大概很惬意吧？但今天我要告诉你一个不是太好的消息，你的丈夫彭海明根本没有去外地，他一直在兰城，而且跟一个富有的美女相亲相爱地住在一起。不知你听了这个消息有何感想？哈哈哈。

如盈呆住了，脑袋嗡嗡作响。这是真的吗？这人是谁？为什么给我发这样的短信？她惊慌失措地想着，捧着手机的手不由自主地颤抖起来。

一阵钢琴声传来。是她熟悉的一首曲子，叫《雨的印记》，出自韩国音乐家李闰珉之手。一切都跟之前无数个早晨一样，并没有什么改变。

　　不，这不是真的！一定是有人在恶作剧。她跟自己说，心中稍稍宽慰了些。

　　雨点"噼里啪啦"地打在窗玻璃上。她开了雨刮器，掉转车头，往家的方向驶去。

惊　惶

大雨滂沱，弹珠似的雨点砸着挡风玻璃，水流如瀑布般冲刷而下。路上的车辆都打起双闪，小心翼翼地摸索着前进。

如盈跟着前面的车走，被搅动的心再也无法平静下来。

尽管刚才断然否定了短信上说的事，但她内心深处却并没有真正认同这个否决。她不安、焦灼，急于弄清事实真相，迫不及待地想给丈夫打电话，希望能听到他亲口解释，证明刚刚发生的事纯粹是一场恶作剧。

她把车停到路边，拿起手机却又犹豫了。彭海明曾郑重其事地告诫过她，让她没有重大事情不要随便打他电话，理由是他经常事务繁忙，要么开车在路上，要么与客户谈生意，不合时宜的电话会坏了他的事。

如盈叹口气，放下了手机。

还是等明天吧。她想，明天星期天，他应该会来电话的。

他们一般每周通一次电话，时间不固定，有时是上午，有时是下午，但一定不是晚上。

她重新发动汽车上了路。

为什么他给我打电话总是在白天呢？她从未对自己的丈夫起过疑心，但在收到这样一条短信后再来看这件事，却感觉十分蹊跷。

前面的车停下了，她赶紧踩下刹车，抬头看见红灯亮了。

要不把短信转给他？她暗自思忖。但这念头刚冒出来便又被她否定了。不，我不能这么做。她对自己说，我要谨慎行事，如果此事子虚乌有，我又何必要去惹一身骚呢。

　　绿灯。通过路口。

　　可他为什么不回家呢？她继续想，现在交通这么便利，从 F 市
到兰城，坐动车也就五个多小时，难道他真的忙到了这种程度，连
休息一两天都不可以？她牵连不断地想下去，越想越觉得事情没那
么简单，那条短信也似乎并非空穴来风。

　　强烈的不安袭上了她的心头。

　　发短信的这个人到底是谁？为何言辞之中充满了恶意？那口气
应该是个女人，她与彭海明又是什么关系？

　　她心中疑窦丛生，并逐渐聚集成团，如同雨中山谷里的雾气，
不断地升腾、弥漫开来。

　　红灯。八十九、八十八、八十七……如盈茫然地看着电子读秒
牌上闪换的数字，脑海里如电影倒带似的迅速闪过一个个画面——
全是丈夫春节回家的情景。

　　腊月廿九早上，彭海明拖着行李箱、一脸疲倦地进了家门。她
欢喜地迎上前去，但彭海明神情和言语都非常冷淡，仿佛把北方的
寒气也带了回来。她的心沉了沉，但并没有表现出来，仍旧笑着接
过他手里的东西，又倒了杯热开水给他，柔声说：我去给你煮碗面。

　　馨儿听到了声音，从房间里跑出来，大声叫着"爸爸"，冲上
前拥抱父亲。彭海明的脸上漾起了笑意，顺势搂住女儿，亲了一下
女儿的脸。馨儿双臂挂在父亲的脖子上，激动地笑着。

　　她在一旁看着父女俩亲热，把刚刚的不快都忘了。

　　她走进厨房，从冰箱里取出做海鲜面的食材。她已买够了年货，
把冰箱塞得满满的。她把香菜洗净切碎，煎了鸡蛋、炒了雪菜，拿
花蛤、虾、蟹肉棒做成海鲜浓汤，下了面条，待面条出锅，把香菜、
雪菜、鸡蛋都加了进去。

　　她把热腾腾的面条端给丈夫。彭海明看样子是真饿了，三下五
除二就把一大碗面给消灭了。吃完，他稍坐了一会，然后走进卧室，

没洗澡就躺下睡了，并且一觉睡到了午后。

她蹑手蹑脚地进房间看，见他睡得很沉。她在床前站了好一会，但他丝毫没有察觉。她觉得他是太累了，心里十分疼惜。馨儿进来，想要叫醒爸爸，但被她阻止了。

下午两点多，彭海明终于起来了。她热了饭，又炒了几个菜。彭海明边吃边跟女儿说话，问期末考试及钢琴考级的情况。她坐在旁边听他们聊，偶尔也插上几句。但彭海明始终没拿正眼看她，他的眼睛里只有女儿，脸上的笑容和温情也都是给女儿的。她感觉到了丈夫的漠视，心中再次生出了不快的感觉。

吃完饭，彭海明到客厅打开了电视机。屏幕上，举国上下一片欢腾，游子日夜兼程回到家乡，与白发苍苍的老父母相拥；烟花在天空中绽开，一家老少围着圆桌举起酒杯，共庆新春佳节。

她在收拾碗筷，见彭海明拿出香烟来抽，便连忙去取了烟灰缸出来，放在他面前的茶几上。

你累了吧？她关切地问道。

嗯，事情太多了，确实有点累。彭海明说，依然没有朝她看。

那我给你按按背。

不用了。他似乎有些不耐烦，你管自己好了。

你好像不高兴，她小心翼翼地问，是公司有什么问题吗？

钱收不回来，各项开销却一分都不能少，公司运作这么困难，我的心情能好吗？彭海明没好气地答道。

她想说几句安慰的话，但结果只是张了张嘴，什么都没有说出来。她也在为钱发愁。彭海明给她娘俩每月三千元生活费，本来省着点花也是够的，但前段时间她的母亲病了，无形之中增加了不少花销，加上过年又花去了一笔钱，因此她目前财务状况已是捉襟见肘。按常理他应该给她一些钱过年，但听他的言语，她知道自己不能指望他给钱了。

两个人都沉默着，听着电视里的人欢歌笑语。

绿灯。她机械地踩下油门，驶过了路口。

卧室里，微妙的僵持仍在继续。彭海明坐在床上吸烟，淡蓝色的烟雾带着尼古丁的气息，一阵阵钻进她的鼻腔。她忍不住咳嗽起来。但男人一脸漠然，依然故我，似乎没听见也没看见。

躺下，熄灯。他离她远远的，似乎在回避着什么。她等了一会，觉得自己应该采取主动，便移身过去，摸到他的手臂，将脸贴着他那肌肉鼓凸的肩头。温热的躯体散发出熟悉的气味，让她在温柔乡里迅速沉沦；但是，他并没有回应她。过了一会，他拿开她的手，平静地说：我的肾脏出了问题，怕你担心，所以一直没有跟你讲。

要紧吗？她异常紧张，坐起来打开床灯，盯着他的脸看，是什么时候的事？

他依旧闭着眼睛。上个月发现的。治疗了一段时间，现在好多了，但还需要继续治疗养护。他神情自若，好像在说着别人的事。

去省城医院看看吧，她殷切地说，年后我陪你去。

大惊小怪。他背过身去说，我很累，睡了。

她熄了灯，在黑暗中呆坐许久，然后轻轻叹息着在他身边躺下，将身体靠近他的后背，静静地听着那久违了的鼾声。

他病了，公司又不景气，心情不好也正常。她默默地想，他其实挺辛苦的，我要加倍爱护他才是。

除夕这天，馨儿非常兴奋，早早起了床，提着组装好了的红灯笼，叫父亲帮自己挂到阳台上去。彭海明照着女儿的吩咐做了，却显得心不在焉。馨儿开亮灯笼让他看，他只草草看了一眼就管自己走了开去。

她进进出出地忙着事情，目光却始终追随着丈夫。彭海明有些坐立不安，阴沉着脸，几乎一言不发，来来回回不停地走，从客厅走到卧室、又从卧室回到客厅，一根接一根地抽烟，形同困兽。她发现，丈夫多次避开自己和女儿，躲进卧室里打电话。她认为他在处理公司里那些棘手的事，觉得丈夫如此辛苦，自己却不能替他分担丝毫，心里十分难过。

他们在压抑的气氛中过了新年。正月初一，依照惯例他们要去平安镇她父母家。吃过酒酿汤圆和团圆果，如盈换了一身新衣出来，问丈夫好不好看。

彭海明抬了抬眼皮，说：什么好看不好看，就那样呗。

她一愣，心里是说不出的滋味。

我没有心情，今天不想出门。彭海明索性把话挑明了。

如盈什么都没说，默默回到房间，脱下身上的新衣服，挂回了柜子里。他不想出去就不去，她不勉强他。

第二天一早，彭海明突然说公司有急事，自己必须马上赶回去。他仿佛连一分钟都不能等了，把自己的东西扔进行李箱，便立刻出门走了。

等等。她急忙叫住他，我送你去车站。

他在楼梯口站住，转过身来，皱着眉头说：不必了，我打车过去挺方便的，你在家照顾好馨儿就行了。说罢，头也不回地下楼去了。

她傻傻地站在门口，心里满是离别的怅惘。脚步声顺着楼梯往下，随着一声铁门的钝响，在她的耳中消失了。

啊，他真的走了！如盈心头一震，不，我要出去，我要再看看他。她冲进卧室，匆匆穿上外套，朝楼下飞奔而去。

她追到小区大门外，终于看见了丈夫那修长挺拔的身影。她大口喘着气，呼唤他的名字。彭海明听见了，回头看了看，挥挥手示意她回去，转头继续大步往前走。她又失望又难过，站在原地，恋恋不舍地望着丈夫渐行渐远的背影。

彭海明急匆匆走着，来到十字路口，拦下一辆出租车，将行李塞进后备厢，然后上了车。

出租车很快驶出她的视线范围、失去了影踪。马路瞬间空了，她的心也跟着空了。一个幼小的孩子欢叫着跑过她身边，年轻的父母假意追赶，笑声撒了一路。她也有过这样的幸福，但如今时过境迁，一切都变了模样。泪水涌上了她的眼眶，她努力睁着眼睛，不让它流下来。阳光灼痛了她的双眼，让她在一片光明之中陷入了黑暗的盲区。

往事纷至沓来，如盈重新审视，发现它们破绽百出，桩桩件件无不佐证着那条短信。直觉告诉她，那是真的。巨大的恐惧攫住了她的心，让她不寒而栗。

怎么办？怎么办？怎么办？

汽车陡然一沉，轮胎陷入水坑。如盈蓦然一惊，急忙踩下了刹车。

雨依然密密地下着，路上不见一个人影。她茫然四顾，看见了一块被树枝遮住了的路牌，这才发现自己竟然把车开到了一条通往公墓的路上。她忽然迷信起来，觉得这不是一个好兆头。她呆呆地望着断在泥水里的残枝败叶，陷入了深深的惶惑之中。

工作问题

将近十点时，如盈回到了家里。她在网上买了女儿要的舞蹈服，按部就班地做完了必须要做的事情。

下午馨儿没课，在自己房间里做作业。如盈冒雨上街，先去超市，买了面条、水果、牛奶、牙膏、卫生纸等东西，想起卫生间的吸顶灯不会亮了，便折到灯具店买了几只灯泡。回家后，她换好灯泡，进房间去看女儿。

馨儿把练习本推到她面前，让她批改英语作业。放在平常，如盈会认真批阅、耐心地给女儿讲解，但今天她怀着难以排遣的心事，实在没法集中精神辅导女儿功课，便只潦草地看了看，敷衍地讲了几句，便把本子还给了女儿。

是的，她的心乱了。那条短信，她没敢看第二遍，但尽管如此，那些伤人的话还是不停地跳出来，像一枚枚毒针不断刺激着她的神经。她仿佛被人一把推入了梦中，觉得世界忽然不真实了，人和事也飘忽不定、纠缠不清，变得奇奇怪怪的。

事情是真的吗？夜里睡不着，她的脑子里翻来覆去地纠缠这个问题，几乎想破了脑袋，却仍然没能想出个所以然来。唉，真是要命！她异常痛苦，像是走进了一条黑暗的死胡同，心里充满了找不到出路的恐惧感。要真是那样的话，我该怎么办呢？我没有工作，离开他就失去了经济来源，那我们母女又如何生活呢？想到工作，与工作相关的往事便又像被牵扯的藤蔓似的一件件被带了出来，栩栩如生地出现在她的眼前。

大学毕业的时候，她打算跟着彭海明一起创业，但她的父亲坚决不同意，非让她考一份稳定的工作不可。她是一个听话的孩子，便顺从父母的意愿，通过努力，以第一名的成绩获得了教席，成了一名初中英语老师。

作为年轻力壮的新教师，她自然得承担更多工作。学校安排她教三个班英语，并担任其中一个班的班主任；因为她有绘画特长，又让她兼任了书画社辅导老师。

她每天都有四节以上正课，每周要组织社团活动、参加学校及教研组例会，时间一下就不够用了。此外，校长会事先不打招呼就突然走进课堂听课，教务处会不定期检查备课笔记和作业批改情况，她必须竭尽所能备好课，同时还得将备课笔记弄漂亮些。陀螺似的一整天下来，好不容易到了放学时间，她却还要留在学校辅导差生。

校长在会上表扬那些起早贪黑工作的老教师，号召新教师向他们学习，像牛那样吃下草、挤出奶来。她感到了前所未有的压力，绷着弦，不敢有半点懈怠。她跟前辈们学，放学后把几个顽皮的男孩叫到办公室背单词。男孩们不怕她，扯皮不肯配合。她与这些顽童斗智斗勇，总是弄到精疲力竭。终于，校园高音喇叭里响起了萨克斯乐曲——《回家》。她如获大赦，收拾起课本，逃也似的离开了学校。

她急匆匆地往家赶。因为刚结婚，她对新家依恋有加。见到自家窗口暖融融的灯光时，她便像孩子回到了母亲怀抱似的，感到又温暖又激动。

但是，回到家她还是不能歇息。白天来不及备的课，必须利用晚上时间完成它；下午考的试卷带了回来，最好在上床之前改完。她夜以继日，天天忙到很晚才睡，次日天未亮又挣扎着起床，急急忙忙赶往学校，站在教室里饥肠辘辘地辅导学生早自习。那时候，她总觉得没有睡够，最大的愿望便是周末快快到来，好让自己痛痛快快地睡上一觉。

她并非是娇生惯养吃不了苦的人，但是，她怀孕了。她妊娠反应强烈，闻到食物的气味便呕吐，由于吃不下任何东西，身体一天比一天虚弱。

她觉得这个孩子来得不是时候，很想去打掉。但母亲劝她：女人总归要生孩子的，你不可能一个都不要，迟早都要过这一关，那还不如趁年轻就生了。她觉得母亲是对的，便决定把这孩子生下来。但她也感到沮丧，为什么有些女人生孩子像鸡下个蛋、轮到她就这么千难万难了呢？

　　她想请假，但学校的回复是找不到人代课、不予批准。没奈何，她只能硬撑着坚持。

　　校长早上查岗，见她在教室外呕吐，便拍了拍她的肩说：这种事我们也经历过，很正常的，坚持坚持就过去了。她擦干净嘴角，无力地笑了笑，拖着病恹恹的躯体返回了教室。

　　一星期、两星期，一个月、两个月——随着时间一点点过去，她的肚子日渐膨大起来。腿和脚开始水肿，以至于只能穿着拖鞋去上班。她走路一瘸一拐的，整个人都变了形。但值得高兴的是，她的孕期反应一天天小了。某天，她咽下饭菜，发现自己居然没有反胃，便激动得流下了眼泪。像是要把之前的亏空都补回来似的，她突然变得非常能吃，正餐之外吃许多零食，却还总是感觉饿。她明显胖了，脸上有了血色，但身体越来越笨重，手脚也没有以前麻利了。

　　这天，她来不及吃早饭就赶去学校监督学生早自习。但上午有四节课，她没有吃早饭的时间。早自习下课前十分钟，教自然科学的张老师吃完早饭路过教室外走廊去办公室，她出去叫住他，央他帮忙照看学生。张老师一口答应，催她赶紧去食堂。她心怀感激，高高兴兴地走了。在距离食堂五米远的地方，她看见了剔着牙从食堂里走出来的校长。

　　校长也看到了她。今天你没有早自习吗？校长停止了剔牙，阴沉着脸问。

　　啊？那个——我让张老师替我一会——这个——我上午四节课——还没吃早饭——她结结巴巴地叙说原委，不敢看校长的脸。

　　你今天上午有四节课，你不知道吗？校长冷冷地打断了她。

　　知道——她用几乎听不见的声音说。

　　既然知道，就应该吃了早饭来上班呀。校长一字一顿地说，你刚才讲的都不能作为从课堂里跑出来的理由，纪律观念淡薄才是问题的根源。

她不敢再替自己辩解，低垂着头，眼里噙着泪水，不知如何是好。

校长鼻子里"哼"了一声，一扭身顾自走了。

她当然不能再进食堂吃饭了，便跟在校长身后回了教室。

她以为自己在孕期，校长会原谅她一点，但是她错了。隔天全体教师开会，校长指出有教师擅离职守跑去食堂吃早饭，然后绷着脸训道：学校是个大集体，每个教师都必须严格执行纪律制度，如果大家都像这名老师一样目无纪律、自由散漫的话，学校就不成学校了！

众人的目光齐刷刷地看向了她。校长虽未指名道姓，但大家都知道这是在批评她。这是她二十几年人生中最难堪的时刻。她羞愧难当，差点在众目睽睽之下哭出来。

心里郁闷，疾病便乘虚而入。她患了重感冒，一周后又转成了咳嗽。因为怀着孩子，她不敢打针吃药，便将川贝同梨一起蒸了吃，但效果甚微。咳嗽就像在喉咙口生了根似的，一直缠着她不放。生病加上压力，她一下子就憔悴了。

那时候，彭海明的生意已经铺开，收入也随着丰厚起来，有了负担家庭的能力。他见妻子整天愁眉苦脸，又总是生病、心中烦恼，便对她说：赚这么点钱，却要受这种气，我看你还是把这破工作辞掉算了。

她听了这话吃惊不小。做老师再怎么不好，毕竟也是份稳定体面的工作，怎么能说辞就辞了呢？

但彭海明不这么看，他认为工作就是为了赚钱，赚不到钱的工作肯定不是好工作，赚不到钱还要经常受气的工作简直就是坏工作了。他教训妻子说：堂堂老板娘不做，偏要去做奴隶，你这是什么脑筋啊！

她觉得他有些过分，但再想想，又觉得他的话也并非完全没道理。她尚在犹豫中，彭海明却已经替她写好了辞职报告，并跟她一起去学校，亲手把报告交给了校长。

她不曾想到，离开学校的时候，她居然没有丝毫留恋之意，只有如释重负的轻松。从今往后，她用不着再看校长瘦削的冷脸、不必每天被闹钟吵醒、不用再担忧班级的平均分比别班低，这些压得她喘不过气来的东西，从她走出学校大门的那一刻起，都彻底离开了她。哇，多好！自由自在的感觉实在太爽了！

不久，孩子顺利出生。她给女儿取名"馨"，是希望女儿拥有美好品格和人生的意思。但养育孩子是那么艰难。孩子刚出生时，需要寸步不离地照看，冷了，热了，饿了，病了，时时刻刻有操不完的心。但她从未把抚育孩子看成苦差使，孩子的一个笑脸或一声"妈妈抱抱"，都能让她的心甜得跟饮了蜜似的。在她看来，与做母亲得到的幸福相比，这点苦累根本算不了什么。

作为全职家庭主妇，除了养育孩子，她还有其他许多事情要操心。她得照顾好男人的衣食起居，还得把家收拾得停停当当的，衣服、鞋袜、感冒药、电池、针线、扑克牌等，哪样东西放在何处，要记得清清楚楚才行。这些她都做到了，并且做得很好。她知道自己只是一个普通女人，因此没有任何野心，也没有过多的欲望，非常容易满足。当她在阳台上洗洗刷刷、孩子在不远处的推车里甜甜地熟睡、云雀一声又一声悠扬鸣叫的时候，或者在她推着孩子上街、随人流穿过斑马线、看见栾树顶上繁盛的银红果实的时候，快乐的感觉便如初春的河水似的涨满了胸中。她在自己的小世界里安稳度日，随遇而安，纵使粗茶淡饭，也甘之如饴。

但是，过了这么多年之后，烦恼到底还是找上门来了。

她长长地叹了口气，扪心自问：如果当初不怀孕，我会不会一辈子待在学校里做老师呢？但她马上又觉得这问题没有任何实际意义。人生没有如果，过往无论是对是错，过去了就是过去了，绝无挽回的余地。

如盈思前想后，辗转反侧，一夜无眠。

风不止

台风卷走了暑热，气温骤降。秋天突如其来，让人猝不及防。

上午十点多，如盈终于等来了彭海明的电话。

铃声骤然响起的那一刻，如盈的心"突突"地跳了起来。她看着屏幕上显示着那个熟悉的手机号码，几乎失掉了接听的勇气，仿佛那不是一部手机，而是一只潘多拉魔盒。

她硬着头皮拿起手机，按下了接听键。

怎么这么长时间不接电话？彭海明用恼怒的口气责问道。

我——如盈想找个借口，但一时没想出来。我刚刚有点事。——你——你在哪里呢？

彭海明略顿了一下，随即反问她：为什么这么问？难道我会不在公司跑到什么地方去花天酒地吗？

我不是这个意思。如盈连忙辩白。

那你是什么意思？彭海明不依不饶，你近来怎么回事，说话阴阳怪气的，在想些什么呢？

我就随便问问嘛，真的没别的意思。她竭力解释。

好了好了，这么说下去确实没有意思。彭海明没好气地道。

如盈不知说什么好了。

沉默了一会，彭海明问：馨儿在干什么？

他还惦记着女儿，这让如盈略感欣慰。

馨儿今天去学跳舞了。昨天我给她买了舞蹈服和舞蹈鞋，她可高兴了——

嗯，我知道了。他打断了她，我是想跟你说一下，目前公司资金周转不过来，生活费要过些天才能打给你。

如盈说不出话来了。他已经两个月没给生活费了，她感到生活的压力骤然增加。她略想了想，然后宛转地跟他说：你在外面这么辛苦，也赚不到什么钱，还是回家来吧。

你让我回家？彭海明提高了声音，回家你养我啊？

如盈顿时语塞。

我还有很多事情要处理，挂了。彭海明说，没道再见就挂断了电话。

如盈放下手机，轻轻呼出一口气，一颗悬着的心总算落回了原处。男人准时打来电话，询问女儿的情况并跟她谈钱，跟以前没有什么两样。

没事就好。她想，有事最好也别让我知道，我只想平平安安的。

是的，她不是强者，因此怀着鸵鸟的心态，一心指望生活不要发生变故。

与平常一样，如盈在琐碎的劳作中度过了这一天。黄昏时，她带着女儿到滨河公园散步。空气里飘荡着桂花甜甜的香气，河水映着金红色的晚霞，让绚丽的天空变成了一上一下两个。小姑娘哼着歌，一路蹦蹦跳跳的，到了临河的木挑台上，她还给母亲表演了刚学会的一段芭蕾舞。

活泼天真的女儿如同一股清风，驱散了笼罩在如盈心头的阴霾，让她终于露出了微笑。

回家时天色已晚，风吹在她裸露的手臂上，凉飕飕的感觉。

明天该让馨儿穿长袖衫了。她想。

晚饭后，馨儿在饭桌上写作业，如盈去了女儿的房间。她打开衣柜，从满满一柜衣服中找了几件长袖衬衫和T恤出来。她一件一件举着看，觉得穿在女儿身上都嫌小了。最后，她只留了件棉质彩条纹T恤，把其余衣服重新折叠起来，放回了衣柜。

得给馨儿买几件新衣服了。她在心里盘算，这个月又没有拿到生活费，买衣服的钱只能从存款里出了。

她打开手机银行，再次查看卡里的余额。

　　她其实很清楚自己有多少钱，总共才八万多元，怎么可能记不住呢？只是钱越来越少，以至于每次要动用这笔钱时，她都会下意识地先看看存款的数目。

　　是的，她现在确实很穷。自己没有收入，丈夫又两个月没给生活费了，而女儿的花销却一点都不能少，学钢琴、学舞蹈需要很多钱，买衣服、教辅材料也要不少钱。一想到钱，她便在心里发愁，不知道怎么办才好。

　　想当初，彭海明的生意风生水起，赚来的钱也悉数交给她保管和使用。但仅仅几年工夫，他的公司便走了下坡路，收入急遽减少，家里的经济状况也随之发生了很大的改变。生意最不景气的时候，他不但没有钱拿回家，还因公司出现亏空，把之前存在银行里的钱都贴了进去。后来，公司又有了起色，但他却像是变了一个人。他不再与她谈生意上的事，也不再像以前那样把赚来的钱都交到她手上，而是每个月给她六千元，作为一家人的生活开销。

　　她认为夫妻间最重要的是信任和理解，觉得丈夫这么做肯定有自己的道理，所以也没有任何异议。她向来不看重钱财，觉得钱够用了就行，没有必要为了钱跟丈夫斤斤计较。

　　她不买贵的化妆品，也很少给自己添置衣服，处处精打细算、能省则省。她把节约下来的钱积攒起来，每个月一千、两千，几年下来，也存下了好几万。可到了前年，家里的经济状况再次发生了变化，彭海明离家去外地创办新公司，说资金短缺，把她们母女的生活费又削去了一半。对此，她依旧没有异议。但生活是很现实的，处处都离不了钱。女儿在一天天长大，需要用钱的地方也越来越多。她明显地感到了生活的压力，花钱更加小心谨慎，连一分都不敢浪费。

　　她坐在床沿上发呆，不禁又想起了自己辞职时父亲说的那番话。父亲说：你这么做，以后肯定会后悔的。你现在太年轻，不知道人世有多险恶。我知道你不会听我的，但我还是要告诉你，人必须自强自立，不能依赖任何人。你要在赚到足够下半辈子花销的钱之后，才可以拒绝做自己不喜欢做的事情、不见不喜欢见的人，才有资格依照自己的意愿去生活。

是的，父亲讲得很对，靠山山会倒，靠人人会跑，人如果不自强自立，就会被人牵着鼻子走，就不可能有自由。

当初我怎么那么轻率呢？她感到追悔莫及，要是世上有后悔药，此时此刻她会毫不犹豫地一口吞下去。但后悔没有用，一切都回不去了。

她又想到了朱眉。朱眉有一份旱涝保收的工作，可以每天打扮得漂漂亮亮的，坐在冬暖夏凉的办公室里；还可以在美丽的四月跑到风光旖旎的栖霞湖边，坐在花树底下，悠闲自得地看半日风景。而自己，放弃工作成了闭塞的家庭妇女，失去了丈夫的尊重，还整日为钱发愁。

哦，原来上天是公平的，他让你得到一样东西的时候，便已经计算好了你必须付出的代价。你不可能得到所有的好处，必须牺牲掉一样才能换取另外一样。她如此这般想着，又是一声长长的叹息。

她不是没想过重新找一份工作。但问题是她已经三十七岁了，又长期与社会脱节，要找到一份合适的工作谈何容易。而且，要是她出去工作了，馨儿怎么办？这孩子从小娇生惯养，缺乏基本的生活自理能力，要是她突然放手，肯定对孩子的成长发展不利。除此之外，还有一个她不愿正视的隐秘的原因，那就是她陷在一种固定的生活模式里，天长日久，她已经失去了改变现状的勇气。

但今天，她想出去工作的愿望是那样强烈，它盖过了所有的反对声浪，势不可挡。

我必须找一份工作做。她想，要是我有一份收入，日子就不会这么艰难了。

她带着一身疲惫在烦恼中睡去。不知什么时候开始做起梦来。她梦见自己来到了一座古老的村庄。但让人奇怪的是，村庄一片死寂,见不到一个人。她在低矮破败的房屋间走着。道路泥泞肮脏,惨白的月光照着房屋发黑的外墙,让村庄冷森森的如同一座鬼城。她心里发毛,不由得跑了起来,想赶快逃离这个地方。可是,那些狭小繁复的弄堂就像不断分叉的树枝,她跑啊跑,却始终没有找到出路。她急了,掏出手机想给彭海明打电话,可低头一看,自己手里握着的竟是一只玩具手机。她惊慌失措,仓皇四顾,不知何去何从。这时,一条乌黑的大狗蓦地蹿出来,狂吠着扑向她。她失声呼救,汗涔涔地醒了过来。

她睁开眼睛,看见曙色已经上窗,手机好好地躺在床头柜上,世界风平浪静,什么事都没有发生。她呆呆地望着天花板上的圆形吸顶灯,回想着梦中的情景,感到既庆幸又后怕。

窗外的鸟声越来越响。该起床了。她拿过手机,看了看时间,随手取消了飞行模式。几条信息跳了出来。她定睛一看,心立刻便狂跳起来。那个神秘人再次发来了短信。她被不祥的预感压迫着,呼吸有些困难。她闭上眼睛,深深地吸了口气,又缓缓吐出,这才鼓足勇气,点开短信看了起来。

知道你好逸恶劳,却不知道你还是个这么没自尊心的东西!去山越路一百五十六号嘉瑞大厦,你亲爱的丈夫彭海明就在七楼,你会在那里见到他。

如盈的眼前阵阵发黑。她感到被逼到了悬崖边上,知道自己已经在劫难逃了。

追　踪

事情已经非常清楚了，彭海明肯定就在本市。如盈似乎听见了自己的世界轰然倒塌的巨响。

这是多么残酷的真相！她无论如何都无法接受。她想号啕大哭，但不知为何竟没有哭出来。她像一个被压在废墟底下的人，在一片恐怖的黑暗中动弹不得，心里只有铺天盖地的绝望感觉。她一动不动地坐在床上。过了很长时间，楼下的店铺"咔啦啦"一声打开了卷闸门，她这才像被惊醒似的，重新回到现实之中，又想起女儿及与女儿相关的那些事。

她精神萎靡地下了床，给女儿做了简单的早餐，又强打精神把女儿送去钢琴培训班。

返回的路上，她在河边停了车，坐在一块大石头上。她哭了，泪水奔涌，浑身颤抖，不能自已。是的，她的天塌了，所有的路均已被堵死。她哭了很久，后来哭累了，便倒在草地上，一点一点慢慢思索起来。

事情到了这地步，哭又有什么用？她觉得自己只能接受现实，想办法处理这事了。她想了很长时间，觉得自己应该去一趟嘉瑞大厦，看看彭海明是不是真的在那里。要不是亲眼见证，她又如何能相信这种事情呢。

她觉得自己应该找个人一起过去。可找谁好呢？父母年老体弱，已经自顾不暇，她又没有兄弟姐妹，无人能依傍。思来想去，她觉得朱眉是自己唯一能找的人。可朱眉是部门主管，平日里不是在开会就是在研究工作，不可以随便打扰。但现在事关重大，她也顾不上许多了。

她给朱眉发微信，问是否方便接电话。

朱眉直接把电话打了回来。

海太好呀！她嘻嘻哈哈地说，这个时候你应该在洗衣服或者在准备中饭，怎么会想起给我打电话的呢？自如盈结婚开始，朱眉就戏谑地称她为"海太"了。

我有要紧的事跟你商量。如盈闷声闷气地说。

哦，出什么事了吗？朱眉不再说笑，认真地问。

如盈也不隐瞒，把自己的遭遇详详细细地说了一遍。

朱眉"嗯嗯"听着，似乎并没有惊讶。末了，她问如盈：你想怎么办呢？是不是要我找人把那女的打一顿？

别开玩笑了。如盈说，我怎么可能做这种事。

那你打算怎么做呢？

我想去嘉瑞大厦看看。除非亲眼看见，不然我是不会相信他在那儿的。

也好，朱眉像是自言自语，那就去看看吧。

我很害怕。如盈软弱地说，你能陪我一起去吗？

这没问题，我陪你去。朱眉倒也干脆。停了停，她又提议道：我看我们还是叫上章振业吧，有个男人在，行动起来更方便些。

叫他？如盈有些迟疑。

是呀，我觉得叫他最合适了。朱眉说，读书时你们关系那么好，你应该比我更了解章振业，他不是口无遮拦的人，会替你保守秘密的。

可这几年我们没有来往呀。

这有什么关系，我来叫他好了。

如盈没有作声。

朱眉说：我知道你不愿让振业知道这事，但你怎么知道他就不知道呢？事情已经闹到这地步，你也不必太多顾忌了，尽快解决纠纷才是最要紧的。

朱眉讲的是事实。章振业是她们的高中同学，大学时又与她和彭海明同校，还曾一度与她关系亲密，她确实不想让他知道自己过得不好。但听朱眉的口气，似乎有许多人知道了这件事，振业似乎也在此列。她踌躇了一会，觉得朱眉说得没错，事已至此，自己该拿出快刀斩乱麻的勇气了。

那你叫他吧。她说，我一刻都不能等了，必须今天去。

嗯，我知道了。朱眉说，我先去摸摸情况，如果可以，我们下午过去。

我真的要疯掉了。如盈喃喃道。

不必把事情看得过于严重。朱眉说，我想彭海明也不过是寻求刺激罢了，不会真想离开你的。

如盈默认，两人结束了通话。

一小时后，朱眉给如盈发来了微信，说一切安排停当，下午自己与振业一起过去接她。

如盈耐下心等待，挨过了漫长的五小时。

四点一刻，朱眉打来了电话，说自己和振业已经到了小区门口。

如盈飞速下楼，一路跑着出了大门，看见朱眉在一辆黑色 SUV 旁边站着，正朝她这边张望。

朱眉是那种看一眼就能被人记住的女子，纤腰盈盈一握，一双水汪汪的眼睛似能娓娓而言，看见她，你就知道了什么是风情万种。

振业从驾驶室里探出头来，对着如盈挥了挥手。她苦笑了一下，对他点点头，穿过街道，跟朱眉一起上了车。

汽车驶出街道，上了环线。

上次那事办妥了吗？朱眉问振业。

还没有，我正要找你呢。振业说，你能不能帮我催催韦主任？

没问题，我马上去催。

多谢美女同学！振业高兴地说，你替我把韦主任请出来，我们再一起吃顿饭。

朱眉宜嗔宜喜地道：我成拉皮条的了。

这家伙，说这么难听。振业笑着说，在我眼里，韦主任是领导，你也是领导，但我们是同学，感情更深。

朱眉"咯咯"笑，边笑边说：都是你在讲哦，我可没把自己当领导。

那是啊，我怎么会不了解我们的美女同学呢。振业说，你美丽善良，最有情有义了。你帮我的事，我都牢牢记在心里呢。

如盈听见他们在说话，却不知道他们在说些什么。她缩着身体，将脸埋在手掌里，为不可预测的命运而瑟瑟发抖。她不敢想象接下来的情形，也不知道自己该如何面对这一切。她遮着脸，闭起眼睛，试图用这种方式逃避现实。

快到嘉瑞大厦了。朱眉跟振业说，你确定彭海明在吧？

是的，他在。振业说，我出发前给他打过电话，他在办公室等着我呢。

哦，你跟他说要去找他吗？

嗯，我说我在这边办事，四点半左右去看他。他很高兴，说本来应该请我吃晚饭，但今天家里开派对，他走不开。

那你真的要去吗？

当然不。我这就打电话给他，找个理由把约会取消了。

如盈这次倒是听得清清楚楚的。哦，原来他们早就知道彭海明的所作所为，只有我被蒙在鼓里。周围的人大概也都知道了吧。他们会怎么看我？是怜悯我还是在笑话我？她感到无地自容，仿佛做坏事的不是别人而是自己似的。她抖得更厉害了，呼吸也急促起来。

朱眉觉察到了她的异样，伸手握住了她冰冷的手指。

汽车进了嘉瑞广场，振业在西首不显眼的位置上停了车，给彭海明打了电话。

如盈抬起头，望向矗立在不远处的蓝灰色大楼。

正是下班时间，陆续有人从宽大的玻璃门内走出来。衣着时尚、妆容精致的年轻女郎沐浴着金色的夕阳，姿态优雅地步下台阶，开着迷你型的小车潇洒离去。她们要去哪里？也许是回温暖的家中，也许是赶赴一个美好的约会。这晦明交替的暖昧时刻所散发出来的喜悦气息，唤醒了深藏着的记忆，如盈仿佛看见了曾经的自己——那个黄昏时分抱着孩子站在大路口等候丈夫回家的年轻妇人。

她用目光数着楼层，在七楼的一个个窗口之间游移。她希望自己是在梦中，眼前的一切只是离奇的梦境。

看，朱眉轻声叫道，彭海明出来了。

如盈浑身一震。她看见了自己的丈夫，他穿着藏蓝色休闲西装，里面搭配黑色 T 恤，看起来更加英俊潇洒了。他步履轻快地下了台阶，向自己的汽车走去。

尽管早有准备，但真的在这里见到了丈夫，如盈还是彻底崩溃了。她放声大哭，身体抖得像秋风中的树叶。她挣扎着欲下车，却被朱眉死死抱住了。

彭海明驱车出了停车场。振业立刻追上去，与他保持不远不近的距离，跟着他朝城北方向驶去。

十多分钟后，汽车进入了风光优美的栖霞湖湿地区域。彭海明的车在一个三岔路口右拐，通过一条宽阔的林荫大道，进了一个别墅区的大门。振业的车被门闸阻挡，不得不在大门外停下。

振业说：我下去看看，你们待在车里。说完，他跳下车，朝保安室走去。

一个穿着蓝黑色制服、五十岁上下的男人从门房里走了出来。振业走到他跟前，从包里取出一包软壳中华，抽出两根，一根叼在自己嘴上，把另一根递给保安，并殷勤地为他点了火。保安吸了口烟，看了看停在路边的豪车，对来客露出了谦卑的笑容。

师傅，你知道彭海明吗？振业问。

哦，你说彭老板啊，我当然认识咯！保安指指大门内，刚刚进去的就是他嘛。

他住哪一幢呢？

你问这个做啥？保安立刻警惕起来，我们有规定的，我不能随便透露业主信息。

你别误会。振业解释说，我跟彭海明生意上有往来，我只是想上他们家拜访，给他们送点土特产。他一边说，一边把手里那包香烟从窗口扔到了门房里面的抽屉桌上。

哦，原来是这样。保安高兴地笑了，把彭海明家的房号告诉了振业，说，平时就他们夫妻住这里，但他们经常请客，有时闹得厉害，别的业主就有意见了。

两人正说着，一辆白色保时捷疾驰而来，在门口略放慢了速度，待门闸抬起，又"呼"的一声开走了。

喏，她就是彭海明夫人杜芳芳呀。保安指着远去的保时捷说。

振业谢过保安回到车上，把自己了解到的情况告诉了如盈和朱眉。

如盈一直在哭，这时哭得更加悲哀了。

你不要这么哭嘛，哭坏了身子怎么办呀。朱眉劝她，现在这种事情多得去了，只是你待在家里不知道。

振业叹息道：彭海明也真是糊涂，这么折腾又有什么意思呢？

汽车循原路返回。天暗了下来，城市在灯火辉映下更加多姿多彩。许多人赶着进城，汽车在红绿灯口排起了长队。但欢乐是别人的，如盈的心已沉入了无边的黑暗之中。

彭海明

　　彭海明出生在农村。他的父母头脑灵活，20世纪80年代初便在村里开了家杂货店，赚了些钱之后，又把店铺搬到了镇上。后来得知县城建起了小商品市场，他们便马上跑去买了几间营业房，到那里做起了批发生意。短短几年工夫，便积累了可观的财富。

　　受父母的影响，彭海明小小年纪就表现出了非凡的经商天赋。20世纪80年代的乡村，电视机还没有普及，难得见到广告，但彭海明却无师自通，每当有新的商品到店，他就将它们的优点、功用写在一张粉色纸上，拿彩色蜡笔描画花边，让母亲贴到村民们经常聚集的祠堂门口去。这一招还真的管用，大家看了广告，便都去他家店里买东西。商品销量陡增，去污香皂、三合一洗发水、多用刨刀、母子酱油、美味榨菜等一些日常用品卖得尤其好。

　　但做这样的小本生意挣的是辛苦钱，也上不了台面，因此他的父母并不希望儿子继承自己的事业。他们省吃俭用，在镇上买了房子，举家搬迁过去，目的就是能让儿子进好的学校，将来出人头地、成为上等人，以弥补他们的缺憾。一年后，彭海明升入了中学。他也确实没有辜负父母的期望，凭着聪明和用功，考试成绩一直名列前茅。

　　他家的隔壁是一家卖油条、烧饼、茶叶蛋之类的小吃店，碰巧的是，老板的女儿也在镇中读书。因为不在一个班级，彭海明平常很少见到这个女孩，但每个周日早上，他都会从二楼自己卧室的窗口看见她。女孩背着块小木板，沿着街道朝东走，脚步轻快，梳得高高的马尾辫一甩一甩的，在清晨的阳光中，如同一头发光的小鹿。少年目送女孩的背影远去，怦然心动，觉得那是一个充满诱惑力的谜一样的存在。

　　有关女孩的事情，彭海明还是从母亲那里听到的。母亲说女孩在学画，问他要不要学。他恍然大悟，原来女孩周日出门是画画去了。对一个农村孩子来说，艺术是一座神秘的花园，而成为一名画家，更是连想都不敢想的事。他兴奋得脸都红了，一连串说了几个"要"。但当他成为绘画班的一员时，女孩却已经离开小镇转去县城读书了。他略有些失落，但很快便把这件事给忘了。

　　高考前，他父母请他的班主任吃饭，向老师讨教如何填报志愿。老师胸有成竹地对一脸虔诚的父母说：城市化是国家的发展方向，未来搞城市绿化美化设计的人才肯定吃香，彭海明有绘画基础，可以报考这类专业。父母觉得老师说得在理，便依言而行，让他最终进了著名大学的城市景观设计系。

　　与高中相比，大学的学业负担轻了不少，彭海明便萌生了做生意的念头。经过一番考察，他与几个同学合资，在校门口租了间门面，合伙开起了甜品店。从此，除了上课，彭海明一般都待在店里。他懂得经营，因此他们店的生意一直比别家的好。他此时已二十出头，成了身姿挺拔的帅小伙，但因忙于赚钱，还没顾上恋爱。但没有恋爱并不代表他不想恋爱，作为迷惘孤独的年轻人中的一员，他其实对那些带着女友来店里消费的男生羡慕得要命。

　　这天傍晚，店里来了两名女生。她们面对面坐下，点了两杯豆奶、两块提拉米苏。彭海明身系围裙、端着托盘送食物过去。一名女孩正低头翻着自己的包包，他从托盘里拿出奶茶，正要放到桌上时，女孩突然抬起手擦额前的头发，瞬间打翻了他手里的杯子。乳白色的液体泼洒出来，溅到了女孩身上。女孩即刻跳了起来，脸"腾"地红了，连连说"对不起"。他傻傻地看着眼前的女孩，感到心迅速震颤了一下。女孩五官精致，模样十分清秀，但真正让他心动的是那张小脸上流露出来的温顺表情，直觉告诉他，这是一个难得的好女孩。他拿抹布擦净桌子和地面，又给女生补了一杯豆奶。回到吧台，他边忙活边偷瞄那女孩，感觉心中如小鹿乱撞。终于，他鼓足勇气走到女孩跟前，以道歉的名义送了她两块小盒装的慕斯蛋糕。

此后一天，女孩再次光临甜品店，同来的男生是章振业，彭海明经常跟他一起踢球，因此十分熟悉。他通过振业认识了这个叫江如盈的女孩，当得知如盈并非振业的女友时，他欣喜若狂，马上对她展开了热烈追求，并在几个月后成了她的恋人。

爱情来得猝不及防。纯情的少年，感情中不带一丝杂质。彭海明非常爱如盈。她会画画，字也写得很好。他喜欢看她写字画画时娴静端庄的神态，也喜欢故意逗她、看她着急无措的样子。他在她身上发现了纯朴、勤劳、温和、谦让等许多美好的东西，便更加爱她了。他发誓非她不娶，生生世世都要跟她在一起。

天地作证，我会永远爱你！他说，以后我有钱了，你要什么我就给你什么，如果你想要月亮，我去摘下来给你。

如盈喜欢彭海明洒脱的样子，以及他身上带着阳光气息的白衬衫。她享受着甜蜜的爱情，深信他们的爱独一无二、他爱她的心海枯石烂不会变。

一年后，彭海明面临毕业就业问题。若回老家考个公职，便能过上安稳的生活，可女友怎么办？她是家中的独女，她的父母本来就不同意她找一个外地人，如果分隔两地，这桩婚事肯定就泡汤了。那段时间，彭海明承受了巨大的压力。他数次赴女友的家乡兰城实地考察，发现这里经济发达，商业气氛浓厚，有着很大的发展空间。受感情的驱使和对事业前景的乐观预期，他毅然做出了去兰城创业的决定。他的父母是有见识的人，他们觉得兰城比他们所在的小县城大得多也繁华得多，去那里发展未尝不是一件好事，便同意了儿子的决定。为了解除他的后顾之忧，父母在兰城为他购买了一套两居室的公寓房，让他在城里安了家。

彭海明通过考试进了兰城绿化养护公司，从事城市绿化设计工作。对许多人而言，要在一个新地方立足是件困难的事，但彭海明显然不在此列。他工作勤恳，又懂得如何讨人欢心，很快就得到了公司上下一致认可，站稳了脚跟。与此同时，他着手积累人脉资源，经振业父亲引荐，结识了一些颇具实力的人士，为以后的发展奠定了基础。

这之后，彭海明开始将目光转向了赚钱的行业。彼时，花木被疯狂炒作，君子兰拍出了天价，茶梅竟是数着叶片卖，花木经营户全都赚得盆满钵满。彭海明觉得这是不可多得的机遇，便立刻辞去工作，注册了一家公司，入驻兰城规模最大的花木培育基地，做起了花木经销生意。他头脑灵活，又有一众朋友扶持，公司短时间内便迅速发展起来。

但彭海明也有不爽的事。他能搞定其他所有人，唯独搞不定未来的岳父。老头子似乎不满意他，有事没事总要教训他几句。他感到憋屈，但又无可奈何。他不明白老头子为何要如此对待自己，心中不免怨恨。待如盈毕业了，她父亲非叫她考教师职位不可，他这才窥见了老头那点隐秘的心思，原来在老头看来一份稳定的工作比什么都重要。他在心里嘲笑岳父，觉得他简直背时透顶。都什么年代了，能赚钱才是王道，一份破工作有什么稀奇的？他其实一点都不怕岳父，因为心爱的姑娘始终站在他的一边，并在工作后不久便同他领证结了婚。

新婚的日子真是有意思极了。家是新的，一切都是那么新鲜有趣。妻子深爱他，不仅对他百般体贴，还把家打理得令人赏心悦目，让他享受到了从未有过的家庭温暖，每天都心情舒畅。

但妻子很快怀上了孩子。怀孕后的妻子终日病恹恹的，脸上长满褐色斑点，双腿肿胀，腰身也一天天变粗。她在学校里受了气，回到家里便在他面前哭泣。他非常惊讶，一个美丽的小姑娘何以转眼间成了这副模样。他无法解决她的问题，感觉十分烦恼，到后来实在忍无可忍了，便下决心让妻子辞去了工作。

孩子的降生，又给家庭带来了欢快的气氛。小小的婴儿，身体柔软，散发着迷人的香气，一天一个样。彭海明初为人父，满怀舐犊之情，极其溺爱这个孩子。可当女儿一天天长大，他感到生活再次变得枯燥乏味了。

　　家还跟以前一样。饭菜依然可口。衣服、被褥也总是干干净净的。阳台上一年四季开着花。半新的拖鞋松紧合度，脚踩进去软绵绵的。但他的心里却异常苦闷。不知为何，他越来越不喜欢妻子了。看见她扎着一成不变的马尾辫、穿件褪了色的居家服、戴着围裙在油烟弥漫的厨房中挥动胳膊炒菜，他就像看见一件被丢在墙角的破衣旧衫那样，莫名地感到不舒服。

　　难道我就守着这个女人这样过一辈子吗？他皱着眉头，把目光投向窗外。两个妙龄女子在一丛蔷薇花后面的空地上打羽毛球，姿态灵动，笑声清脆，让他不由得精神一振。

　　不，我还年轻，不能就这么放弃了追求自由幸福的权利！他暗暗想着，又回头看了看不修边幅的妻子，体会到了贾瑞看风月宝鉴时的那种心情。

　　那以后，彭海明不再按时回家了。他流连于娱乐场所，如花间的蝴蝶，周旋于不同女人之间，饮酒作乐，夜夜笙歌。男人有副好皮囊确实占便宜，不用征服世界也能轻而易举地得到众多女人的青睐。他长相英俊，在脂粉堆里如鱼得水。一些空虚寂寞的女人爱慕他俊朗的外表、看重他的老板身份，只消几句甜言蜜语，便心甘情愿地委身于他。女人们个个不同凡响，她们喝猫屎咖啡，懂插花艺术，知道惠特妮·休斯顿是谁。他觉得与这些女人相比，家里的妻子简直就是一段榆木疙瘩。

　　于是，他疏远了妻子，并常常对她出言不逊；但妻子似乎并未察觉他的变化，不仅没有以牙还牙，反而对他更温柔了。他认为妻子软弱无能，便越发肆无忌惮起来。他给妻子定下许多规矩，不准这不准那，目的只有一个，就是他必须拥有帝王般的自由。

　　但即便到了这种地步，他也没有想过要抛弃妻子。一来是他嫌离婚麻烦，二来家庭总归还是要的，离一个再娶一个，似乎也没有这个必要。直到遇见了杜芳芳，他的思想才发生了根本的改变。

隐　忍

　　如盈失魂落魄地走进小区，来到自家楼下，看见熟悉的窗户以及那上面映着的一方黄晕的灯光，才猛然想起了自己的女儿——在过去的几个小时里，她竟然把女儿给忘了。馨儿回来了吗？她三步并作两步跑上楼梯，用钥匙打开门，急切地呼唤女儿。

　　房间门开了，馨儿嘟着嘴，一脸不高兴地走了出来。

　　妈妈你干吗去了呀？女孩责问母亲，为什么不来接我？

　　我——我去外面有点事，如盈支支吾吾地道，嗯——是很要紧的事。

　　我一直站在学校门口等你，天都要黑了，可你还是没有来。馨儿又委屈又伤心地诉说着，后来沈老师看见我了，他给你打电话，打了好多电话，可你就是不接。沈老师不放心我一个人回家，就开车把我送了回来。

　　啊？我没听见电话啊。如盈摸着几个口袋，却没有找到手机。她定了定神，走到沙发旁边，用座机拨了自己的手机号码。卧室里传出了熟悉的手机铃声。如盈这才想起下午自己接到朱眉的电话，因为急着拿钥匙出门，忘带了手机。

　　宝贝对不起！她向女儿道歉，是妈妈不好。

　　馨儿似乎觉察到了什么，抬头看了看母亲的脸。当发现母亲双眼红肿，脸上带着明显的泪痕时，她立刻惊慌起来。

　　你哭过了吗？妈妈，你为什么哭呀？小姑娘两手抓住母亲的胳膊，眼睛睁得又圆又大。

　　如盈无法道出实情。她轻轻地拥着女儿，用手指理了理女儿额前的头发，勉强笑着说：你不要担心，妈妈没事，外婆身体状况很差，妈妈只是心里难过而已。

馨儿点点头。她到底还小，马上信以为真，不再追究了。

我饿了。她对母亲说，你快点去给我做饭吧。

如盈连忙答应，脱掉外套进了厨房，从冰箱里取出鸡蛋、虾仁和青菜，给女儿做了一碗炒面。

馨儿还这么小，连弄点吃的都不会，要是离了我，她该如何生活呢？她想着，又重重地叹了口气。残酷的现实已经摆到了她的面前，她不能不为女儿的前途担忧。

馨儿吃完饭，又恢复了平日的活泼模样。她跟母亲讲学校里的事情，说班里的男生背地里叫体育老师"魔鬼教练"，她学那个体育老师瞪着眼训斥调皮男生的样子，然后"哈哈"大笑。小姑娘对家里发生的事一无所知，不知道自己的父亲现在已经家外有家、母亲此刻心里正经受着巨大的煎熬，她用天真烂漫的眼光看世界，活在梦想里，没来由地快乐着。

如盈怜爱地看着自己的宝贝，心中满是苦涩的滋味。哦，可怜的孩子，要是你爸爸决意跟妈妈离婚，你可怎么办呀？

白天经历的一切重新回来，像一条毒蛇啮噬着她的心。想到自己的男人此刻正同那个叫杜芳芳的女人在一起寻欢作乐，她感到了万箭穿心般的痛楚，对那个夺走自己丈夫的女人既嫉妒又愤恨。她怨恨男人，却依旧深深地眷恋着他，她一心一意爱了他许多年，这份感情不是说割舍就能割舍得了的。

手机突兀地响起来。如盈吓得一哆嗦。最近的坏消息都来自手机，因此她一听见手机铃声就感到害怕。她定了定神，朝桌上的手机看了看，见屏幕上显示的是父母家的电话号码，便接了起来。

打电话的是她母亲。老太太不说话，在电话那头"呜呜"地哭着。

怎么了？如盈哑着嗓子问，发生什么事了吗？

你好啊，星期天也不过来看我。反正我也活不长了，你现在不来看我，马上就看不到我了。老太太哭诉道。

如盈呆着脸，一句话也说不出来。

她的母亲曾经是个聪慧能干的女人，会缝纫，与左邻右舍关系良好，一向把她打扮得漂漂亮亮的，给了她很多爱和庇护。但现在母亲病了，仿佛灵魂一脚踏进了沼泽，以不可逆转的姿势一点点沉沦，萎靡的躯壳则仍留在芜杂的世间受苦受难。之前她觉得母亲可怜，但此时此刻，她觉得自己比母亲更可怜。

你什么时候回来？母亲逼问。

我明天上午过去。如盈克制着自己的情绪，努力平静地答道。她有种崩溃的感觉，想大喊大叫，把家里砸个稀巴烂。但她也是母亲，身边有孩子在，即使天塌了，也得用身躯扛着，绝不能让孩子受伤害。

她叫女儿去房间做作业，把自己关进卧室，坐在黑暗之中，竭力平息心情，并试图将纷乱的思绪理顺。

要是彭海明真的提出离婚，那我该怎么办呢？她再次想到了"离婚"，这个不祥的词今天已出现了好几次，把她的心揪得紧紧的。她当然不愿离婚，在她心目中，丈夫是最亲最爱的人，她又怎么舍得离开他？

还有女儿，她还没有长大，生活中怎能没有父亲或者母亲？如盈慢慢地想着，而且，女儿将来要找对象结婚，如果我们不是完整的家庭，别人难免会另眼相看，所以就算女儿长大了，我们也还是不能离婚。我要尽最大努力保住这个家，为馨儿也为我自己。这么想着，她的心又热了起来。

但是，怎么做才能让彭海明回心转意呢？她寻思，要是有人能去劝劝他就好了。

她想到了自己的公婆，觉得要是他们肯出面相劝，兴许事情会有转机。

她的眼前浮现出了婆婆的脸：颧骨鼓凸，脸庞略微肿胀，眼珠乌黑似南亚居民，看人的时候有些严厉。婆婆是个强势的女人，做小生意起家的她，精明之中带点刻薄。想到婆婆，她又不由自主地想起了她与婆婆之间的一些不愉快的往事。

馨儿出生两个月后，她第一次带着婴儿去婆家。他们到家时，婆婆正在客厅里跟三个男人搓麻将，牌桌四周立着不少围观的人。看见儿媳抱着孩子来了，婆婆只是含糊其辞地说了句什么，没有要站起来的意思。彭海明从她手里接过婴儿，送到奶奶跟前。婆婆正要把手里的牌打出去，见儿子不识相，脸上露出了不悦的神色，随随便便地瞟了孩子一眼，用不屑的口气说：土里土气，像娘咯。说罢把他们晾在一边，继续玩自己的。旁边的人过意不去，拉了把椅子给她坐。如盈颜面尽失，差点就哭了。

其实，起先婆婆对她还可以，后来就越来越不好了，时不时说她几句，还总是摆脸色给她看。她惧怕婆婆，每次去婆家都战战兢兢、如履薄冰。她一直不知道婆婆为何这样对自己，直到有次去婆家，李婶过来串门，婆婆跟她说：李婶摆水果摊一天能挣好几十，你一大学生，还不如不识字的人呢。她这才知道婆婆是嫌她不会赚钱，所以瞧不起她。从那以后，她很少去婆家了，即使去了也是当天就回，不在婆家过夜。可如此一来，婆婆对她更加不满了。有时彭海明单独回老家，婆婆就在儿子面前讲儿媳妇的坏话。彭海明听信母亲，回来就责怪她。起初，她很懵，慢慢地也明白了是怎么回事。

我们婆媳关系如此不好，公公又对婆婆言听计从，他们怎么可能帮我说话呢？她想来想去，最后还是打消了向公婆求助的念头。

还有没有人能帮我呢？母亲不是兰城人，姨妈和舅舅都在外地，与彭海明不熟。叔叔和姑妈倒是在本市，并且叔叔也算是有头有脸的人，但母亲跟姆姆关系不好，两家平日很少来往，现在突然去请人家帮忙，想想都觉得别扭；何况是这么丢脸的事，她又怎么能宣扬出去、让父母难堪呢？她把自己父母这边的亲戚挨个想了个遍，却发现没有可以找来帮忙的。是的，一个都没有。

电话再次响了起来。如盈以为又是母亲，便有些烦躁。她拿过手机，却发现是章振业的电话。

你还好吧？他柔声问。

如盈眼眶一热，略有些哽咽地说：不，我很不好。

但话一出口，她又马上后悔了。近些年她与振业各忙各的，几乎失去了联络，即使有时在微信朋友圈看到对方的消息，也是简单点个赞，连评论都懒得写。她觉得自己不应该表现得如此亲密，让他误解和尴尬。

但振业倒爽朗，说：我知道，你心里肯定很不好受，遇到这样的事谁会不痛苦呢。

谢谢！谢谢你理解。如盈忍不住又流泪了。

干吗这么讲呢。振业说，你遭遇这样的事，我们也很难过嘛。

我怎么也想不到，彭海明居然会如此对我。你倒说说看，他为什么要这么做呀？

唉，我也没想到啊。振业叹了口气说，我以为你们生活很正常，哪知道他竟然对你撒了那么大的谎。

如盈说：我想保住这个家，不想跟他闹，甚至不想跟他挑明这事。为了馨儿，也为了我自己，只能委曲求全了。

你能这么想自然很好，但不知彭海明是怎样的态度。振业说，如果你觉得可以的话，我去跟他谈谈，听听他的真实想法，顺便也劝劝他。

那太好了，我正愁找不到劝解的人呢。

事情总会过去的，你要多往好处想。

也没有别的办法了。如盈忧虑地说，不知道以后到底会怎样。

你要有信心。振业说，有事尽管来找我，随时都可以。

泪水再次溢出了如盈的眼眶。她百感交集，无法用语言表达内心的感受。她打心底里感谢振业。他在她极度脆弱、最需要安慰的时候出现，无异于雪中送炭，让她倍感温暖。

振业嘱咐她好好休息。两人结束了通话。

章振业

高中时的章振业，是个将头发理得短短的剑眉星目的阳光男孩。他性格豪爽、出手大方，在男生中很吃得开。但在女生看来，他无疑是个奇怪的人。他似乎什么都不在乎，不在乎吃、不在乎穿、不在乎成绩好差，甚至连女生也不在乎。他唯一的喜好是运动，尤其痴迷足球，一有空就跑去操场上踢球。

振业的父亲是一家建筑企业的老总，他是富二代，小小年纪就跟随父亲出入高档场所，见有头有脸的人，得到有足球明星签名的球衣。

但人生总是无常。振业十三岁时，他的父亲疯狂地爱上了一个正值芳龄、风姿绰约的酒吧小姐，并一意孤行地要抛弃自己的妻子。于是，家庭战争爆发，往日安宁的家变成了一个火药桶。振业常常听到父母房中传出的激烈争吵，以及东西被砸碎的声音。

有一次，他听父母实在闹得凶，便跑过去看，迎面撞上了夺门而出的父亲。他抬起头，看见父亲面孔扭曲、两眼血红，便有些害怕，连忙躲到了一边。父亲也不理他，怒气冲冲地下楼，摔门而去。他从洞开的房门往里看，见母亲披头散发地坐在地上号哭，电视机被砸烂了，椅子倒在地板上，瓷器碎片散落一地。

从这天开始，父亲很少回家了；即使回来，也是跟祖母说几句话就又走了。振业从祖母口中得知，他父亲娶了那个年轻女人，并且又生了个儿子。但他的母亲并没有离开章家，依然保留着正室夫人的名分。他不知道父母何时离的婚，父母没有公布过此事，也没有给他们兄弟做任何说明。

振业无法理解大人们的做法。他不了解成人世界，不知道感情不过是张一捅就破的纸，不知道在生存面前自尊其实算不了什么，更不知道母亲心里究竟藏着多少屈辱。直到有一天，他看见母亲在烧菜，想放盐时，却突然走到洗衣槽边，拿了块肥皂回到厨房，站在煤气灶前发了会愣，大概发现自己弄错了，想把肥皂放回去，一转身却又把它丢进了毛豆篮里。那一刻，他看见了母亲的苍老憔悴，终于知道了什么是痛苦。

由于过早地看到了人生的复杂艰难，他爱上了一切单纯的东西。他爱独处，常常一个人躲在房间里看书或看球赛。他爱在球场上奔跑，觉得心无旁骛地奔着一个目标而去的简单状态是那么美好。

他没法恨自己的父亲，因为父亲一直对他很好，即使后来与他母亲离婚了，也还是经常塞给他零花钱，跟以前一样关心他。但他憎恶那个毁了他们家庭、伤害了他母亲的女人，并且还连带着厌恶所有妖冶漂亮的异性。他在心中暗暗决定，长大后不结婚，不要家庭也不要父母那样的痛苦。

但当他真的长大，青春荷尔蒙却不由分说地跳出来与他作对了。高二时，他发现自己居然喜欢上了同班女生江如盈。他又吃惊又惶恐，不知怎么办才好。

他喜欢如盈，是因为觉得她与别的女生不一样。她温顺羞怯，没有其他女生的娇纵张扬，她也不刻意装扮，看起来又清纯又自然。她没有别的女生活泼，但她会解数学难题，能写出优美的文章，学习成绩始终名列前茅。在某个时间，他忽然看见了这个朴实无华的女孩，一颗纯洁的少年心便开始骚动了。他总是偷偷看她，觉得她是那么独特、那么可爱，他看着她，就像踏进了春天的早晨似的，心中满是欢喜和憧憬。

暮春时节，杜鹃花开在绿篱边上，泡桐树修长的枝条越过围墙探进校园，硕大的紫色花穗散发着浓烈的香气。上完一天中最后一节课，振业跟往常一样跑向球场。转过实验楼后，他突然想起忘了带朋友梁义夫要的护腕，便立即折返，跑回了教室。

他推开教室后门，发现里面只有如盈一个人在。他的心一阵乱跳，他渴望女孩能回过头来，便故意把课桌翻得"乒乓"乱响。可这一招并未奏效，女孩像得了耳聋病似的，仍顾自专心致志地看书。他有点泄气。可当他瞥见躺在课桌上的语文作业簿时，心里便有了主意。他拿起作业簿，随手一扬，将它抛向女孩。作业簿准确地落在女孩的桌上，把她吓了一大跳，也让她回了头。

大哥，帮帮我行吗？振业学着电视剧里大侠的口吻对她抱拳说，给多音字注音贼麻烦，必须一个字一个字查字典，弄得我都头大如斗了。

如盈惊讶地看着这个平时不跟自己说话的男生，一时没有反应过来。

振业咧着嘴笑，对她行了个蹩脚的军礼。

谢谢长官！我踢球去了。说罢，男孩转身冲出教室，一溜烟跑了。

有了第一次，接下来的事便顺理成章了。振业经常找如盈代做语文和英语作业。如盈好说话，几乎有求必应。为了不让老师发现，她还特意把字写得跟振业差不多潦草。他们自然而然地成了朋友。如盈一向木讷胆小，从未结交过男生，不像好友朱眉有不少男生朋友。但事情偏偏这么奇怪，一向视女生为无物的章振业竟然成了她的朋友。

期中考试成绩公布，按总分排名，振业闯进了班级前十。他非常高兴，非要请如盈和朱眉去吃必胜客不可。

喂，你为什么只请我俩啊？朱眉问。

振业笑了笑，瞟了如盈一眼，没有回答。

如盈低着头吃东西，装作没听见也没看见。

回去的路上，朱眉说：你知道章振业为什么考这么好吗？

不知道。

听说他近来暗暗用功，每天花很多时间背英语和古文，所以英语和语文成绩一下提高了。

你怎么知道的？

我男朋友说的啊。他还跟我讲了章振业家里的事情。他们家好像很复杂。

是吗？如盈有点想听。

朱眉便把振业家的事都告诉了她。

如盈有些意外，原来振业并没有想象中那么幸运；但这并不影响他们之间的友谊。在她看来，振业是振业，与他的家庭怎样没有一点关系。

高考前，振业约如盈去市图书馆。两人谈理想。振业说：我想成为像贝聿铭那样的建筑师，让我爸见识见识我的厉害。

为什么要做建筑师呢？

我爸说，现在我们国家发展很快，建筑业潜力巨大。他希望我学建筑设计，毕业后去他公司，助他一臂之力。

嗯，听大人的话没错。

你爸妈希望你将来做什么呢？振业问。

他们没说过，我自己也没想好。

我觉得做室内设计师很好。振业说，你会画画，学这个有优势。

如盈对他笑笑，未置可否。

振业鼓动说：我爸说了，建筑行业即将迎来黄金时期，做室内设计这一行肯定会很有前途呢。

如盈有点心动了。她与振业报考了同一所大学，结果双双被录取了。

几乎所有同学都认为振业和如盈是一对情侣。但事实上，他们一直保持普通朋友关系，并没有恋爱。振业不想谈恋爱，更不想结婚。他一直视婚姻为洪水猛兽，觉得它太过危险，因此想方设法逃避。不错，如盈是他唯一喜欢的女孩，但正因为这样，他更不愿意将这个美好的女孩与婚姻联系在一起。因此，当彭海明追求如盈时，他不但没有阻止，反而给予了很多帮助。

亲手把心爱的姑娘送进别人怀抱,这种滋味肯定不好受,但振业还是这么做了。他也不是没有遗憾,但更多的却是解脱后的轻松感。多年以后,当他回头审视这段青涩的感情时,他依旧没有后悔当初的决定。终成眷属的未必能够一辈子相守,相忘于江湖的反倒因心中的爱意未被世事磨损而情谊如故。人生的得与失又如何说得清楚。

大学毕业,振业先是进父亲的企业工作,后来又另立门户,成立了自己的建筑设计公司。钱多者善贾,依仗父亲的雄厚实力,他的公司迅速崛起,很快便成了在兰城颇具影响力的企业。他不得不承认钱的魔力。钱不仅能买到物质的东西,还能买到优质资源和话语权。他觉得钱就像洪水,无情地摧毁弱小者,却不遗余力地抬高上了船的人。

他依然不愿意结婚。二十八岁那年,他经不住母亲的一再催促,心不在焉地前去相亲,遇见了后来做了他妻子的文诗雅。诗雅是兰城大学艺术系的老师,有修长的腿和胳膊、天鹅般的脖子,额头饱满,眉目如画。振业第一眼看到她,便认定她就是那个可以同自己白头偕老的人,便迅速与她结了婚。

工作后,振业很少见到如盈,反倒与彭海明过从甚密。彭海明善于交际,隔三岔五来他办公室叙谈。振业倒也乐意见到他。青春岁月已经逝去,而那个时间里的人还在面前。与彭海明相见,他就像游子见到故土家园似的,感到略带沧桑的慰藉。

中年仿佛眨眼之间便到来了。春日,振业邀请老同学到农庄聚会,又见到了如盈和朱眉。时值春暖花开季节,田野如无数幅油画拼接在一起,直向天边铺展。白云在山顶上方游来荡去。空气中氤氲着甜润的香味。大人们在一起喝茶闲聊,孩子们大呼小叫地在草地上疯跑。大家随意聊天。振业说自己这些年读了很多书,并一直保持着运动习惯。他穿着舒适的休闲装,头发依旧理得很短,脸上的淡然之色与年龄不甚相称。与少年时期的朋友相聚,他自然很开心，但也仅仅开心而已，他成熟的内心如同被挖深了的湖泊，已很难泛起波澜了。

　　他以为生活之舟会一直平稳向前，他和朋友们会在看尽夹岸风光之后顺利抵达终点。但现实很快便证明了他这一想法的错误。彭海明亲口将自己的情事告诉了他。他苦口婆心地规劝，但彭海明并没有听进去。他替如盈担忧，很想为她做些什么，却又感到无能为力。

紫香街

去嘉瑞大厦后，连着两天，如盈没有听到有关彭海明的任何消息。

她惶惶不安，整天胡思乱想。她知道他的心已不属于她了。但正因如此，才更激起了她的争斗心。她要找到他，请求他回头，把他抓在手里，不让对手有机可乘。这愿望如此强烈，像一团火烧灼着她，让她觉得非冲出家门去不可。

但真的到了外面，她又觉得心里一片茫然。是去他的住所还是去他办公的地方找？似乎都不可以，因为这样只能让事情变得更糟糕。她终于知道，当一个人铁了心要离开你时，哪怕近在咫尺，也像隔了十万八千里似的遥远。找没有用，追也没有用，即使见到了又能如何？但知道归知道，做不做得到又是另一回事。明明知道是徒劳无益，可她还是想看到他——哪怕就看一眼。

她来到嘉瑞大厦，把车停在一个不显眼的角落里，坐在车里眼巴巴地看着那扇自动开合的玻璃门，希望能看见彭海明从那里走出来。可她整整等了半天，却连彭海明的影子都没有见到。她的愿望落了空，只得怏怏而回。

白天在纷乱恍惚中过去了，接下来的夜晚却是如此难熬。床似乎成了痛苦的渊薮，只要她躺下闭上眼睛，那些往事便纷至沓来，跟黑暗一起压向她。她思前想后，忽而悲、忽而惊，忽而愤、忽而怨，心里百转千回，汹涌的情感似滔滔洪水，几乎摧毁她的精神堤岸。好不容易蒙眬睡去，骇人的梦即刻又来侵扰她。她看见自己在一条突兀高起如同鱼脊的泥路上走，天空阴云密布，四周旷野萧瑟，狂暴的风迎面扑来，让她举步维艰，站立不稳，差点失足跌落。她惊惧不已，不知何去何从。她反反复复地做同样的梦，每次都在自己的惊叫声中醒来，之后再也无法入睡。她从床上起来，摸黑走到窗前，拉开窗帘，呆呆地望着暗沉沉的夜空，觉得它仿佛是命运的脸，正对她诡谲地笑着。她不寒而栗，却仍然一动不动地站着。天空渐渐转成暗蓝，继而开始发白，高高低低的建筑一点点清晰，显露出颓败的灰色。又一个苍白的早晨来临。

她还是不死心，依然想见丈夫。

离她家不远处就是公园，新婚时，她跟彭海明几乎天天来此散步。女儿上课去了，她就来到公园，坐在柳树下冰冷的石椅上。望着一江秋水无言东去，她禁不住潸然泪下。回去时经过临河的小餐馆。老板娘居然还记得她，笑着说：好久没见了哦，以前你总跟你老公一起来吃饭，这几年怎么不来了呢？她讷讷地，不知该说些什么。周围景物依旧，店堂也还是旧时模样，只有她的生活变了，且变得如此不堪。她告别了老板娘，继续朝前走，到三岔路口，准备过马路。她的眼前又出现了自己抱着幼小的女儿站在这里等丈夫回家的画面，那时候晚霞正美、生活很甜。可如今，丈夫弃她而去，她再也等不到他了。

她情不自禁地缅怀往昔，得到的却只有伤痛而并非安慰。但她的心早已在男人身上，一时也没法抽离。

这天晚饭后，她忽然想起了紫香街，想到了这条街上富有情调的酒楼及嵌在巷子里的足浴房。他以前经常光顾这些场所，会不会现在也在那里？她这么一想，立刻便动了去紫香街的念头。她已经不指望与他相见，她只想看到他，知道他在做些什么、跟哪些人在一起。

她进房间换好衣服，站到了穿衣镜前。她看镜子，着实被吓了一大跳，眼前这个形容枯槁的女人难道就是自己？

这样子不行，我得把自己弄漂亮些。她把刚穿上的衣服脱了，找出一堆自己觉得好看的衣服，一件件试穿。但是，无论哪件衣服，只要与镜子里那张愁苦憔悴的脸一搭配，立刻便失却了它原有的美丽。

　　她十分沮丧，泄气地跌坐在椅子上。想想，到底还是不甘心，便又拉开抽屉，从最深处找出眉笔、粉饼、口红，擦了粉，画了眉毛，涂上口红。化妆后再穿那些衣服，感觉就好了很多。她重拾了些许自信，心想：这样子出去，就不怕见到人了。

　　夜晚的紫香街，犹如梦幻的天堂。雏菊和月季散发出幽幽清香，明亮的橱窗让时尚一目了然。乐队在纵情演唱，情侣们在露天座悠闲地品尝咖啡。年轻女子三三两两地走在街上，步履款款、长发飘飘、笑语盈盈暗香去。一拨又一拨的人，不知从什么地方冒出来，很快又不知所终。

　　如盈无心欣赏街景，她如同一只惊弓之鸟，生怕撞见丈夫搞得不可收场，便尽量隐藏自己，挑有阴影的地方走，但同时又牢牢地盯着过往行人看。

　　突然，一个熟悉的身影映入她的眼帘。

　　朱眉？她大吃一惊。

　　朱眉与一个身量不高的男人手挽手，从街道另一端走来。两个人靠得紧紧的，并且有说有笑，显得十分开心。经过一家卖咖啡饮料的店铺时，两人停了下来。男人放开朱眉，走过去买饮料，与店员交谈时，整张脸暴露在了灯光之下。这下如盈看得清清楚楚，男人戴黑框眼镜、厚嘴唇、肤色略黑，他不是韦主任又是谁？她的心狂跳起来，急忙往更暗处躲。

　　韦主任转身回来，把果汁杯给了朱眉。朱眉吸了一口，将吸管送到了男人嘴边。韦主任笑了，低下头，没去喝果汁，却在朱眉的手上亲了一下。朱眉"咯咯"笑，软软地倚靠在男人身上。男人伸手揽住她的腰，又吻了下她的额头。两个人都激情洋溢，一副恨不得化做一体的模样。

　　如盈躲在角落里，看着两人相拥着慢慢远去，融入川流不息的人群中，她心中惊恐万状。

　　男人四处拈花惹草，女人公然挽着别人的丈夫大摇大摆地走在大街上，世道什么时候变成了这个样子？

　　她茫然四顾。城市扭曲着陌生可怖的脸。霓虹灯闪烁跳跃如鬼魅在舞蹈。夜色中充斥着欲望的腥膜气味，似乎每个人都怀揣着不可告人的秘密，走在背叛、欺骗、寻欢作乐的路上。

　　她感到头晕目眩，便慢慢走到少有人走动的街角，坐在被大树的阴影笼罩的花坛边上。市声远去了。朱眉和韦主任的形象交替着浮现在她的眼前。

　　大约半年前，朱眉约她到一家泰国风情餐馆吃饭。在那里，她见到了一个理着板寸头的小个子男人。

　　朱眉向她介绍：这是韦兄。

　　韦兄看起来已不年轻，但他衣着体面，有着成功人士特有的强大气场，容不得人小觑。

　　韦兄跟她握手，说：小江，你还认得我吗？

　　她在记忆中竭力搜索，结果却一无所获。

　　朱眉在旁边提醒说：你再想想，排练《黄河大合唱》的时候，给我们钢琴伴奏的人是谁？

　　她终于想起来了，面前的韦兄就是当年的文化馆馆长。有了这一层关系，她与韦兄之间的距离仿佛一下拉近了。

　　韦兄嘴唇宽厚，却善于说话，让人觉得幽默亲切。席间，他殷勤地给两位女士夹菜盛汤，讲一些应景的笑话，同时也不忘给朱眉一些特殊的关照。提到朱眉的时候，他不用第三人称，而是说"眉儿这丫头"。他把朱眉的丝巾戴在自己脖子上，用力嗅着上面的香气，颤着声说：太难得了，实在太难得了！让我好好享受享受吧。

　　朱眉掩着嘴"切切"笑，脸上漾着娇羞的红晕，活脱脱一个十八岁的女孩。

　　她觉得这或许就是艺术家特有的浪漫情怀，故也并未过多想象。她从朱眉口中得知，韦兄现在职位颇高，是某重要部门的主任。以后再见到时，她就很自然改口称韦兄为"韦主任"了。

　　她没想到韦主任会把她当亲密朋友并给她打电话。电话里，韦主任跟她讲述头天晚上发生的事，说他与朱眉在一起吃饭，后来朱眉开车送他回家，三公里路程，足足用了两小时才走完。他在小区外面下了车，可还未上楼梯，朱眉的电话又来了。他转身往花园里走，站在角落里接电话。他说：我问眉儿，今天我们已经说了那么多话，你还没说够吗？眉儿回答我说，"当然不够啊，我还有很多很多话要跟你说呢，恐怕三天三夜也说不完啊。"哦，我真是太幸福太幸福了！你肯定没有这样的经验，仿佛生活又重新开始了，所有事物又都有了意义。他在电话里絮絮独白，丝毫不掩饰自己的情感，用近乎天真的率直赢得了她的好感和同情。

她看出韦主任很喜欢朱眉，而朱眉似乎也很乐意接受这份感情。但她并未意识到这事的严重性，也没有多想什么。当然，又不是自己的事，当笑话听听就算了，何必劳心费神去深究呢？

可如今，当她忆想起这些事情时，便觉得心里似有无数利爪在撕挠。朱眉的形象与杜芳芳的形象叠加在一起，仿佛成了同一个人。她们大声嘲笑她，向她逼过来，要将她击倒。

她忽然明白了过来。哦，怪不得前几天我去找朱眉时，她说"你想找人打那女人一顿吗"，原来她关心的是她自己的安危。她继续想下去，韦主任的妻子知道丈夫的事吗？看来被欺骗的女人还真不少，并非只我一个。别人可以忍耐，为什么我就不可以呢？

心念一变，事情便似乎立刻出现了转机。

是的，我就装作不知道，什么都不说、什么都不做，我们还跟以前一样，说不定过些时候他就回心转意了。她默默思忖，我不计较他的过错，我会无条件原谅他、什么都不追究，只要他能回来。

想清楚之后，她长长地吐出一口气，如卸下了千斤重担似的起身回家了。

正面交锋

第二天早晨，太阳从东方的山巅喷薄而出，驱散了笼罩着大地的雾气。

如盈醒来晚，睁开眼便看到了一窗暖融融的阳光，一时竟弄不清身在何处。这是她这么多天来睡得最好的一夜。还是老话说得好，天下本无事、庸人自扰之，很多事放下了跟没发生是一样的。

她像未出事之前那样，起床，简单梳洗，然后出门去了农贸市场。秋高气爽，阳光从车窗爬进来，在她脸上跳跃。她深深吸了口甘爽的空气，感觉神清气爽。

中午接回女儿时，馨儿说：妈，今天素素生日，刚才她跟我说了，要请我们几个好朋友去她家吃晚饭呢。

好的呀。如盈说，晚上我去接你。

不用不用。馨儿连忙说，素素说了，她妈妈会把我们送回来的。

吃过中饭，馨儿上舞蹈班去了。如盈歪在沙发上小睡。微风轻拂窗帘，鸟儿有一声没一声地啼鸣着，往日的安宁似乎又回来了。失而复得的东西总让人倍觉珍贵，如盈心中安宁，不知不觉便睡着了。

不知过了多久，如盈被电话铃声吵醒了。她不情愿地坐起来，拿过手机看。一串熟悉的数字在屏幕上浮动着。又是那个号码！如盈像见了鬼似的，脸唰地白了。她像看着一头恶兽似的看着那串数字，脑子里一片空白，不知该如何处置。但是，铃声催命般响着，大有不达目的誓不罢休的气势。罢罢罢，是祸躲不过。如盈心一横，按下了接听键。

江如盈，你知道我是谁吗？电话那头的女人盛气凌人，操一口流利的普通话。

我不知道你是谁。如盈强自镇定，反问对方，你找我有什么事？

好吧，既然你不知道我是谁，那就我来告诉你吧。女人冷笑一声，我就是杜芳芳，彭海明的爱人。

你——你——如盈做梦都没想过自己会陷入如此局面，竟结结巴巴地说不出话来。

哈哈，你现在知道自己被抛弃了吧？女人说，我真搞不懂你这种女人，明明知道自己的男人跟别的女人住在一起，却还能像没事人似的。我在想，你是不是也太贱了点？

如盈气得浑身发抖，想要回敬，却不知道要说什么。天底下竟有如此无耻的女人！偷了别人的丈夫，却还敢理直气壮地打上门来侮辱人。

怎么不说话啊？啧啧啧，你也真够可怜的，连替自己说句话的勇气都没有，活着还有什么意思啊。女人咂着嘴，用戏弄的口吻说。

如盈气极了。你——你真不要脸！

你骂我？你敢骂我！女人尖声嚷道，你是什么东西，竟敢骂我！

如盈抖个不停。这女人如此凶悍放肆，她明白自己根本不是她的对手，于是忍气吞声地按断了电话。

但是，令人想不到的一幕发生了。那女人居然不依不饶，一遍又一遍拨打如盈的手机，一副非闹到鱼死网破不可的架势。如盈不知道她想干什么，又气又怕，只得把手机关了。哪知刚清静了一分钟，家里的座机又响了起来。

躲是躲不过去了。如盈硬着头皮拿起了话筒。

你想干什么？她问。

我没想干什么，我就想跟你聊聊。女人轻飘飘地说，我猜想你大概不清楚自己该做什么，那就由我来告诉你吧，你得离——婚——，跟彭海明离——婚——。她故意把"离婚"两字拉得长长的，让它们充满了洋洋得意的味道。

你休想！如盈亢声道，我绝对不会离婚的。

你醒醒吧。女人放声大笑，我是谁？我是兰城有名老板，有的是钱，是人见人爱的白富美。而你呢，一个只知洗衣做饭的黄脸婆，一个没人要的东西。你以为你有资格来跟我竞争吗？

你无耻！如盈颤声道，偷了别人的男人还自认为光彩，天底下没有比你更无耻的人了。

你恐怕弄错了。女人妖媚地笑，现在彭海明爱的是我而不是你，你才是第三者，硬插在我们中间无耻的第三者——

如盈实在听不下去了，重重摔下话机，拔掉了电话线。

世上竟有如此鲜廉寡耻的恶毒女人！如盈跌坐在沙发上，感觉自己像被绑住手脚扔进了河里，连挣扎一下都不可能了。她已经不会哭了，只是泥塑木雕般地坐着。怨谁呢？都怨那个自私可恶的男人！如今他成了抢手货，自己风流快活，却让两个女人为他争斗，害她遭受如此奇耻大辱。

天黑了，如盈怕馨儿有事，便又开了手机。各路信息都跳了出来。其中有几条是杜芳芳的，如盈没看一眼便把它们全删了。她心灰意冷，什么都不想做，便一直在黑暗中麻木地坐着。

电话又响了。这次是彭海明。

你想干什么？男人劈头盖脸呵斥道，你干吗去骂别人？有本事你冲着我来呀。

如盈像是挨了当头一棒。很显然，是女人在男人面前告了状，男人兴师问罪来了。

你倒是说话呀！男人继续吼道，你今天必须给我讲清楚，否则我对你不客气。

血涌上了如盈的脸，男人的话点燃了她心头的怒火。她想发作，但还是忍住了。她冷冷地反问男人：你想让我说什么？说她打电话到我家里，骂我下贱，扬言非叫我们离婚。现在我都说了，但你会信吗？

你还要狡辩！她见到我就哭了，我从来没见她这么委屈过，肯定是你伤害了她。男人怒气冲冲地道。

这是什么话？简直就是黑白颠倒！这男人只想袒护那女人，对自己却无半点体恤之心。如盈的心剧烈地痛了起来。辩解已经没有任何意义，她只能选择沉默。

没话好说了吧？男人道，是我错看你了，原来你竟是这样的人。

我是怎样的人？你说出来让我听听。如盈气愤难耐。

跟你多说也没意思。男人语气果断，既然你不肯安分，那就把事情彻底解决了——我们马上离婚。

听到男人真的提出了离婚，如盈像是被人当心打了一拳，顿时哭了出来。

算我错好了，你不要跟我离婚。她哭着说，你回来，我什么都不追究，我们仍旧跟以前一样，一家人在一起好好过日子。

哭什么！男人大声道，你真叫人讨厌！

如盈不敢再哭了。我是你的妻子呀，你怎么能这样对我呢？她哽咽着求他，我们还有女儿，你不为我着想，难道也不替女儿想想吗？

馨儿我自有安排，用不着你操心。男人无动于衷地说，至于你，也没有什么好委屈的。这么多年我供你吃、供你穿，也算对得住你了。

讲话要有良心。馨儿都这么大了，我这么多年养育她，也非常辛苦。如盈饮泣道，你不要抛下我和女儿。求你了。

什么都不要说了。男人冷酷的声音清晰地从听筒里传过来，我已经决定了，事情不可能再有改变，你还是接受现实吧。

不！如盈哭喊道，我不同意离婚，坚决不同意！

不同意也没关系。男人轻描淡写地说，但我得跟你讲清楚，要是你想拖着，从今往后休想再从我这里拿到一分钱。他说罢，当即挂断了电话。

完了，一切都完了。如盈仿佛看见孑然一身、在街上流浪的自己。她不由得悲从中来，趴在桌上放声大哭。她想到了死，但这念头只是一闪而过，很快便不见了踪影。她并非刚烈的女子，缺乏破釜沉舟的勇气。她哭了很久，哭到面孔和身体麻木，但痛苦的感觉却丝毫没有减轻。

馨儿回来了，看见母亲哀哀哭泣，便十分惊慌。小姑娘扑上前，摇着母亲的臂膀，一连声地叫着"妈妈"。

如盈抬起头来，泪眼模糊中，见女儿像受惊的小动物似的，张皇失措地看着她。哦，可怜的宝贝！她把女儿搂进怀里，泪水又"簌簌"地往下淌。事情到了这地步，她觉得自己只能对女儿说实话了。

爸爸妈妈可能要离婚了。她尽量平静地跟女儿说。

你们要离婚？馨儿满脸疑惑地问，为什么呀？

如盈的心又像被针刺了似的痛了起来。她无法回答女儿的问题，只能问：宝贝，妈妈想知道，如果我们真的离婚，你想跟着谁呢？

我当然跟妈妈啦。小姑娘冲口而出道，连想都没想一下。

如盈又想流泪了，但竭力忍住了。

妈妈也想跟你在一起。她说，可是妈妈没有钱，也没有房子，没法给你好的生活呀。

我不管，我就要跟你在一起。馨儿双手箍住母亲的腰，将脸贴在母亲的胸口上。

好孩子，妈妈知道……如盈再也说不下去了，泪流满面。

夜里异常闷热，仿佛老天爷也昏了头，把秋季和夏季弄混了。如盈蜷缩在床上，感到头要炸裂开来似的，喉咙口像塞着一块棉花，胸腔里灼伤般地疼痛。躯体成了无法安放的东西，坐不是，站不是，躺也不是。她不堪忍受这地狱般的折磨，挣扎着爬起来，跌跌撞撞地摸进厨房，从柜里拿出男人回家时喝剩的半瓶红酒，一口气喝了下去。她向来滴酒不沾，现在一下喝了这么多，不久酒力发作，便昏昏沉沉地睡了过去。

黎明时分，如盈被山崩地裂般的雷声惊醒。她睁开眼，看见窗帘没有拉上，闪电似一柄柄利剑划破了漆黑的天空。霹雳过后，大雨如注。如盈平静地看着外面嘈杂混乱的世界，感觉自己像是置身于大海中的孤岛，极端孤独，又极端自由。此时此刻，她的心中没有一丝一毫恐惧感。是的，该来的一定会来，该接受的也必须接受，怕又有什么用？

彭海明与杜芳芳

　　杜芳芳三十挂零年纪，离了婚，带着一个八岁的男孩。她的父亲是一家上市公司的董事长，生意做得很大。家里雇了几个保姆，杜芳芳一向衣来伸手饭来张口，被娇纵惯了，很有一点大小姐的脾气。优渥的生活，让她出落得身材高挑、皮肤细腻红润，在少女时代，她是女孩们羡慕嫉妒的对象。

　　但杜芳芳厌恶读书，热衷恋爱和新潮娱乐，时常与男性朋友一起到酒吧买醉，或者跟着他们深夜飙车去百公里外的城市游逛。因此高考时连专科分数线都没有上。但她父亲有办法，他给一所中英合作开办的大学捐了一大笔钱，让她顺利地进了这所大学的预科班。她在国内分校读了两年，之后便转去了英国本部，在那里又待了两年。

　　大学毕业后，杜芳芳进了父亲的企业。二十三岁那年，她与父母一起参加一个规格颇高的晚宴，邂逅了一位风度翩翩、与她一样有着留学经历的望族公子。两个年轻人门当户对，在一起玩得很好。双方父母都觉得合适，便在旁边推波助澜，很快给他们办了婚事。然而，两个极端自我的人走到一起，注定是一场悲剧。婚后，杜芳芳与丈夫争吵不断，他们谁也不买谁的账，天天剑拔弩张，形同仇敌。这段婚姻来得快去得也快，仅仅一年便迅速解体了。

　　但杜芳芳对此一点都不在意。离婚后，她父亲把旗下最能盈利的实体企业给了她，还划出集团办公大楼中的两层供她使用。杜芳芳觉得自己年轻漂亮，又有的是钱，因此底气十足。在她看来，离婚是一件非常平常的事，站在某个角度看，甚至还是一件好事，因为它打开了加在她身上的枷锁，让她重新获得了宝贵的自由。她让叔叔管理公司，自己则精心打扮，每天出入奢华场所，过着无比快活的日子。

彭海明遇见杜芳芳，是在跟着王总一起去高尔夫俱乐部的时候。

那天，王总做东，请他和另外几个朋友打高尔夫球。他们一行进入球场时，一名穿白色球衣的女子正准备击球，她的前方，山地平缓起伏，峡谷幽深翠绿，溪流如柔软的丝带萦绕在一片绿色之间。女子两腿略微弯曲，然后旋转手臂，用力挥杆。随着"啪"的一声脆响，白色的小球画出一道优美的弧线，飞向很远的地方。边上的观众高声叫好。女子直起身，微微一笑。她扬起艳若桃花的锥形小脸，下巴抬得高高的，眼中带着睥睨一切的高傲。她是那么骄矜，但这骄矜与她整个人又是那么合拍，仿佛它是与生俱来的。

彭海明看呆了，感觉像被一支无形的箭射中了心脏。

王总说：这是我的外甥女杜芳芳。

彭海明欲上前搭话。但杜芳芳正眼不看他，只对着王总叫了声"舅舅"。

彭海明谦卑地笑着，脸上的表情温驯得如同一头绵羊。尽管碰了壁，但他一点都没有气馁。

咱们走着瞧。他在心里发狠地说，我一定把你拿下。

从这天开始，彭海明仿佛成了杜芳芳的影子。无论她到何处，他都会及时出现在她面前，陪着她玩，不露声色地对她献殷勤。

彭海明玩过的女人不少，但像杜芳芳这样的女人还是头一次碰到。她富有，什么都不缺，物质引诱起不了作用，而且她还很骄傲，眼睛似乎长在头顶上，想要把她搞到手并不容易。但正是因为如此，才更加激发了彭海明征服她的欲望和斗志。他在情场摸爬滚打了这么多年，对女人的了解甚至超过了女人们自己，因此深谙讨女人欢心之道，对付女人自有一套办法。

他整天陪伴杜芳芳，有时见面，有时在网上。他不遗余力地赞美她，说她纯洁美丽、聪明能干，把每句话都说到了她的心坎上，让她心花怒放，以为自己真是下凡仙女、天下无双。他上网搜罗各种时下流行的俏皮语言，用心记住了，逮到机会就在她面前学说，逗得她"咯咯"发笑。杜芳芳自己买得起豪宅、豪车和大牌包包，他便送一些她喜欢的小东西。杜芳芳爱吃水果，他就托人在产地购买，像岭南的荔枝、新疆的蜜瓜、阳朔的金橘等，都是快递直达，新鲜好吃。他牢牢记着她的生日，过完阳历生日，又给她过阴历生日。杜芳芳虽然高傲冷漠，却也跟大多数女人一样渴望爱情、需要男人的陪伴，而彭海明既英俊潇洒，又对她体贴入微，几乎满足了她对爱情的全部幻想。她的心热了起来，对他的依恋也与日俱增。

彭海明见时机成熟，便发动了更加猛烈的攻势。他请杜芳芳陪他去大学的操场上踢球，让她看到他奔跑时生龙活虎的样子。后来，他们坐在足球场旁边的草地上，彭海明说：你不知道，我有多么不幸，娶了那样一个老婆——我们没有共同语言，生活像一潭死水——唉，这样的日子，看不到希望啊。

杜芳芳当然听懂了这话里的深意，但她笑而不语。

彭海明便又说道：见了你之后，我终于明白了自己想要的是什么、我的幸福在哪里。在我心里，你是千金不换的珍宝。我欣赏你，全心全意爱你。你是我的太阳，没有你我就没法活下去。一个人的时候，我总是想，我的芳在哪里、在做什么？她需要我吗？那种时候，我真想飞到你身边，替你做一切事情，哪怕死了也心甘情愿。讲着讲着，他激动起来了，拉过她的手，放到嘴边，做了个亲吻的动作。

他对我太好了！天底下再也找不到像他这样对我好的人了。杜芳芳的心醉了。爱情犹如冬日里的阳光，让她感到无比舒适。她微闭着眼，在彩色的光晕里看见了不曾有过的美好未来。

彭海明知道杜芳芳已经爱上了自己，为了制造感情的沸点，他借跑业务之名去了外地。他不给杜芳芳电话；杜芳芳打给他，他也故意不接。他像河里游动的鱼儿，在她以为伸手就可捉住时却倏然而逝。心上人突然消失，让杜芳芳陷入了焦虑不安之中。因此，在接到他打回去的电话时，这位骄傲的公主忍不住哭了。

这次短暂分离，让两人的感情陡然升温。彭海明回来后，杜芳芳便如饥似渴地投入了他的怀抱。

他们天天在一起缠绵，有时也外出旅行。杜芳芳成了百变女郎。在绿草茵茵的公园，她穿米白镶蕾丝边衬衣、浅褐色背带长裙，棕色波浪形长发随风飞扬；去海边游泳时，她着粉花比基尼小裙，裸露雪白的长腿，赤着脚在沙滩上走。娇媚富有的情人，让彭海明的虚荣心得到了极大的满足。

其实，刚开始追求杜芳芳的时候，彭海明也只是抱着玩玩的心态，但在充分了解她的家族背景之后，他便再也舍不得放开她了。

一直以来，彭海明都渴望着世俗意义上的成功：他想跻身名流阶层，每天穿着笔挺的西服出门，有司机打开车门迎候，办公室宽敞明亮，可以对着下属发号施令。他幻想自己有很多钱，在适宜的季节，坐头等舱飞往多米尼加海滩或芬兰的北方森林，住着豪华酒店，拉开窗帘就面对大自然的美景。然而在现实中，他不过是一个开着家小公司、为了赚点小钱不得不成天对人打躬作揖的不起眼的小人物，想要出人头地，简直比登上珠穆拉玛峰还难。因此，在摸清杜芳芳的家底后，他欣喜若狂，深藏着的野心也迅速膨胀起来。他喜欢杜芳芳家气派的写字楼。当他步入纤尘不染的门厅、穿过摆满绿植的通道、踏上宽大扶梯时，内心深处便会涌起做了人上人的那种优越感。

要是杜芳芳嫁给我，我想要的一切不就唾手可得了吗？他暗暗想道，嗯，要想一步登天，没有比这更好的机会了。

于是，彭海明对杜芳芳更体贴了。他一口一个"小宝贝儿"唤她，每天第一件事就是打电话给她。他问她晚上睡得好不好、早饭吃了些什么、有没有不开心，挂机前，又再三说"爱你"，深情得让她发晕。要是她有点头疼脑热，他便急匆匆跑过去，鞍前马后地照顾她，刚离开，他又马上打电话给她，命令她卧床休息、嘱咐她多喝水、叫她穿暖和些，仿佛她是一个不谙世事的小女孩。

杜芳芳被如此宠爱，感动得热泪盈眶。她越来越依恋他了，仿佛他是她的空气，哪怕离开一刻都不行。

彭海明见杜芳芳对自己动了真情，对她的态度反倒随意了起来。

但杜芳芳此时已深陷情网，根本不管这些了。她想紧紧抓住他，便让他搬去她家同住。彭海明没有马上答应。杜芳芳便急了，几次三番跟他哭闹。彭海明见火候差不多了，便满足了她的要求。这之后，彭海明开始插手杜芳芳的企业管理事务，顺理成章地成了掌握实权的人。

杜芳芳叫彭海明离婚。彭海明嘴上答应，却迟迟不见行动。他不急。妻子是捏在他手里的一张牌，他想怎么打就怎么打，而妻子的存在能给杜芳芳危机感，这对他十分有利。这一招果然有效，杜芳芳为了在争夺中胜出，开始想方设法地讨好他。彭海明掌控着全局，高高在上，心情爽朗。如此惬意的生活，他当然不想让它早早结束。而且，他这么做还有更深一层的考虑。他最终的目的当然是跟杜芳芳结婚，但离婚这把火得让杜芳芳去放。他不行动，是要杜芳芳在不安中备受煎熬，让她因妒生恨并最终出手。如此一来，杜芳芳便是促成这场离婚的祸首，他便可以在未来的婚姻中占据道德的高地。

之后，事情照着他的设计，一步步变成了现实。

那天晚上，彭海明给妻子下了最后通牒。他心中甚为得意，因为他想要的东西已经近在咫尺了。打完电话，他站在宽大的露台上，望着城市的辉煌灯火，扬起一边嘴角，露出了胜利者的微笑。

离　婚

如盈在极度痛苦中度过了三天。

到了第四天，彭海明又打来了电话。

你想清楚了没有？他说，婚肯定要离，我觉得你还是同意为好。

如盈麻木地听着，没有说话。

喂喂，你在听吗？

你讲好了，我听着。

你——男人顿了一下，又老话重提，我想再提醒你一次，要是你不同意离婚，我就不再付生活费了——我的每一句话都算数。

男人等了一会，没有得到回应，便又说道：我劝你还是别固执了。我不会回头了，你拖着也没有用。

如盈心里恨恨的，依旧没作声。

好吧，你再好好想想，两天后必须给我答复。男人说。

电话断了。如盈颓然坐下，感到万念俱灰。

一直以来，家就是她的世界，而丈夫是这个世界的中心。但现在，她眼睁睁地看着自己苦心经营起来的家即将四分五裂，却没有办法阻止这一切的发生。

她恨男人无情无义。想当初，他们也是深深爱过的呀。可誓言犹在耳边，那个曾经情深款款的人却早已变了心肠。

都怪自己。当初父母看彭海明野心过大，觉得他们不合适，不同意这门婚事；但热恋中的她根本听不进父母的忠告，反而认为是父母势利眼，看不起没有稳定工作的外地人。那时候，她觉得没有哪个人比得上自己的情郎，铁了心要嫁给他，工作未满一年，便瞒着父母同他领了结婚证。

平心而论，他们也是有过一段好日子的。

刚结婚时，彭海明对她温柔体贴，他们的生活亦如明媚的四月，生机勃勃、充满了希望。女儿的出生，又给小家庭带来了意想不到的欢乐。彭海明钟爱女儿，回到家里就把婴儿抱在怀里，看不够也亲不够。丈夫顾家，女儿又那么可爱，她觉得自己幸福极了。

但这样的日子并没有维持太久，彭海明很快就对她冷淡了。

有一次，两人坐在床上看电视。男人冷不丁说道：当初你父母看不上我，但说实话，你家一点都不比我家强，我父母还能拿出些钱来给我们买房，你父母一分钱都没有出，但好像也没有什么存款。他很响地喝了口水，又接着说下去，现在是金钱社会，没有钱的人就是瘪三，不会赚钱的人是傻蛋，都是被人看不起的。

她愕然，随后迅速涨红了脸。他不仅对她父母不敬，还连带着轻视她。是的，她的父母没有钱，没能给他们物质上的帮助，她没工作，也不能赚到钱。她感到屈辱，眼睛里蓄满了泪水。

后来又有一次，彭海明跟她谈论在饭局上见到的一个女人，说这人非常漂亮，是不少成功男人追逐的对象。

她比朱眉漂亮吗？她问。

当然是朱眉漂亮。男人扫了她一眼，但朱眉老了，她还年轻。

她的心像被什么刺了一下，这话明里在说朱眉，可她分明感觉到是在说她，是嫌她老了。

不过这女人也容易搞。男人用轻薄的口气说，给五万她就乖乖地跟人走了。

她没有老公吗？

有啊。但这有关系吗？

她十分吃惊，没想到自己的丈夫原来对婚外性关系持如此随便的态度。

男人的心迹从不经意的言辞中表露出来，若隐若现，令她不安。

但她还是选择信任他，没有往坏处想。

但男人把她的宽厚看成了愚蠢，认为她好欺侮，又觉得自己赚钱养家，就该在家里享有绝对权威，便越来越不把她放在眼里了。他以与客人谈生意、吃饭娱乐为名，夜夜迟归，还不许她过问。

你不要随便打我电话。他告诫她说，客人还想玩，主人家里却来电话催了，这会丢了生意的。

她自己不说谎，以为丈夫也是如此，所以也就照着他说的做了。

记忆如同意识流电影，无序地呈现出一个个画面。想起过往的种种，她感到悔恨交加。你这个傻女人，怎么能如此后知后觉呢？她骂自己，心中又增添了对男人的恨意。

这个无良无德的男人，欺骗背叛自己之后又来要挟我，逼我同意离婚。她激愤地想着，是的，感情是靠不住的。当初那么相爱，可到头来却是这样的结局。什么生死相许，什么永结同心，全是骗人的鬼话！

天哪！我该怎么办呀？！她绝望地揪着自己的头发。

两天很快过去了。

男人又来电话催逼。你想好了没有？今天必须有结果。

我说不同意有用吗？如盈冷冷地道，你想怎样就怎样吧。话一出口，连她自己都感到惊讶，原来她的心中早有了答案，只是先前不愿正视它罢了。

你同意离婚了？！男人大喜过望，你早该这样了。没有感情的婚姻对谁都是折磨，早结束早好。

如盈轻轻吁了口气，不知为何心里竟然没有什么不适。带着骄傲的神情转身离去，是她留给自己的一点尊严。

现在我们来谈谈馨儿吧。嘿嘿。男人得到了想要的结果，不自觉地笑出了声，馨儿得跟着我。你什么都不用管，我会送她进最好的学校、给她很好的生活。

你真狠毒！你抛弃了我，还要把我的孩子也夺走！如盈悲愤地说，你还是趁早死了这条心吧。我死都不会答应的。

我说你搞搞清楚好吧。男人道，你连自己都养活不了，馨儿跟着你能有好前途吗？

男人是看扁了她也吃定了她。但如盈明白他说的确是事实。

你心里也清楚，馨儿跟着我肯定比跟着你强。你若真心替馨儿着想，就应该理智地放手。

你要把她带到哪里去？如盈颤着声问。

去我老家。男人说，我们县城有所私立学校，环境、伙食各方面条件都不错，师资力量也强，口碑很好，我已经给馨儿报了名，八月底她就得去那里了。

如盈的心又剧烈地痛起来。她决定离婚，但并未打算让女儿离开自己。馨儿是她的命根子，她无论如何都不能接受与女儿分离的现实。她失声痛哭起来。命运啊，你为何要跟我作对！你让我失去一切，这是为了什么？

听她哀哀哭着，男人暂时沉默了。过了一会，听她平复了一些，他又说道：这有什么好哭的呢。馨儿去好学校读书，你也能出去工作，这有什么不好呢？

如盈止住了哭声

要是你没有意见，那我们就这么说定了。男人道，我已委托律师写了离婚协议，明天拿过去给你过目。

如盈不作声。她极度消沉，感到活着失去了意义。

第二天，上午九点，如盈听到了敲门声。她去开门，见是一个打领带穿深色西装仪表堂堂的陌生男子。

我是彭海明的律师，姓李。男子微笑说，我们进屋谈好吗？

如盈的心微微抖了抖。彭海明让律师过来谈，显然是想回避她。曾经那么亲密的夫妻，如今却连见面谈谈都不愿意，实在可悲可叹。

两个人在餐桌边坐下来。李律师从公文包里取出三份事先打印好了的"离婚协议书"和一支水笔，放到桌上推给如盈，说：你看看，有什么要求尽管提好了。他客客气气的，言谈举止彬彬有礼，但或许是对恶司空见惯了的缘故，神情中透着职业性的冷漠。

协议内容不复杂，由于住房产权人是男方父母，他们实际上并无财产需要分割。唯一与两人都有关系的是馨儿，但因为已商定抚养权、监护权归属男方，也没有什么异议。让如盈没想到的是，男人居然没有忘记家里的一点点存款和她在开的那辆旧汽车，但为了表示自己慷慨大方，他把属于他的那一半赠予了她。男人已在协议上签了名字按了指印。

如盈看完，一时没有说话。

你应该满意了。李律师说，孩子本来应该由夫妻双方共同抚养，现在她父亲愿意承担全部抚养费用，你一分钱都不用出。虽然孩子跟了他，但始终也是你的孩子，你不必太多顾虑。

如盈低头拿起笔，含着泪在协议书上一一签了自己的名字。李律师绕到她身边，将一盒打开了的印泥放在她面前，指导她在自己的名字上按了指印。

约好下午办离婚手续，如盈和彭海明一前一后到了民政局。两人形同陌路，谁也不看谁。工作人员看了两人的身份证件，询问双方离婚原因，告知他们领取离婚证后的法律关系以及离婚后与子女的关系及应尽的义务，然后看着他们在离婚登记审查处理表"当事人领证签名或按指纹"一栏中签名并按下指印。

半小时不到，一应手续全部办完了，十三年的婚姻就此正式宣告结束。他们就像两辆相向而行的列车，在一个站点交会之后又分开。从此，大路朝天，各走一边。多么简单！简单到让人感到匪夷所思。

男人拿到离婚证书，如同六月里卸下了一件破棉袄，浑身轻松。还未走出民政局大门，他就拿出手机给杜芳芳报喜了。

如盈越过他，逃出门去。她想赶快离开这个无耻的男人——离得越远越好，最好永远都别再见到。

尼俄柏的眼泪

如盈把车开得飞快。现在她心里只有女儿。宝贝就要离开自己了，她想快快见到宝贝，越快越好。

她进了培训学校，跑上楼梯。舞蹈教室内传出节奏明快的音乐。她轻轻推开教室后门，看见一群女孩正在大镜子面前翩翩起舞。她悄悄走进里面，带上门，站在门边观看。馨儿没有发现母亲，跟着老师尽情地舞着。她的目光追随着女儿灵动的身影，一刻都不曾离开。

回家路上，小姑娘欢欢喜喜地跟母亲讲刚学的舞蹈，说这支舞叫《芭蕾之梦》，动作有点难，但自己都学会了。如盈笑着听，"嗯嗯"地应她，并未把坏消息说出来。

过两天再说吧。她在心里说，还有时间，让孩子再无忧无虑过几天。

她拖延着，迟迟不忍心开口，到实在拖不下去了，这才下决心把真实情况告诉了女儿。

馨儿一听自己要离开母亲去爷爷奶奶家，立刻急了，大声嚷道：你讲话不算数！我说过要跟你的，我不去奶奶家。

如盈没想到女儿的态度会如此激烈，一时不知如何是好。她又何尝想让女儿离开？但造化弄人，为女儿的前程着想，她不能不忍痛割爱。

宝贝，你要听话。她颤着声说，事情已经定下，没办法改变了。你要去的那所学校非常好，你肯定会喜欢的；而且，你知道的，爷爷奶奶喜欢你、会对你很好的。

我不听！馨儿脸涨得通红，反正我不去。说着，她哭了，跑进自己房间锁上了门，不管母亲如何呼唤，就是不开门。

如盈很感激女儿。到底是自己身上掉下来的肉，对自己的感情就是不一样。她感到安慰，同时更加怜惜女儿了。孩子是弱者，对于父母的决定，除了顺从别无选择。她想起了自己看过的一篇小说，开头一句是"妈离开那年，我七岁"，想，若以后馨儿写小说，会不会也写"离开妈妈那年，我十二岁"？想着这些，她感到鼻子一阵阵发酸。

过了一会儿，她又去敲女儿的房门。谁知这次她一敲，小姑娘就马上把门打开了。如盈审视女儿，见小姑娘已经恢复了平静，不再气恼了。

妈妈，我不相信你们大人的话，那学校是不是真的很好，我要自己去看看。

如盈很是意外，不明白小姑娘何以来了个一百八十度的大转弯。

哦，这样也好。她说，但你得给你爸爸打个电话，最好他来带你过去。

好吧好吧，我知道啦。

小姑娘过去拿起话筒，拨通了父亲的电话。她向父亲提要求，跟他撒娇，说话"咿咿呜呜"的，像蚊子在叫。

如盈看呆了。她不知道自己的女儿原来还这么厉害，小小年纪就懂得公关策略，光这一点，就远远胜过了她。但再想想，又觉得这并不奇怪。馨儿既是她的女儿，也是彭海明的女儿，父亲的遗传基因够强大，所以女儿很好地继承了他的某些禀赋。这一发现，让她有些心情复杂，不知道自己是该高兴还是该不高兴。聪明机灵是好事，但她不希望女儿变成一个善于投机取巧的人。

她听见男人在电话里朗声笑着。小姑娘轻而易举地搞定了父亲，所有的要求都得到了满足。

从父亲老家回来时，馨儿显得兴高采烈。

那个学校好大好漂亮哦。她真心实意地赞叹说，体育馆非常大，教室里铺了地板、装了空调和电视机,路边种了很多树、还有很多花。

见到老师了吗?

见到了。她一直对我笑,好像很喜欢我。

嗯。从奶奶家去学校方便吗?

刚才忘了告诉你,奶奶家买了新房子,离我们学校很近的。

哦,给你准备房间了吗?

嗯。我的房间可大了,有衣柜、书架,还有飘窗,坐在上面看书可好了。

馨儿毕竟还是孩子,她不留恋过去,眼里只有未来,当她看见新的更大的世界的时候,心中便只剩下欢喜了。

如盈微笑地看着女儿,知道小姑娘的心已经飞走了。

眼看着就到了与女儿分别的日子。想到娘儿俩在一起的日子已屈指可数,如盈的心中便充满了无法言说的痛苦。

这天,如盈在厨房里忙碌,忽然听见馨儿"哎哟"一声,便连忙丢下手里的东西跑出去看。馨儿右手捏着左手食指,指尖上有一道血痕。如盈捧住女儿的手,问是怎么回事。馨儿用嘴指了指桌上的一叠白纸。如盈看了看那张孤零零地躺着的纸,心里很是奇怪:怎么连一张纸都会伤人呢?她心疼女儿,轻轻地抚摸女儿的手指,不禁又掉下了眼泪。

妈,你为什么总是哭呀?馨儿不满地说,把手抽了回去。

如盈愣住了,吃惊地看着女儿。

馨儿背过身去,扯了张纸巾缠在手指上。

如盈回过神来,从柜里找了创口贴出来,给女儿贴上。

她意识到了自己的错误。父母离婚,家里死气沉沉,母亲终日以泪洗面,这一切肯定都令女儿厌烦。孩子有自己的快乐和梦想,没有义务陪着她一起受苦。她感到内疚,便尽量控制自己,在女儿面前做出高兴的样子。

她几乎整天陪着女儿,即使女儿上培训班,也坐在教室后面等。她带女儿去吃必胜客,到公园散步。看见艳丽的芙蓉花,小姑娘欢叫着跑过去，藏在花丛后面，又探出头来对母亲做鬼脸。如盈脸上笑着，心里却阵阵发痛。

离别前的晚上，馨儿提出跟妈妈同睡。

如盈又一次感到意外。女儿真的长大了。她的心中百感交集。

妈妈，你恨爸爸吗？坐在床上时，小姑娘忽然问道。

如盈看到女儿的目光里充满了期待。她明白了，女儿爱自己，但同时也爱她的父亲，女儿不希望父母互相仇恨，所以想从自己口中听到想听的答案。

你快告诉我呀，妈妈。馨儿眼睛亮亮地盯着她。

如盈心里有点乱。男人的形象又浮现在她面前，她觉得他可卑又可怜，很是厌恶。

但馨儿穷追不舍：你到底恨不恨爸爸？你说嘛，妈妈。

如盈苦笑了一下。我不恨他。她肯定地说。

嗯，这就好。馨儿大大地松了一口气。

夜阑人静，小姑娘早已进入了甜甜的梦乡，而如盈却一丝睡意都没有。她紧挨女儿躺着，听着小姑娘均匀的呼吸声，贪婪地嗅闻女儿身上独特的清香。

她似乎又回到了十二年前。也是这么安静的夜晚，女儿躺在自己身边，穿着印满了棕色小熊的斜襟婴儿衫，乌黑浓密的头发，粉嘟嘟的小脸，小小的身体柔软清香。她喜欢抚摸小宝贝光滑的小脚丫，盯着那花骨朵似的小脸看。小不点儿在睡梦中，时而如天使般安静，时而嫣然一笑，时而扁扁嘴似乎要哭，要多可爱有多可爱。她看呀看，总觉得看不够。她又看见了刚学会走路时的女儿，摇摇晃晃满屋跑，不小心摔倒了，便哭着喊"妈妈"，非要她在地上重重跺两脚，才又破涕为笑。女儿大些了，她带女儿去公园玩，小宝贝看见一群鸽子"咕咕"叫着在地上跳来跳去觅食，就拍着两只肥肥的小手说："咕咕"喊妈妈，"妈妈抱"。三岁时，小人儿就能分辨是非了，看见爸爸呵斥妈妈，便用小小的身体护住妈妈，说：妈妈不要怕，我来保护你。

想起这些，如盈忍不住又流泪了。她轻轻拥抱熟睡中的女儿。小姑娘意识到母亲的温存，便像小时候那样，伸出双臂搂住母亲的脖子，含糊不清地叫了声"妈妈"，又顾自睡去了。

如盈悄悄坐起来，按亮了床头的小灯，看着安睡中的女儿。痛苦啮噬着她的心。总以为自己会一直守着女儿，看着女儿长成如花似玉模样、在最好的年纪找到相爱的人、幸福地度过一生。可是天不遂人愿，所有的美好愿望顷刻间便化为了泡影。女儿马上就要离开自己了，从今往后，她们母女将天各一方，自己再也不能天天看见亲爱的孩子了。

她久久地凝视着女儿花瓣一样的小脸，一点点地将它刻到了自己心上。

天亮了起来。楼下的早点铺又"咔啦啦"一声开启了卷闸门。

如盈被惊醒，意识到分离的时刻即将来临。她亲吻自己的女儿，然后慢慢直起麻木的身体，关了床灯，步履蹒跚地走出了卧室。

她做了女儿最爱吃的早餐：加了番茄肉酱及奶酪芝士的意式面条、煎鸡蛋。

馨儿起床后，津津有味地吃着母亲做的食物，跟平常没有什么两样。

如盈恋恋不舍地看着女儿，小心翼翼问她：宝贝，你会忘记妈妈吗？

不会呀。小姑娘轻快地回答道，我怎么可能忘记妈妈呢。

如盈吸吸鼻子，努力忍住了泪水。

来接馨儿的是彭海明的父亲。如盈送女儿到车前，紧紧地拥抱女儿，长时间不肯放手。

好了，我们得走了。馨儿的爷爷说。

汽车启动了。馨儿在窗口对着母亲挥手。

如盈跟着汽车跑。

汽车加快了速度，越来越远，越来越小，拐了个弯，从她的视野里消失了。绝望排山倒海而来。她流着泪，发疯似的朝着女儿离去的方向跑着，直到精疲力竭、跌坐在路上。

离　家

　　馨儿一走，如盈便没有理由再住在彭海明父母的房子里了。

　　她去中介所租房。烫着鸡窝头的大脸女中介在电脑上翻看房产信息，跟她说老城区有套两居室，精装修且家具齐全，问她有没有兴趣过去看看。

　　租金多少？如盈问。

　　每月两千。

　　太贵了。如盈小声说，你再找找，有没有便宜些的。

　　两千还贵啊？中介说，现在钱不值钱，两千就跟以前两百差不多。这么好的房子，已经超值了呢。

　　如盈不作声，也不看中介。

　　中介见她如此，立马又换上了热情的笑脸，说：好好，那你等一会，我再找找看，保证让你满意。

　　她倒是没有食言，果真找到了一间月租金一千元的单身公寓。

　　如盈跟着中介来到东城新区，经过大片抛荒的田地，进入了一个刚建起来的住宅小区。

　　出租的公寓在十五楼，被主人简单打理过，墙壁被刷白了，厨房有单眼煤气灶，卧室里放着旧木床，客厅摆了跟床一样旧的小方桌和一张扶手被磨破的三人布艺沙发。她觉得这房子合适，便立即签合同租了下来。

　　回到家，她开始收拾自己的东西。被褥打成了两个包。锅碗瓢盆被装进了一只大塑料桶内。两三件冬衣，四五条长裤，几件衬衫，几套内衣裤，用一只普通旅行袋就全部放下了。除此之外，她还有两纸箱书籍、一台平常在用的手提电脑。属于她的东西也就这么些。她不由得又想起了朱眉说过的话：你这么节约，舍不得吃舍不得穿，到时候后悔可来不及了哦。当时她不以为意，一笑了之，如今再回过头看，竟是一语成谶。

她分几次将包裹提到楼下，放入车内。最后一次，她抱着棉被从家里出来，在关上门之前，扭头回望自己生活了十几年的屋子。这是她的家，她与它朝夕相处，曾在里面欢笑、哭泣，可现在，她就要离开它了。她恋恋不舍地望着熟悉的一切，几乎落下泪来。

她在出租房安顿下来，第二天便出去找工作了。

她去设计公司应聘。但是，经理看了看她的简历，立即推还给了她，说：我们需要有实际工作经验的人，你不符合我们的条件。初次尝试便碰了壁，但她没有气馁，振作精神，又去另外几家公司应聘。但这些公司却像约好了似的，口径一致，都声称不收没有工作经验的人。

如盈终于知道了找份工作有多么不容易了。但她要吃饭、要交房租，没有工作就无法维持生活。但工作那么少，找工作的人那么多，让她不由得心中发慌。

她去各种招聘会，也不管专业是否对口，只要是觉得能做的工作，都上前去试一试。

有次，她见有化妆品公司在招销售员，便过去咨询。负责招人的年轻女郎妆容精致，脸上挂着招牌式的微笑，仅打了个照面，便和颜悦色地告诉她：我们不招三十岁以上的。她道谢，然后走开了。这是叫人难堪的，但经历过种种不堪之后，这点打击已经不算什么了。

又有一次，有家单位在招文员，她觉得自己能胜任这工作，便递上了简历。对方问了她几个问题，让她回家等消息。她怀着希望耐心等待。可日子一天天过去，事情却如石沉大海似的再无下文。

她不停地找工作，却一次次失望而归。希望如耗干了油的灯，越来越黯淡了。她在惶恐中度日，像失足从悬崖上落下、想抓住点什么却什么都没有抓住那样，先是焦急，后来慢慢就生出了绝望之心。

秋天的雨没完没了地下着。她被困在出租屋内,木然地站在窗前。四周寂然无声。城市被浓雾锁住,湿漉漉、灰茫茫,看不到一丝生机。小区外的马路被挖开了,边上堆着泥土和垃圾。拆迁留下的断墙残垣内,长满了一人多高的野草。土坡上有棵树死了,孤零零地立在雨雾中。

她疯狂地思念女儿。恍惚的时候,她似乎听见了女儿那特有的带些魔性的笑声,感觉女儿滑溜溜的小手正抚摸着自己的脸庞。每到放学时间,她便习惯性地想去接女儿。有次她真的跑去了女儿以前的学校,站在大门外朝教学楼那边张望。以前她来接女儿,也总是站在这里,看着女儿从教学楼里出来,小鸟似的朝她飞来。那时候,一切都是那么好。栽在路两边的银杏树,夏天是绿色的墙,秋天是金色的云,美得好像不是真的。

放学的铃声响了。校园里立刻喧腾起来,孩子们吵吵嚷嚷地从教学楼里涌出来,跑到大门口,如同分流的河水,很快从不同的方向消失了。如盈孤零零地站着,内心的思念之情如潮涌奔突。哦,我亲爱的孩子,妈妈多么想看见你啊!

她想去探望女儿。这个念头一经出现,就再也没办法抑制了。

她给彭海明发短信,请他同意自己去看望女儿。现在他是女儿的监护人,她与女儿接触须征得他同意。可短信发出去之后,她等了半天,却没有等到任何回音。也许他没看见?她把同样的内容又发了一遍,又等许久,但依旧没有等到男人的回复。她没有办法了,只得给男人打电话。听筒里"嘟嘟"地响着长音,却始终无人接听。她明白了,男人这是在故意刁难她,目的就是不让她见到女儿。她气得两眼发黑。天底下竟有如此狠毒的人!在让她一无所有之后,他竟然连最后一点希望也不肯给她。

她愤怒,且思女心切,便决定撇开男人、直接去学校见女儿。

这想法让她万分激动。她忘记了恨男人,立刻开始为即将到来的会面做准备。她到"食尚优品",买了许多女儿爱吃的小零食。又跑去"逸娜"服饰店,买了女儿心仪的卫衣和外套。哦,天渐渐冷了,还得给宝贝买面霜和无指手套,还有,应该买几本书一并带去。她忙了半天,提着大包小包回到住处。我明天就去,我要快点见到宝贝,越快越好。她想。

次日，如盈一早出发，九点刚过，就到了女儿学校。

保安把她拦住了，问她找谁。

如盈说：我找彭馨。

是学生吧？保安问，在哪个班级？班主任是谁？

如盈除了知道女儿就读学校的名称，其他一概不知。她答不上来，有些狼狈。

你是她的什么人？找她有什么事？

我是她妈妈，来看看她。

你是她妈妈？保安背着手，手里握着一根像接力棒一样的木棍，绕着如盈转了一圈，用狐疑的眼光上上下下打量她，那你怎么不知道她在哪个班级呢？

如盈心虚地看着他，不知说什么好。

正在这时，一辆黑色轿车驶来，停在了他们旁边。车窗开了，一个穿深灰色西装的中年男子探出头来。

保安马上立正行礼，说：郭校长好！

郭校长将一只大信封交给保安，又对他交代了几句。

如盈觉得机会难得，便上前对郭校长说明缘由，恳求他准许自己进里面探望女儿。

校长点点头，对保安说：办个登记手续，放她进去吧。

如盈谢过校长，到保安室做了登记。

向老师要个回执，出来时给我。保安叮嘱道。

如盈连忙答应，欢欢喜喜地进了校门。她找到教务处，问清情况后，去教学楼，见到了馨儿的班主任。

班主任老师是位三十多岁的女士，一头利落的短发，给人干练的印象。见了如盈，让座泡茶，显得十分客气。

彭馨跟你很像，鼻子、嘴形尤其像，老师笑着说，要是没见过她爸爸妈妈，我肯定就把你当成她妈妈了。

哦，你见过她爸妈？

是的。她爸爸来过几次了，她妈妈来过一次，很漂亮的。老师说，你与彭馨是什么关系呢？

我——我是她阿姨，刚从兰城过来。如盈支支吾吾地说。

噢，你从这么远过来呀。

是的。如盈看着老师说，我特地来看她，开了几个小时车。

这恐怕不行呢。老师依然笑着，但明确表示拒绝，彭馨的爸爸昨天给我打电话了，再三叮嘱不要让她见来路不明的陌生人。

可我不是陌生人呀，老师。如盈急急分辩说，彭馨认识我，你把她叫来就知道了。

我不能这么做。请你谅解。老师很和气但态度很坚决，我们得对家长负责，家长提的要求，如果合理，我们就有义务满足他。

如盈呆住了，想亮出自己的真实身份，又怕这么做会对女儿有不好的影响，便不知所措地僵立着。

老师说：让你失望了，真是对不起。

如盈的心像被罩上了一层黑雾。

那——麻烦你把这些转交给彭馨。她拿过买给女儿的东西，想交给老师。

哎，这不可以。老师抱歉地说，为保证学生吃好正餐，学校规定学生不能带零食进来。另外，学生在校都得穿校服，衣服之类的东西你最好送去她家里。都是学校定的规章制度，我们也没办法，请你理解。

如盈不再说什么，默默地起身告辞。给女儿买的东西都原封不动地带了回来。

来到大门口时，保安又拦住了她，向她索要回执。她呆呆地看着保安翕动的嘴，不明白他在说些什么。

馨儿，我亲爱的孩子，难道妈妈真的不能再见你了吗？她回过头望着生机勃勃的校园，心中充满了无法言说的悲伤。她终于意识到，女儿真的与自己分开了，并且分得那么彻底，虽然近在咫尺，却仿佛隔了千山万水。

这打击实在太大了。如盈回到住处，和衣倒在床上，整整一天没有起来。

车　祸

　　深秋了，片片枯叶像无数死去的蝴蝶，被风卷起，又打着旋跌回地上。如盈长时间立于窗前，木然面对窗外衰败的景象。很多天了，没有人问候她，甚至没有人给她微笑，她在一个无人认识的地方孤寂地生活，感觉生命如同一片被踩进泥土的树叶，在时间里正一点点化为虚无。

　　工作没有希望，人生也没有希望，一切都没有希望。她迅速消瘦，眼窝深陷，眼里含着无尽的哀怨。人为什么要忍受痛苦日复一日地煎熬？如此卑微地活着到底有何意义？她就像一个在荒漠里迷了路的人，看不见任何出路，只能坐以待毙。

　　这天上午，如盈突然接到了父亲的电话。

　　小盈，你妈吃了一瓶安眠药，现在躺在医院里。父亲声音嘶哑，显得既焦急又疲惫。

　　什么？如盈脑袋"嗡"的一声，着急地问，妈妈现在怎么样？有没有危险？

　　父亲说：已经洗过胃了，人醒过来了。

　　如盈松了口气，提着的心落回了原处。

　　你们在哪里？她说，我马上过去。

　　我们在第三医院，你妈在急诊室挂盐水。父亲说，你别急，慢慢来好了。

　　不，我现在就过去。

　　如盈匆匆穿上外套下了楼，驱车直奔医院。

母亲躺在急诊室的病床上，睁着眼，脸色青白。

如盈叫了声"妈"，扑过去伏在床边，握住母亲冰凉的手，不觉潸然泪下。

但母亲像不认识她似的，漠然地看了她一眼，缩回手，并掉开了目光。

如盈心里非常难过，不知道母亲是怎么了。母亲这样子，或许是对她心存不满，或许纯粹是疾病所致、与她无关。她查过资料，知道抑郁症是起于情绪和关系的疾病，光靠药物很难解决问题。但调校情绪和关系是十分困难的事，必须伴随着学习、领悟和成长进行，若做不到这些，就不可能见效。可母亲有可能做到这样吗？她了解母亲，对此几乎没有信心。

你这么多天不来看我们，也不给我们打电话，你就这么忙吗？父亲沉着脸责备她。他并不知道她已经离婚，以为是女儿不关心父母。

如盈理解父亲。妻子病成这样，女儿又如此无用，让他心里既难过又烦躁。但她不能对父亲道出实情、再给老人沉重一击。她觉得嗓子眼里像是堵了个热辣辣的元宵，咽不下吐不出，有窒息的感觉。

父亲朝女儿看了看，大概觉得有些不对劲，便问：小盈，你怎么啦？是不是也病了？

如盈连忙摇头否认。

你脸色不好，好像瘦了许多，是出了什么事吗？父亲不放心地问。

没有。如盈再次摇头。

馨儿呢？她是不是考上兰城一中了？

如盈傻愣愣地看着父亲，不知该如何回答。

看你神不守舍的，一定有事。老人说。

真的没有。如盈赶紧说。怕父亲再问下去，她扯开了话题，问：妈妈是怎么回事呀？

你妈失眠，连着几夜没有合眼，所以精神崩溃了。父亲的注意力又回到了母亲身上，心有余悸地讲起了事情的经过，今天早上，我做好早饭，跟往常一样把洗脸水端到床前，让你妈洗刷，然后我把早饭端进去，跟她一起在房间里吃了。你妈吃过就又睡下了。我洗好碗后又洗了几件衣服，然后给你妈煎中药。屋子里静悄悄的，我忽然觉得有些异样，便进房间去看。你妈一动不动地躺在床上，我叫了她一声，没应，再叫，还是不答应。我上前摇她，她哼了两声。这时我看到了扔在床头柜上的空药瓶。这种药每天只能吃一粒，而她却把整瓶药吃了。我吓得汗毛都竖了起来，急忙拨打了120。还好救护车来得很快，否则后果不堪设想啊。

如盈疼惜地看着父亲。他已白发苍苍，眼皮耷拉着，脊背也弯了。曾经身强力壮的父亲，不知不觉中已变成了一个羸弱的老人。

我辛苦啊。要寸步不离地守着你妈，要洗衣、做饭、煎药，还得伺候你妈吃喝。现在我没有了自己的时间，失去了自由。我也是上了年纪的人，天天这么忙着也累啊，真不知何时是个头呢。咳——父亲絮絮叨叨地诉说着，抬手抹掉了眼角渗出的泪花。

唉，父母年老体衰，我又这么不争气，不能为他们分忧。如盈自怨自艾，心中十分内疚。

该吃中饭了。父亲说，你想吃什么？我去给你买。

到底是父亲，尽管自己很不如意，却依然关心着女儿。泪水再次涌上了如盈的眼眶。她起身，别过脸看着门外，说：不用，您在这看着妈妈，我去买回来。说完，没等父亲回答，便出门走了。

如盈一直在医院里，待到输液结束，她送父母回家。

她在家附近的超市买了鱼、肉食、蔬菜、水果，回去给父母做了美味可口的晚饭。饭后，她简单搞了卫生，把父母换下来的衣服都洗了。当她做完这些的时候，父母已经睡下了。她拎着自己的包，轻轻出了家门。

楼道灯坏了，门外一片漆黑。如盈用手机照着路下了楼梯。

风夹着冰冷的雨点扑向她。她打了个寒噤，裹紧外套，向自己的汽车跑去。

她钻进车里，抹掉脸上的雨水，长长地吐出了一口气。父母家是曾经的安乐窝，但当父母渐渐老去、母亲生病之后，这里就再也找不到温馨的感觉了。

她坐在黑暗中，看着小镇的轮廓在眼前一点点清晰起来。高楼参天耸立，但窗口都黑黢黢的，没有一丝活气；街上不见一个人影，只有两条流浪的瘦狗在一堆垃圾上嗅闻。

她不由得又想起了过去的平安镇，那是她心中的故乡，街道如枝权般伸展，有色彩斑斓的生活，有许多温暖的人，有亲爱的外婆。

她仿佛又看见了外婆穿着白底隐格洋布大襟衫，坐在窗下静静地看着地上一方阳光的样子。外婆上过洋学堂、闹过革命、懂英文、会用繁体字写信、会讲很多引人入胜的故事。小时候，她缠着外婆讲故事，外婆总是笑眯眯的有求必应。外婆讲的都是真人真事，却又生动又惊险，有外公从军的父亲带小妾回家的情形，也有日本鬼子扔炸弹炸毁外公家祖宅、炸死外公母亲和姐姐的惨烈。她恋爱时外婆尚健在，她去外婆的小屋，外婆就念叨"男人戴朵花，女人得个疤"。当时她不懂这话的意思，如今她懂了，可外婆却已离开人世很多年了。

跟外婆一样消失了的还有老街，及在老街上生活过的许多人。是的，过去了的都永远不再回来了。在这个下着雨的秋夜，如盈看到了永别，她曾经拥有过的一切——青春、爱情、欢笑、梦想、家，都一去不复返了。她觉得自己就是一个孤儿，独自在尘世间流浪，无依无靠、无家可归。

如盈坐了很久，然后发动汽车，离开了平安镇。

乡村公路很多地方没有路灯，汽车如同大海里的小船，在无边的黑暗中漂浮。如盈觉得心里憋闷，便按下了车窗，风便"呼"地涌进车内，灌进她的脖子，掀乱了她的头发。她突然兴奋起来，加大力量踩下了油门。汽车顶着两道光柱，箭一般地射了出去。耳边风声猎猎，雨点如无数鞭子狂暴地抽打她的脸颊。痛苦不见了，所有压迫着她的人和事也都悉数消失。她的心中生起了欢快之情，仿佛挣脱了锁链，正赶赴一场渴望已久的约会。

突然，一条黑影从路口蹿了出来。如盈惊呼一声，慌忙去踩刹车。

但是，来不及了。她的叫声未落，电瓶车到了跟前。完了！情急之下，她猛打方向。汽车失去控制，冲出了路面。她被一股强大的力量甩向前方，听到了"砰"的一声响。那一瞬，她以为自己必死无疑。但当她睁开眼睛时，却发现自己仍然坐在驾驶位上，安全气囊已完全弹出。她试着动了动身体，觉得似乎完好无损。她又推了推驾驶室的门，居然一下就推开了。她摸到自己的包，解开安全带，钻出车外，爬上路面，给保险公司打电话报了案。

她躲在香樟树下，等候事故处理人员。雨从枝叶间漏下来，她的头发和衣服都被淋湿了，冷得发抖。终于有辆车来了。来人是个小伙子，她以为是保险公司的，结果却是4S店的。小伙子从自己车里拿了把雨伞给她撑着，掏出一张名片递给她，让她把车送到他们店去维修。正说着，保险公司的人到了。保险员小心翼翼地爬到坡下，绕着汽车仔仔细细地察看了一番，又从不同角度拍了照。回来时，他告诉如盈说：你的车已不能开了，晚上不便作业，要等明天来拖了。

如盈点点头说：好的，那就等明天吧。

第二天，如盈去事故现场，见到自己的汽车时，着实吓了一跳。车斜倚在一棵大树上，车头严重变形，右侧车门几乎折断。她回想着那惊魂一刻，感到后怕不已。

车被拖走了。当天晚些时候，保险公司打电话给她，说汽车损坏严重，维修需要不少钱；而且即使修复了，肯定也没有以前那样好了。

她问：那你们说怎么办呢？

对方说：我们认为你还是把这辆车报废、拿到赔付再去买辆新车比较划算。

如盈考虑了一下，觉得自己无工作无收入，确实也开不起车了；而且，有这样一笔收入，自己也能宽心一些，便同意了保险公司的这个方案。

柳暗花明

午后，如盈感到非常疲倦，倒在床上便睡着了。

不知睡了多久，楼上装修的噪声把她吵醒了。她不情愿地睁开眼睛，看看已是黄昏天色。头很痛，还伴着阵阵恶心的感觉。她意识到自己感冒了，便起床，找出板蓝根，泡了两包，一口气喝了下去。

我应该吃点东西，这样也许会好一些。她从小冰箱里拿出剩饭，倒进锅里煮成粥，勉强吃了几口。她感到头晕目眩，便又躺回床上，昏昏沉沉地睡了过去。

她开始做梦，看见自己站在火海的中心，周围的一切都在熊熊燃烧，热浪滚滚，举目红彤彤一片，情势十分危急。她十分害怕，想赶快逃走，但两条腿却不听使唤，仿佛有千斤重量，根本迈不开步子。灼热的感觉越来越强烈，她似乎看到了死神步步逼近，心中万分恐惧。忽然，铃声大作。她觉得是有人来灭火了，心放松了一些。真的有人过来了——是两个人。待来人走近，她发现他们居然是自己的父母。父母又恢复了年轻时的模样，腰背挺直，走路虎虎生风。她异常激动，大声呼唤他们。但是，奇怪的事发生了，她明明在叫，却没有发出一点声音。父母没有看见她，径直从她身边经过，朝另一个方向走了。她感到绝望，便大哭起来。

她在自己的哭声中醒来，感到头胀痛得厉害，像是要裂开来似的。她抬手摸了摸额头，觉得它很烫。她迷迷糊糊的，觉得没有力气、无法动弹，很快又进入了昏睡状态。

小盈，快醒醒，不能再睡了。她听见外婆的声音从远处传来，你在发高烧，得赶快上医院去。

她再次醒了过来，身上大汗淋漓，内衣全湿透了。

她艰难地翻了个身，拿过手机看了看时间，发现已过了晚上八点。她挣扎着下床，稍事收拾后出了门。

外面风很冷，她感到眼前阵阵发黑、胃里翻江倒海地搅动起来，便急忙在花坛边上坐下，从包内扯出事先准备好的塑料袋，把脸埋在里面呕吐起来。她剧烈地吐着，仿佛连五脏六腑都要呕出来似的。这阵难受过去后，她软绵绵地靠在一棵树上，感觉身上一丝力气都没有。待缓过来，她吃力地站起来，慢慢走到小区外面，打出租车去了医院。

虽然是夜里，但急诊楼里却依然人满为患。如盈在服务台量了体温和血压，看看数据，连自己都吓了一跳，体温竟超过了四十度。

挂号窗口排着长队。她站在队伍后面，一步一步往前挪。来苏水与人体的气味相互混杂，一阵阵往鼻孔里钻。她又吐了。吐完，再接着排队。

终于挂上了号。她跟着人群往里走，在过道尽头找到了内科门诊室。门口的电子牌显示着病人的排号，她看见自己前面排着九个人。她感到体力不支，想找个地方坐一下，但前前后后找了一遍，却没有看到一个空位。她没有办法，只好靠着墙，站在诊室门外。她还是不停地呕吐，但除了苦水已经没有什么可吐了。她在煎熬中等待，盼着早点消除痛苦。

总算轮到她了。她走进诊室，坐在病人的位置上。医生从电脑转向她，简单问了问病情，便又转过身去，在电脑上开了张单子，叫她去三楼验血。她上楼，抽了血，半小时之后拿到化验报告，又回到诊室。医生看了一眼化验报告，很快开出处方，让她付费后配药，再去输液大厅挂盐水。

她拿着药，到护士站挂上了针，在举着盐水袋寻找位置时，差点晕倒。后来，护士来给她换盐水袋，发现她冷得发抖，回去拿了条薄被过来，盖在她身上。

她对尘世极度失望，已不期待任何温情。但现在，她得到了关照，感受到了来自他人的善良情意。她感动得热泪盈眶，一颗心又热了起来。

高烧退去后，咳嗽又缠上了她。先是有一声没一声地咳，后来越来越厉害，几乎整日咳个不停。她去不同的医院，吃了很多药，却收效甚微。咳嗽就像一个恶棍，一直侵扰她，让她不得安宁。她知道这是长时间积郁造成的后果。悲伤、忧虑、焦灼、苦闷都是有毒的，毒素在体内一点点累积，到了某个程度，便会重创免疫系统、致人以病。

在这段备受疾病困扰的日子里，如盈想了很多。

是的，死是无法逃避的事，无论高低贵贱，每个人都会在时间里灰飞烟灭。但是，我们既然来到了这个世界，就有责任不折不扣地完成上天交给我们的任务——好好地活着，无论我们面前的路有多崎岖坎坷，不管我们多少次跌倒、遭遇此路不通的绝境，我们都应该咬紧牙关承受所有的痛苦和不幸，绝不能轻视乃至放弃自己的生命。

想明白这些之后，如盈像从被囚禁的小屋里放出来那样，体会到了放下之后的轻松。她的心境慢慢平复，与此同时，长时间纠缠她的咳嗽竟也悄然消失了。

身体复元，如盈决定马上出去工作。

我可以去站超市，也可以去农贸市场卖水果，什么工作都可以做，别人要说什么就随他们说去。她想。

就在这时，朱眉忽然到出租屋看她来了。

如盈看到，朱眉变得更漂亮了，整个人像被美化了似的，散发着惑人的光彩。

朱眉显得很开心，似乎有很多幸福需要与人分享，不停地谈自己的事，一边讲一边"咯咯"地脆笑。

她翻开手机，给如盈看她演唱的几段MV。视频里的她，身着一件叶子和花朵相互缠绕着的波西米亚风格连衣裙，仿佛把一幅热带风情画穿在了身上。

这些都是韦兄拍的，后期制作也是他，你觉得好吗？

真的很美！如盈边看边说，这是在哪里呢？

大东海，我们在那里培训学习。朱眉笑逐颜开地说，这个季节去那里真是好极了，阳光、沙滩、下午茶，还有歌舞晚会，我都不想回来了呢。

如盈笑着说：看得出来，幸福都写在你的脸上呢。

嗯，我们游泳，拍照，唱歌跳舞，简直太美了！朱眉沉浸在激情的欢乐之中，神情如痴如醉。

如盈笑而不语。她不赞成朋友游戏感情的态度，但又觉得不便多说。

朱眉看看她，忽然发现了问题，问：你好像又瘦了很多，怎么回事？

如盈说：前段时间我生了一场病。

噢，怪不得。朱眉说，病了也不跟我讲，看来你根本没拿我当好姐妹看呢。似是埋怨，却又"扑哧"一声笑了。

如盈笑了。怎么会呢，你知道的，除了你我没别的朋友了。

朱眉没有接她的话，站起来，在屋子里转了一圈，走回来的时候说：你应该住得好一点嘛。这房子这么简陋，连热水器都没装，真搞不懂你为什么要对自己这么不好。

如盈笑了笑，轻声说：我没有收入，能住这样的房子已经很不错了。

那你为什么不去工作呢？

如盈便把找工作的情况讲给她听。

原来如此。朱眉沉吟着说，我来想办法，应该可以找到工作的。

哦，那太好了！如盈喜出望外。

我去说说看。朱眉说，但你要有准备，临聘人员的工资都是不高的。

有工作就行，工资低点没关系。如盈忙说。

好的，我马上去联系，你等我消息。朱眉一副满有把握的神情。

当天晚些时候，朱眉给如盈打来电话，告诉她已找到了用人单位，说：明天上午你来我办公室，我带你去见你单位的头儿。

如盈连连答应。在鲁迅的小说里，人们看见丧夫失子的祥林嫂唯恐避之不及。现实又何尝不是如此，有多少人愿意理睬一个一无所有的倒霉女人？朱眉虽然任性浪漫，却是个真性情的人，不势利、待人真诚。朱眉如此帮她，让她万分感激。

如盈随朱眉去单位见头儿。

头儿跟朱眉很熟，又是泡茶又是递水果，靠近时，几次拍她的香肩。头儿很渊博，善于引经据典，讲一些不太好笑的笑话。朱眉听了，却笑得扭身趴在后面的隔扇上。如盈拘谨地坐在一旁，傻傻地笑，不敢开口说话。后来，头儿总算想起了正事，便打内线叫来了单位主管齐小琴。

齐小琴一身洋装，梳公主头，脚踩高跟鞋，走起路来一扭一扭的。她上前搂住朱眉的肩膀，说笑的时候，涂得翘翘的眼睫毛扑闪着如同鸟儿的翅膀。

头儿吩咐道：你把江如盈带过去，跟她谈谈，把手续办了。

齐小琴像才发现还有个人在似的，扭头看了如盈一眼，瞬间便收起了笑容。

如盈跟在齐小琴身后来到她办公室。齐小琴打开抽屉，从里面找出几张表格，交给如盈，让她填写。

如盈在齐小琴对面的位置上坐下，很认真地填表，有不明白的地方，便向未来的上司请教。

齐小琴显得很不耐烦，轻蔑地看着她，脸上绝无笑影。

如盈心里惴惴的，似乎看见了横亘在她们之间的高墙，拿笔的手有些发抖，写出来的字也失去了水准，变得难看了。

但是，在生存面前自尊又算得了什么呢？不管怎样，找到工作就是可喜可贺的事。

第二部　鹊桥仙

我们天各一方

似两颗星球遥遥相望

你的阳光

穿越森林湖泊

带着

幽花与野蘑菇的影子

而我的风

来自远古的废墟

荒芜与忧伤的气息

挥之不去

上　班

　　转眼间，如盈上班已一月有余。

　　司机老诸坐在如盈对面。老诸快六十了，人瘦瘦的，但穿得清清爽爽，头发也总染得黑黑的，乍一看也就五十来岁模样。他给单位的头头儿们开车，因此知道很多别人不知道的事。但他守口如瓶，绝不轻易泄漏机密，故深得头头儿们的信任。老诸识字不多，不读书不看报，不出车时，就用电脑上网，"噼里啪啦"地打包红心。不知出于何种心理，他不大跟如盈说话，时常一言不发，把她当空气。他们都是临聘人员，但在单位里的地位却有着天壤之别。同事们对老诸笑脸相迎，有事没事过来跟他搭讪几句、开个玩笑。秋维是经常跑来办公室找老诸的人。要是老诸不在，秋维就跟如盈讲闲话，一来二去，两人也就熟了。

　　秋维比如盈小几岁，走路像一阵风，一双黑眼睛滴溜溜乱转，讲话语速极快，给人的感觉就像一首激情奔放的摇滚乐。老诸见到秋维，顿时眉开眼笑，如同服了兴奋剂一样，与平常判若两人。如盈第一天上班，秋维就来了他们办公室，并提到了朱眉，说朱眉不仅人美，能力也很强。秋维说话不嫌累，而且会说话，知道什么场合说什么话、对不同的人说不同的话。老诸喜欢养狗，秋维就跟他谈狗，什么蝴蝶犬、贵妇犬、金毛寻回犬、西伯利亚雪橇犬，谈起来头头是道，像狗博士似的。要是老诸出车了，秋维就关上门，仰面躺在老诸的椅子上，两条腿伸得长长的，嘀咕一些如盈不知道的秘密。

　　说：茉莉家超有钱呢，她公公开了一家工厂，听说有上亿资产。

你看她穿的用的，哪一样不是名牌？

又说：雪芩这小姑娘有福气，爸爸是市里的领导，妈妈是单位一把手，你看着好了，她肯定会另觅高枝，不可能一直待在我们这个破单位的。

又说：瑞芬要升职时，玉修和恩诺都气坏了，她们也一直盯着这个位置，最后却被瑞芬抢了去。为了这事，她们几个明争暗斗，差不多都翻了脸。你别看她们表面一团和气，背地里关系紧张着呢。

如盈边做事边听着她讲，眼前一一闪过了几个女同事的脸——茉莉的脸粉嫩圆润；雪芩的脸高傲冷漠；玉修的脸似乎总带着笑；瑞芬的脸精致中透着精明；恩诺大脸盘、大眼睛、大鼻子、大嘴巴，凑在一起倒也和谐。

有一次，秋维神秘兮兮地问她：你知道我们单位谁最厉害吗？

如盈笑着摇了摇头。

齐小琴呀。秋维凑近她，你没看见大家都拼命拍她马屁吗？

如盈说：我没看见。

秋维冲她撇撇嘴，但马上又放低声音用知心的语气说：你刚来，自然不知道啦，她跟头儿关系好着呢。她的嘴巴几乎碰着了如盈的耳朵，昨天头儿刚做了痔疮切除手术，我有事上去，看见头儿躺在里间的床上，齐小琴站在床前，一脸怜惜地看着他。啧啧，当着我的面，真做得出。

如盈不喜欢说是非，但别人要说，她也没办法，只能洗耳恭听。

秋维说够了，拿过复印好的资料准备回去。她打开门，探头探脑地朝外面看了一阵，确定没人，这才放心大胆出门，一溜烟地走了。

晚上开会，同事们便像上最后一节课的孩子们那样心不在焉。秋维在笔记本上划拉一阵，将它推给了邻座的茉莉。茉莉看了之后，伏在桌子上笑。秋维拿回笔记本，在上面写了几个字，又推给另一边的恩诺，恩诺一看，捂住嘴巴，笑得跟抽筋似的。

秋维去食堂吃午饭，路过如盈办公室门口时，探进上半身，张大嘴巴，用手做了下扒饭的动作。如盈笑了，觉得这人很有意思。她站起来，跟着出了门。但秋维没有再理她，而是上前挽住了茉莉的胳膊，与瑞芬大声说笑起来。如盈有些摸不着头脑，觉得秋维有些奇怪。

饭后，女同事们围成一圈，叽叽喳喳地聊天，发出阵阵又脆又亮的笑声。

如盈最怕人多嘴杂的场合，便躲在自己办公室里。秋维又跑来了，警告她说：你不要总独来独往，弄得很清高似的，老这样的话，大家就都不理你了。

如盈像犯错的孩子似的笑着，心里很感激秋维。

走吧，跟我一起去。秋维说。

如盈便跟着她去了女人们聚谈的地方。

一群打扮入时的女人站在廊檐下聊得正欢。秋海棠和三角梅在她们身旁热烈地开着，似在与她们争奇斗艳。

去年我在杏花苑买了套房，现在赚百分之五十了呢。玉修说。

恩诺"哼"了一声，说：不就有几个钱吗，显摆什么呀。

哎，赚钱是好事嘛。瑞芬接过话茬说，好事当然要分享啊，玉修你得请客。

是呀是呀，你必须请客。雪岑捉住了玉修的胳膊，快说，请我们吃什么。

大家都看着玉修。谁都知道玉修在吃上面讲究，苹果要买最贵的，菜肴烹调要求原汁原味，早餐一定要鸡蛋、面包、牛奶、蔬菜搭配，每天必须吃活的鱼虾。

玉修刚要开口，齐小琴一扭一扭地走了过来。

美女，你今天好漂亮哦。秋维上前搂住她的肩膀，摸了摸她的风衣说，这衣服真好看，哪里买的呀？

百亿大厦。齐小琴轻描淡写地说。

百亿啊，恩诺吐了吐舌头，那肯定老贵喽。

但这衣服确实精致又好看呢。茉莉说。

齐小琴"咯咯"笑，上下打量茉莉身上的长款针织开衫，说：嗯，柠檬黄搭配米色、橙色、墨绿花纹，把你的皮肤衬得更白了。

是吗？那就值了。茉莉高兴得脸都红了，这衣服要三千多块呢。

齐小琴伸手抚了一把开衫，又撩起下摆看了看中缝的水洗标，点头道：百分之百山羊绒，怪不得手感这么好。

瑞芬问她：听说你女儿通过了钢琴四级？

是的。齐小琴的脸笑成了一朵花，我们要她继续努力，争取小学毕业前通过六级。

我们只有羡慕的份呀。秋维叹道，老话说得好，龙生龙凤生凤，有如此优秀的妈妈，女儿怎能不优秀呢！

哪里哪里。哈哈。齐小琴大笑。

如盈微笑着站在一旁，觉得一句话也插不上。

哎，你怎么一声不吭啊？恩诺突然转向了她。

如盈有些慌乱，吞吞吐吐地说：我——我听大家讲啊。

听说你女儿已经上中学了？恩诺继续发问，在哪所学校读呢？

她女儿在J城一所私立学校读书。秋维抢着答道。

怎么去那么远的地方读呀？玉修对着如盈说，你也真放心得下，要是我，肯定不会让这么小的孩子离开自己。

如盈张了张嘴，欲言又止。她无法解释此事，只好沉默着。

其实离婚正常得很，齐小琴说，说出来也没什么大不了的。

现场突然安静下来。女人们看看如盈，互相对对眼色，露出了意味深长的笑。

不是她的错。秋维说，是她老公有了外遇，离婚也是她老公提出来的。

如盈觉得像被当众扒光了衣服，恨不能有个地洞钻下去。

但女人们不管不顾，紧紧抓着这个话题不放。

你长得也不难看，你老公怎么就看上别的女人呢？瑞芬睁大好奇的眼睛问。

你这么说不对呀，颠倒众生的女明星还被男人抛弃呢。茉莉说，感情的事很难说得清楚，长得好看不一定被男人珍惜；相反，有些女人长得很难看，却照样有本事把老公调教得服服帖帖的。

如盈感激地看了茉莉一眼。

你父母也真开放，居然能同意你离婚。雪岑说，如果换成我们家，那是万万不能的。我们爸妈自己品行端正，对我们要求也高，我们的家庭教育让我们做不出这样的事。

对呀，男人提出离婚，女人也可以不同意的嘛。瑞芬附和道。

最可怜的是孩子。恩诺做出一副悲天悯人的表情，要是我，再怎么也不会放弃自己孩子的。

……

女人们你一言我一语说下去。

如盈懂她们的意思，她们的潜台词是：你老公不好，但你也好不到哪里去，肯定是你缺乏教养、有错在先，而且你还冷酷无情，把女儿都丢弃了。她们很多时候是对手，彼此缺乏好感，甚至相互为敌，但现在，她们是知己、是战友，站在同一条战壕内，一个个如勇敢的堂吉诃德，穿着可笑的铠甲，摆出卫道士的面孔，朝一个假想敌身上吐口水。是的，女人是不能离婚的，男人负了你，你成了弃妇，照样是要被人看不起的。何况清官难断家务事，别人凭什么相信是你对他错呢？

如盈求助地看着秋维，希望她能帮自己说句话。但秋维一只手搭在齐小琴肩上，正起劲地说着悄悄话呢。她孤立无援，只能选择忍气吞声。

休息日，如盈去看望父母。父亲问她在单位做些什么。她告诉父亲说：我的工作有点杂，要收发文件、管理档案、打印复印、分发报纸杂志、采购办公用品。此外，有会议时做些会务工作，有客来访去倒个水递个茶。

嗯，挺好的。父亲说，能做的事尽量多做点，别小气。

如盈点点头，说：我每天最早到单位，分内分外的事都做。

嗯，应该这样，找份工作不容易。父亲说。又问：工资多少？

每月两千八。

嗯，父亲说，钱少了些，但毕竟是坐在办公室里，工作不算辛苦，也还可以了。

如盈又点点头。

父亲说：现在你有了工作，我们就放心多了。

如盈知道，自得知自己离婚的消息，父母一直在为自己担忧。她感到内疚，对父亲说：你们放心好了，我会处理好自己的事情，不会总这个样子的。

父亲点点头，露出了宽慰的笑容。他了解自己的女儿，知道她柔弱的外表下蕴藏着势不可挡的勇气，是不会轻易被打败的。

这天快下班的时候，头儿把如盈叫了上去，交给她一本厚厚的红色封面的书，吩咐她把里面有关民营经济的论述都摘出来并写成一篇论文。

明天早上给我，头儿说，我后天开会要用。

如盈觉得这是头对自己的器重，便非常高兴地接受了任务。她熬了通宵，按要求完成了这项工作。

她稍稍休息了一会，又赶去单位，打印出论文，送到头办公室。

头儿看了一遍，把稿子扔在桌上，朝她一推道：内容不够翔实，你去找些资料补充，弄好了再拿过来。

如盈拿了稿子回到办公室，急急忙忙地修改好，再次跑去给头儿过目。

唉，你是怎么搞的嘛。头儿看着稿子，不满地说，这样的东西怎么用啊！？

如盈怯怯地笑着，不知如何是好。

好了，头儿将文稿丢在一旁，我叫别人改，你回去吧。

如盈唯唯诺诺地应着，退出了办公室。

她有些丧气，觉得自己很没用。走到楼梯口，她在镜子里看见了一个面色青灰、神情疲惫的陌生女人，因为太瘦，那件黑色外套像是挂在她身上似的。她冲着镜子里的女人咧嘴一笑，对方也对她报以无奈一笑。

我看你也太老实点了，老诸说她，干这么多活，却连一句表扬都没捞到。

如盈对他笑笑，没作声。

她认为尽心尽责工作是自己的本分，因此内心并无委屈情绪。另外，她已明白了很多事情，知道在职场中如鱼得水的从来都不是那些只会工作的人，故对得失荣辱抱淡然的心态，并不看重。

她不再去女同事们聚谈的地方。中午就待在办公室里看书，天气好时也去附近的小公园走走。有一次，她在公园里碰到了也独自出来散步的平姐。两人聊了起来，居然还非常投契。从这天开始，她们经常结伴去公园散步，很快便成了好朋友。

平姐是单位里最年长的同事，却超乎寻常地活泼秀丽，让人猜不出实际年龄。许多同事和气里带着点假，整天煞有介事地忙着，像做着什么了不得的大事似的。平姐跟他们不同，她为人真诚，从不故作姿态，她喜欢读书，还写得一手漂亮的毛笔字，是兰城有名的书法家。

两人一起散步时，平姐就跟如盈谈书。她熟读《论语》，对孔子十分推崇，说：很多人以为孔子是一副圣人面孔，其实并非如此，孔子是个既智慧又可爱的老头。他跟别人一起唱歌，要是这人唱得好，他就非让人家重唱一遍不可。见有人无所事事，便说"不是有赌博和下棋吗？干点这个，也比闲着好啊"。听到有人说"伟大啊孔子！他的学问广博，而不仅仅是某一方面的专家"，他便跟学生们说"我能干什么呢？赶车吗？当射手吗？我还是赶车吧"。

如盈喜欢听平姐讲这些，觉得非常有意思。

平姐也谈佛经，说《金刚经》很好，常读能让人悟理见性，获得内心的清净。

如盈接不上话了。她以为佛教是宣扬迷信的宗教，所以一直持排斥态度。

平姐知她不了解，便说：我有一行禅师写的《佛陀传》，下次给你看看。

十一月末的一天，平姐请如盈去她家里吃饭。

平姐的丈夫老陈到门口迎接客人。如盈见老陈穿了件浅灰色旧毛衣，腰上系着暗红色围裙，笑眯眯的，十分和善可亲，便放松了不少。她知道老陈是兰城中学校长，现在见着了，觉得他就是一顾家好男人。老陈泡茶、切水果，坐下来陪她说了会儿话，才又进厨房忙去了。

如盈环顾室内，见对面墙上挂着巨幅山水画，画面上树木朦胧苍翠、山石深秀葳蕤、屋宇相叠有致，一派蔚然深秀的气象。她觉得这幅画有些特别，便起身到跟前去看。

你知道徐宏辉吗？这是他的画。平姐走过来说。

如盈笑着摇了摇头。

徐宏辉是兰城著名画家，也是我曾经的同事。平姐说，这幅画是他前两年送给我们的。

这画用笔黑、密、厚、重，颇有"黑宾虹"的味道。如盈说。

你懂画？平姐很是惊喜。

如盈说：我学过国画。

哦，怪不得。平姐说，评论界也普遍认为徐宏辉的画与黄宾虹的后期作品风格接近。

两人谈了会书画。

平姐说：客厅有油烟味，我们去书房坐吧。

如盈随平姐来到书房。

室内墨香飘浮。窗台上的仙客来正盛开着，夕阳给它涂上了一层金色，看起来光彩夺目。书桌上摊着一幅已完成的书法作品，如盈上前看，见写的是《心经》。

平姐从书架上抽出《佛陀传》交给她，说：这本送给你了。

如盈接过书，把它放进了包里。

两人在小沙发上坐下来。平姐拿出一本大相册，翻开来给如盈看。这是我们的女儿泽茵。她指着照片上青春靓丽的女孩跟如盈说。

哇，这么漂亮呀！如盈说，她在哪里读书呢？

她已经研究生毕业，留在省城工作了。平姐说着，又翻出了一张合影。

照片上，泽茵与一个很帅气的男孩坐在碧绿的草地上，男孩搂着泽茵的肩，两人在明媚的阳光下纵情欢笑，他们的身后，野花绵延无尽，阿尔卑斯山刚硬的雪峰矗立在湛蓝的天空下。

这是他们在瑞士拍的照片。平姐说，泽茵刚结婚，我准备这个周末请同事们吃饭，到时候你一定要来噢。

好啊！如盈高兴地说，我肯定要来贺喜啦。

老陈来叫吃饭了。两人便跟着他回到了外面。

菜式很丰盛。老陈指着一盘杂鱼跟如盈说：这是真正的野生河鱼呢，我上午钓来的。

平姐说：他喜欢钓鱼，我也经常跟着他去，他钓鱼，我就坐在旁边看书。

老陈哈哈一笑，对着如盈说：我夫人知书达理，一直很照顾我的感受，她希望我开心，所以总是顺着我。

如盈也笑，心中不胜羡慕。

普　照

星期三，如盈的母亲上楼梯时腿一软，从第二级台阶摔到地上，手腕骨裂了。如盈闻讯赶过去，送母亲到医院骨伤科，上了石膏，配了内服药。

次日，戚阿姨过来探望，跟母亲说：普照有个专治跌打损伤的老中医，去看过的人都说那是个神医。普照离我们这里不远，坐车过去也就三四小时，你最好去看看，也可以少受些罪。

母亲把这话听进去了，非上普照找那老中医不可。

如盈见母亲如此，便请了一天假，周五一早与父母乘大巴去了普照。

同车的人差不多都背着香袋，看样子都是去佛国朝圣的。他们吃着肉包和方便面，高声讲话，其中有几个人用鄙夷的眼光看着如盈的父母，似乎年老体弱是一件很不光彩的事。

食物的气味太重，如盈把窗打开了一些，扭头看着窗外。天阴沉沉的。从快速奔驰的大巴车上望出去，山峦、河流、村庄都缩小了，大片大片地往后面退去。

刚过十点，大巴车便到了普照。如盈根据戚阿姨提供的地址，在一条小巷内的一间平房里，找到了那位传说中的神医。

老中医穿着背带裤，显得大腹便便。如盈说明来意后，他捏了捏母亲那只打了石膏的手，然后起身去柜子里拿了些小包的药粉，还有膏药和熏香，跟如盈说：药粉一日三次，温开水送服。熏香睡觉时点。膏药拆了石膏后再贴。

如盈拿出本子记下，把这一页撕下给了父亲。

老中医也在一张纸上写了几行字，把它递给了如盈。

如盈接过来一看，见上面写的是诊疗费和药费，总共三千元。

那是什么？父亲问。

如盈把账单递给了他。

父亲看了看，拉开棉衣拉链，从内层口袋掏出了一叠百元大钞。

我来付吧。如盈扬了扬手机。

父亲挡了下她的手，将钞票一张一张点清楚了，放到老中医面前。

老中医收起钞票，笑意深浓地对母亲说：用了我的药，你肯定能睡安稳了。

只用了十多分钟，便一切都搞定了。

到外面后，父亲跟如盈说：今年事事不顺，我想去庙里烧炷香。

哦，那去吧。如盈说，我订了宾馆，我们先开房、吃饭，等妈妈午睡了，我们上佛岛去。

他们住的是连锁小宾馆，里面没有餐厅，如盈便带着父母去外面街上吃饭。

街道有些破旧，两边的店铺地势低，只有半截露在人行道上面。一个穿黑色 T 恤、紧身裤的中年妇女在店门外用单眼煤气灶炒菜，揭开锅盖时，腾腾热气带出了土豆烧肉的浓郁香气。蛋糕店没有客人，一个老年男人坐在桌边，手拿一张报纸，正专心致志地看着。皮具店的门楣上挂满了形状各异、色彩艳丽的皮革包包，音响里放着情歌：陪你一起看草原，草原花正艳。陪你一起看草原，让爱留心间——

正值午饭时候，所有海鲜食府都挤满了客人，生意火爆。

真没想到啊，居然有这么多人来拜佛。父亲感叹。

如盈说：普照的佛国名闻遐迩，游客多也不奇怪。

一家人走了不少路，却没找到坐得下来吃饭的地方。如盈怕累着母亲，便带父母进了一家海鲜面馆。

面馆内也是座无虚席。店里规定先付款，不少人正排长队等着买单。如盈让父母在一张桌旁候座，自己过去排队。排在她前面的一男一女不知何故争执起来，男人"啪"地打了女人一记响亮的耳光，女人发疯似的扑过去撕咬，但显然不是男人的对手。这时，另一个男人冲了过来，对着打耳光男人的下颚狠狠一拳。被袭击者跌坐在地上，嘴角流淌血。众人惊叫着躲避，店内顿时大乱。

如盈急忙护着父母逃到店外，一颗心尚"突突"地跳着。母亲受了惊吓，要回宾馆。如盈便买了三盒快餐，带回宾馆里吃。

饭后母亲上床休息。如盈点上了疗伤的熏香。一缕轻烟袅袅上升，散发出好闻的香气，母亲闻着香，很快便睡着了。

如盈与父亲出了宾馆，准备打车去佛国。

一个长相俊朗的年轻男子走向他们。要车吗？他说，直接到佛岛，每人十元。

父亲觉得坐这车方便，票价也能接受，便拍板同意了。

男子带父女俩上了一辆七座商务车。但刚开了一小段路，车又停住了。男子跟如盈说：我下去打个电话，马上回来。他下了车，边走边打电话，走到很远，不见了踪影。

如盈和父亲只好坐在车上等。二十几分钟后，一个穿戴时髦的女人领着两男两女朝商务车走了过来。待他们上车，司机也回来了。

车过跨海大桥，上了佛岛。

道路两旁都是做香客生意的店铺，一家紧挨着一家，像是复制出来似的。包着红纸、裹着金箔的香烛堆山积海，从店内溢出来，占据了外面的地盘。面庞黝黑的妇女穿着色彩鲜艳的服装，立于马路中间，拦着旅游车，挥舞香束兜揽生意。

司机把车停在一家店铺门口，对车上的人说：景区里的东西非常贵，这里什么都有，而且价格便宜，你们进去看看，半小时后再上车。说完，他跳下车，关了驾驶室的门，顾自进店铺里去了。

大家面面相觑，想想去看看也好，便也下了车，跟随司机进了店里。

大姐，带把香吧。一个剪齐耳短发、白白胖胖的中年妇女把一封香举到如盈面前。

大姐？如盈以为自己听错了，她摸摸自己的脸，心想，难道我有这么老吗？

我们这里绝对最低价，骗你们不是人。女人堵在父女俩面前。

我们不买。父亲摆摆手说。

哟，老人家，到庙里不烧香就是对菩萨不敬；要是菩萨怪罪下来，那可不是闹着玩的哦。女人口气里有了威胁的味道。

如盈觉得与她纠缠没意思，便说：好吧，我们买一把。

女人忙把香塞到如盈手里，又拿过一尊佛像，堆起笑容说：美女，再买个财神吧，保管你四季发大财，一辈子荣华富贵。

买了东西就成美女了，哈。如盈禁不住笑了。

女人也跟着笑。见如盈似乎对财神不感兴趣，便又换了一尊长寿佛，锲而不舍地推销说：美女，你买这个吧，送给父母，可保他们健康长寿。

如盈想了想，觉得买一个也未尝不可，便又买下了。

结账时，如盈又看见了司机，他站在收银台旁边喝水，见大家手里都拎着东西，便露出了满意的笑容。

到了景区，大家在中心广场下了车。

如盈看见一队僧人从一条弄堂里出来，朝他们这边走了过来。领头的大和尚杏黄僧袍外披了大红嵌金袈裟，手里转着念珠，与众僧一路走一路诵经。

人们聚拢来围观。

这是在干什么呀？有人问。

据说是一个煤老板，特地从山西跑这里来做佛事的。

这得花很多钱吧？

我们那边的寺庙做一场也得三十万，来这里做，恐怕没有五十万不行呢。

哦，真是不得了。

钱多多嘛。

是呀，现在庙里的和尚也富得流油。

那当然，现在寺庙成了产业，方丈都是企业家呢。

众人议论纷纷，有感叹，也有猜测。

父女俩看了一会热闹，随后买票进景区，先去了宝梵寺。

寺庙规模宏大，且香火鼎盛。前来求福的人争抢蒲团、对着佛像顶礼膜拜，乞求菩萨保佑自己和亲属升官发财、长命百岁。

如盈见里面人太多，便与父亲出了山门，跟着一拨人往小山坡上走。

这个季节，山桐子、八角枫、桉树都落光了叶子，只有油茶枝头还残留着一些萎黄的花朵。

坡顶有个尼姑庵，传出敲打木鱼、磬诵经的声音。一个穿着灰色长袍打着绑腿的年轻尼姑从开着的大门内出来，径直往山下而去。

如盈有些好奇，便让父亲坐在亭中休息，自己去了庵里。

尼姑庵是一个二进院落，前殿与普通寺庙无异，后面的庵堂异常整洁，处处透着女性特有的细腻心思。几个上了年纪的尼姑盘腿坐在蒲团上，两眼微闭，一边敲打法器，一边翕动着嘴唇念经。如盈站在门口，远远打量这些脱离了尘俗的女人，觉得她们神秘、与众不同。就在这时，对面的尼姑突然睁开眼，重重地盯了她一眼。如盈陡然一惊，急忙低下头，避开了那鹰隼般犀利的目光。她转身往外走，走了几步忍不住又回了一次头，却见尼姑们仍跏趺而坐、专心一意地诵着经，一切都风平浪静、清净祥和。

如盈出来时，父亲对她说：天越来越暗了，看样子马上要下雨了呢。

那怎么办？我没带伞呢。如盈发愁地说。

父亲说：我们回吧，现在赶紧下山。

父女俩走另一条路下山，可还没到山脚，雨就来了。见不远处有个寺庙，两人便跑过去躲雨。

庙里的延生普佛会才结束，还有不少人留着没走。

父亲问：这里面有厕所吗？

如盈便陪他一路找过去。走到一扇小门前时，一个戴眼镜、穿褐色长袍的和尚从里面闪出，他对着手机讲话，与他们擦肩而过。

如盈说：我们进去看看吧。

两人进去，见是个小四合院。父亲上洗手间时，如盈在走廊踱步，见有扇门半开着，便往里看了一眼，发现两个穿黄袍的僧人背对门站着，正在专心致志地数着桌上一堆钞票。

如盈赶紧转身离开，心中不由得感慨万千。世间物欲横流，很多人逐渐走向自私褊狭。一些人招摇撞骗、巧取豪夺，为攫取财富无所不用其极。太多的人在自己的命运里沉浮，无助、担忧、焦虑、恐惧，却又无可奈何。何处是净土？我们该往何方？

雨越下越大了。父女俩绕到大殿内，父亲拜了佛，似乎安心了许多。

如盈让父亲坐在殿外的长凳上，说：爸爸，我去给您买瓶水吧。

我这里有。说话的是一个年轻男子，身穿蓝色冲锋衣，头发剃得极短，手里举着一瓶未开盖的农夫山泉。

如盈还未做出反应，父亲已把矿泉水接了过去。

你们是兰城人吧？男子用方言问。

嗯。如盈说，你也是吗？

是的。我住在滨河区。男子说着挪了挪身子，给如盈让出了一个座位。

如盈对他笑笑，坐了下来。

两人聊了起来。男子说自己工作之余四处旅行，已经跑了大半个中国。他取下挂在脖子上的GoPro运动相机，给如盈看他拍的照片。

其实每个地方的风景都差不多，我没有看到过多么特别的。但各地的文化却是千差万别，如果仔细体会，就会发现很多有意思的东西。他说，比如到寺庙里来，愚昧的人来搞迷信，明白的人来取真经、领略佛教文化。但现实中迷信者很多、明白人太少，于是聪明的僧侣便想方设法利用那些迷信者，在他们身上赚足钱财。

如盈笑了，问：那你属于哪一类呢？

我哪类都不是。男子笑道，我是旁观者，走走，看看，仅此而已。

殿前的红蜡烛霍霍地燃烧着，让幽暗的廊下亮了也温暖了许多。但雨越下越大了，一点都没有小下来的意思。

出来这么久了，你妈不见我们回去会着急的呢。父亲跟如盈说。

可这附近打不到车，我怕您淋了雨会感冒。如盈说。

你们没带伞吧？男子从登山包里取出雨伞递给如盈，这伞你拿去。我住在附近的宾馆，跑几步就可以了。

如盈道了谢，接过雨伞，挽着父亲出了寺庙大门。走出百米开外，她不经意地回头，发现那男子还站在台阶上目送着他们。

如盈的胸中涌起了一股温热的潮流。是的，世间并不缺乏善，而且正是因为有无数善良的普通人，世界才那么美丽，生活也才充满了意义。

男子见她回头，扬起手挥了挥。

如盈也对他挥手。她不知道他们会不会再次相遇，但她肯定自己会记住他。

初　遇

翌日，如盈与父母回到了兰城。一家人在车站附近的小店吃了面条，然后如盈打了辆车，把父母送回了家中。

母亲到家便到卧室躺下了。父亲说身体不大舒服，也跟着进去睡了。

如盈放下行李，拉开遮得严严实实的窗帘，推开了窗户。

阳光与清风一起倾泻而入，屋子里的一切都暴露在明亮的光线下。墙角堆着各式各样的空瓶、空罐；它们旁边，几只浸了水的纸盒已开始发霉；墙与沙发的缝隙里塞着单只袜子、破旧毛巾、积着灰尘的塑料袋。

如盈开始收拾屋子，心中不免感叹。这个家曾是那么干净整洁，一年四季都有花开，但自从母亲生病，家也跟丢了魂似的，不再是以前那个家了。

清理完毕，如盈烧好开水，倒了两杯，送进卧室去。

母亲半躺着在看电视。父亲侧身躺在床上，听见女儿进去，便睁开了眼睛。

爸，你感觉怎么样？

父亲有气无力地说：我头很晕，感觉很不好。

那我们去医院吧。

不用。父亲摆了摆手，撑起身子，从床头柜里找出一盒阿莫西林，跟女儿说：我吃两颗药，睡一觉就好了。

如盈觉得这样擅自吃药不好，但父亲向来不听劝，只能顺着他。

父亲吃了药，过了会便真的睡着了。

如盈稍稍放了心，回到厨房，拉开碗柜，把积着污垢的碗盘都取出来，用洗洁精清洗。

突然，卧室门"嘭"的一声开了，父亲捂着嘴跑出来，跌跌撞撞地冲进了卫生间，紧跟着，里面传出了很响的呕吐声。如盈连忙扔下手里的东西，跑过去看。

父亲脸色煞白，嘴唇发紫，样子十分吓人。

如盈心里发慌，急忙拨打120叫了救护车。她把父亲扶到椅子上，拿热毛巾给他擦了脸，然后冲到卧室去拿父亲的外套和证件。

你们都出去了，我怎么办呀？母亲着急地喊道，我——

你干吗啦！如盈大声打断了她，爸病得这么厉害，不去医院行吗？你好好地在家里，能有什么事吗？

母亲不敢响了。如盈不再理她，头也不回地走出了卧室。

父亲被送到医院，医生诊断为轻微食物中毒。

挂盐水时，父亲又睡着了。如盈坐在父亲身边，看着他雪白的头发、凹陷的双眼、微微张着的嘴巴，感觉衰老是如此可怕。是的，每个人都在以不可觉察的速度老去，衰老步步紧逼，在某个点上，将人一把推下悬崖，让人笔直坠落、跌入死亡的深谷。任何人都必须接受这样的宿命，无人能够幸免。她看着想着，心中充满了感伤情绪。

如盈把父亲送到家时，天已快黑了。她给父母做了简单的晚饭，叮嘱父亲注意饮食、按时吃药，之后动身回城，赶往雷奥特酒店赴平姐之约。

六点一刻，如盈到了酒店门口。她从出租车上下来，跑上高高的台阶，从旋转玻璃门进入酒店大堂。穿制服的服务生笔挺地站在门旁。她问电梯在哪里，服务生用手指了指方向。她看见了隔着五六米距离的电梯，一名穿蓝黑色及膝羊绒大衣的男子等在门前。就在这时，电梯门开了，男子走进了里面。

如盈朝电梯跑过去，高声叫道：等等。

男子闻声回头，看见了她，便在里面按着键等她。

如盈跑进电梯，喘着气说了声"谢谢"。

男子按了三楼，问她：你去几楼？他的声音低沉和婉，听起来温文尔雅、有些特别。

如盈不由得抬头看了他一眼，却不料他也正在看她。就在这四目相对的一刹那，男子的目光中闪过了一抹惊艳的神色，随即又笑了。他的笑容是如此灿烂，如同一个光源，在照亮自身的同时，也把周围一切都照亮了。他已不年轻，但眼睛依然明澈。他有一张轮廓分明的脸，岁月打磨掉了其中的尖锐部分，让它看上去非常和悦。

我也去三楼。如盈对他报以友好微笑。

这工夫，电梯到了三楼。

平姐夫妇就在电梯口迎候，男子与他们握手，说了些祝贺的话。

小江，你认识他了吗？平姐笑着问如盈。

还没有呢，男子把话接了过去，我们刚在电梯里碰到。

平姐点点头，对如盈说：这位就是画家徐宏辉先生，他另一个身份是宏远贸易有限公司总经理。

您好！如盈微笑着招呼道。

平姐搂住如盈的肩膀，对徐宏辉说：这位是我的新同事江如盈，人非常好，我很喜欢她。

浊世清莲。徐宏辉笑着道。

哈哈，这评价真是恰如其分啊。平姐也笑道，一照面就能看出一个人的本性，我真服了你。

笑着又说：小江也会画画，她评你的画很在点子上呢。

那太好了！徐宏辉笑着向如盈伸出手来，小江，以后我们多多交流切磋哦。

嗯，好的。如盈轻轻握了下他伸过来的手，微微红了脸。

徐宏辉见她拘谨，便不再说什么，回头与老陈交谈起来。

两个男人走在前面，如盈和平姐跟在他们后面，穿过长长的铺着红色压花地毯的走廊去往包厢。如盈这时才完整地看到徐宏辉的形象。他身材高大，穿了件半新旧的羊绒大衣，步履从容，有着他那个年龄特有的沉稳持重。他跟老陈说着话，却不忘背后的两个人，几次回过头冲如盈点头微笑。

服务员替他们打开了包厢门。

包厢比一般的大，摆了两张圆桌。如盈看到单位里的同事差不多都来了，正起劲地说笑着。

平姐在如盈耳边说：我把你安排在里面呢。

如盈这才发现包厢分内外两间，中间用雕花木屏隔开，有月亮门连通。两间包厢隔而不断，看不见人却可闻其声——她已听到了头那带有浓重鼻音的说话声及豪放的笑声。

我不会喝酒，还是坐这里吧。如盈握了下她的手，笑着说。

平姐点点头，没有再说什么。

如盈找个位置坐了下来。

菜一盘盘端了上来。同事们一边大吃大喝一边吵吵嚷嚷地相互逗趣。他们朝夕相处、知己知彼，一点顾忌也没有，都放开了，由着性子来。包厢里气氛热烈，一片欢声笑语。

如盈基本没说话，也没有胃口吃东西。她的座位正对着窗户，因为窗帘未放下，玻璃窗像一面大镜子似的清晰地映出了包厢内的一切。她看见了坐在一群光鲜亮丽的女人中间的灰暗的自己，便有些自惭形秽。

唉，都是父亲生病的缘故，弄得我连回家换身衣服的时间都没有。她默默地叹了口气，掉开目光，不再去看窗户。

她的眼前交叠着现出了父亲病恹恹的脸和母亲木然的脸。

不知妈妈有没有生我的气。想到母亲，她心里又添了一层难过。

母亲的衰老程度明显超过了父亲，已到了无法自持的地步。但母亲曾经那么爱她，总是不顾一切地护着她，给她最好的吃穿，让她在有爱的环境中长大。她又想起了上大学时母亲冒雨送自己去车站的一幕。当时她在排队等候检票，母亲跑去小卖部买了包饼干回来，在人群中挤着，把饼干递到她的手上。

一股热辣辣的东西往上泛，堵住了她的喉咙。她愧悔交加，觉得自己不孝，对不起母亲。

我们去敬酒吧。秋维推了推茉莉。

茉莉站了起来，拿着小半杯红酒，跟秋维一起去了里间。

里面立刻热闹起来。

都倒满，干了。如盈听见头儿在说，我要看看，你们是不是真对我全心全意。

短暂沉寂之后，喧闹声再起，有人嚷着"好事成双，再干一杯"。

头儿说：他们都是我的兄弟，他们说话跟我说是一样的。

秋维"咯咯"地笑，说：您的话我们肯定要听呀。

又一阵拍手叫好声。如盈猜想秋维和茉莉又干了第二杯。

两人出来后，秋维取出小圆镜照着自己的脸，嬉笑着说：我的眼睛好漂亮啊！怎么会这么漂亮的呢？说罢，兀自"咯咯"地笑个不停。

大家见她喝多了，便故意起哄说：谁不知道你那双眼皮是割出来的呀。

你们造谣！秋维大声叫道，我要去告你们。

众人又逗她：你去告呀，最好现在就去。

秋维身子晃了几晃，又翻白眼、吐舌头，装作要晕倒的样子。

众人便哄堂大笑，开心得不得了。

恩诺和瑞芬又敬酒去了。听里边的声响，上演的情节跟之前大同小异。

同事们轮番上场，眼看着就剩下如盈一个人了。她手心出汗了，感到压力山大。

她知道女同事们的酒量。齐小琴喝下一斤白酒可以面不改色，茉莉喝两斤黄酒不成问题，其他人也个个酒量了得，即使是声称不会喝酒的秋维，也能干一瓶黄酒。但她是喝一杯啤酒都会醉的人，又怎敢跟别人似的跑去敬酒呢？

可是，能不去吗？应该是不能的。

正当她委决不下之际，突然有人拍了一下她的肩膀。她惊得跳了起来。扭头看，见身后站着已喝得面若桃花的齐小琴。

头儿让我来请你，你去还是不去？齐小琴很正式地问。

我去。当然去啊。如盈诚惶诚恐地笑着，忙站了起来。

齐小琴一扭身，袅袅婷婷地往回走。

如盈赶紧拿起盛着半杯蓝莓汁的酒杯，跟着齐小琴，朝里面包厢走去。

醉　酒

　　如盈来到里面包厢，看见一大桌人的目光齐刷刷地投向了自己。

　　小江，平姐笑着指了指，我们头儿在这里呐。

　　如盈感谢平姐指点，不然她还真不知道该从何处入手呢。

　　她走到头身后。头儿转过肥硕的身躯，抬眼看了看她手里的酒杯，笑着和和气气地说：酒桌上没有上下级，但必须讲公平。要是我喝红酒你喝蓝莓汁，那就不能叫公平了。所以，你得先把蓝莓汁换成红酒。他用三个手指捏住酒杯细瘦的脚，不停地摇晃着，至于你喝多少，我当然也不能强求，你自己看着办吧。

　　齐小琴从吧台上拿来一只空酒杯，倒满红酒，拿着它走到如盈面前，换走了她手里的蓝莓汁。

　　如盈看着满满一杯红酒，觉得十分为难。

　　干了！一瘦老头叫道，别人都干了，你也肯定得干。

　　你听听，诸总替我提要求了呢。头儿看着如盈说。

　　能不能少喝点？如盈嗫嚅道，我从来不喝酒，喝不了这么多。

　　嘿嘿，那算了吧，你请回。头儿面露不悦之色，转过身去。

　　我喝我喝。如盈急忙说，然后心一横，举起酒杯，一口气把整杯酒都喝了。凉凉的液体直接从喉咙滑下，并没有想象中那么难喝。

　　头儿再次转过身来，脸上又恢复了先前的和气模样，对她说：这就对了嘛。又转回去对着一桌人道，你们看见了吧，我单位里的人个个都是好样的，别说喝酒与工作没关系，这就是凝聚力和执行力的最好体现。

　　那是你能力强嘛。诸总说，像你这样的能人全兰城也没有几个。

哪里哪里，诸总过奖了。头儿开怀大笑。

小姑娘，我们喝个交杯酒吧。有人扯着嘶哑尖细的嗓子叫道，听声音像极了一个粗野女人。

如盈惊讶地抬头，发现说话的是一个梳大背头、穿深色西服、与美国电影里的"教父"有几分相似的中年男人。

她还是小姑娘？诸总龇着一口黄牙说，华总你是眼花了吧。

齐小琴"吃吃"笑，对着瘦老头说：诸总，这次你错了，华总是对的，我们江师傅目前是单身，跟小姑娘没什么区别。她把如盈跟司机、厨工归为一类，统称为"师傅"。

如盈惊异地看了上司一眼，不相信她居然说出了这样的话。

头儿打圆场：老诸，我们不讲别的，她是美女，这不假吧？

诸老头不屑地撇撇嘴：都三四十岁的人了，还有多少花头呢。

老诸，不要这么打击女孩子嘛。华总说，又转向如盈，美女，我喜欢你，我俩一定得喝交杯酒。

说罢，他走过去，拽住如盈的胳膊，连拉带推地把她弄到了自己座位上，然后塞给她一杯酒，用自己的酒杯撞了一下她的酒杯，说：来，我们干了。

如盈不喝，放下酒杯站了起来。

齐小琴开口了：江师傅，今天是平姐家办喜事，华总也是高兴，你不能扫了大家的兴嘛。

如盈不能不听上司的，便拿过酒，又一饮而尽。

还说不会喝酒，原来是骗人的。诸老头站起来，走到如盈身边，把自己的酒杯与她的酒杯并排放在一起倒满，说，你跟华总喝了，跟我也得喝。

平姐的丈夫劝道：老诸，小江确实不会喝酒，你就算了吧。

瘦老头不乐意了，说：阿陈，你、我、阿华都是同一地方出来的兄弟，你不帮我说话也罢了，怎么能驳我的面子呢！

老陈见他不高兴了，只好笑着住了口。

平姐笑着说：诸总，我代小江喝了这杯，行不行啊？

不行！瘦老头说，这是我跟她的事，必须她自己喝。

平姐无计可施，也只能由了他。

酒精迅速扩散，如盈脸和脖子都涨红了，头也开始发晕。她明白自己不能再喝了，便求救地看向头儿，希望他能出面帮自己解这个围。但是头的嘴巴附在徐宏辉耳边，正一门心思地说着什么，根本没有往她这边看。

你喝还是不喝？诸老头盯着她道，不喝的话，我就把酒倒你身上了。

如盈也生气了，坚持不喝。

场上僵住了。

徐宏辉站了起来，拿着满杯酒走到老头跟前，说：诸总，我看小江已经喝多了。这样吧，我把这杯干了，你给我个面子，放了她。

瘦老头尽管不愿意，但碍于情面，还是回到了自己的位置上。

平姐叫服务员加了把椅子，坐到如盈旁边，让她吃些东西压压酒。如盈听平姐的，拿起筷子去夹面前的核桃仁。但桌子突然转了起来，如盈没夹到什么，只好尴尬地缩回了手。等桌子停下，她又去夹一只虾。可这时桌子又转了起来，她再次扑了空。她愕然抬头，见诸老头正抓着转桌夹起了一块小牛肉，脸上挂着恶作剧后的快意的笑。

真是可笑又可恨！如盈有些愤怒，打心里看不起这瘦老头，觉得他就是一小丑。她被酒精支配，忽然有了斗志。我要给这老头一点颜色瞧瞧，让他知道我也不是好欺侮的。这么想着，她便往自己的杯里倒满酒，摇摇晃晃地站起来，步履蹒跚地朝他走过去。但是，还没等大家反应过来，她就被椅子绊了一下，一个趔趄摔倒在地上。酒杯飞了出去，跌在地上，碎成几瓣，红色的酒液迅速流淌开来。

平姐连忙过去扶。如盈软塌塌地倚在平姐身上，脑子里一片混沌。起先，她还听见有人在说话。后来，她觉得自己离开人群，到了一个非常奇怪的地方。天空阴暗，如同蒙着块灰布，地面就像巧克力蛋糕，踩着软绵绵的，并且从远处开始塌陷。她想后退，却被一股强大的力量推着，只能跌跌撞撞地往前走。她看到了前面巨大的黑洞，觉得自己就要被吞噬，便放声大哭。这时，一股腥臭的水流冲过喉咙，从嘴里喷涌而出。黑洞不见了，一切都平息下来，天空又现出了蓝色。她觉得自己又回到了童年时代，伏在父亲温暖的背上，心中安适快乐。

如盈醒来时，已是第二天清晨。她睁开眼睛，看见自己身边居然躺着朱眉，感到非常奇怪，以为自己是在梦中。她转过头，看见了床头柜上自己的外套，知道自己所见属实。

她一点点地记起了头天晚上的事——她去里面包厢，被迫喝下了两杯红酒。但之后发生的事情，却如同一段损坏的电影胶片，丢失了所有影像，只现出一团漆黑。然而，依然可闻的酒臭、隐隐作痛的太阳穴以及轻微的恶心感觉，都证明她昨晚醉酒了。

可朱眉怎么会在这里呢？她侧过身面对着好友，欢喜地审视那张近在咫尺的俏脸。

她又想起了自己的少女时代。那时候，她和朱眉总是挤在一个被窝里睡觉，能叽叽咕咕说上大半宿悄悄话。少女朱眉如同一颗光芒四射的星，走到哪儿都是目光的焦点，因此总是招来女生们的妒忌和排挤。她是唯一与朱眉站在一起的女生，两人几乎形影不离。朱眉性格刚硬，她则温和退让，两个性格不同的人却成了知心好友。

但人总要长大，从天使般的儿童到如花的少年再到庸庸碌碌的成年人，最美好的时光也就一去不复返了。朱眉命好，有做领导的父亲替她铺平道路，三十岁便升任部门主管，衣着光鲜地出入各种重要场合，被人尊重、仰慕。而三十岁的她，已是彻头彻尾的家庭妇女，每天素面朝天，穿着平跟鞋在菜场、超市兜转，生活里只剩下了丈夫和孩子。

成年人的世界就是那么实际，只有各方面旗鼓相当的人才可以平起平坐谈友谊。但朱眉不同于一般人，她有情有义，总是在她遭遇苦难之际毫不犹豫地向她伸出援手。如盈轻轻地抚摸朱眉光滑的手背，心中感慨良多。

看看朱眉还在熟睡，她悄悄起床，来到厨房，蒸上馒头，煮了小米粥，然后开始煎鸡蛋、炒花椰菜。

朱眉被煎炒的声响弄醒，睡眼惺忪地走出卧室，却又倒在沙发里，将一条腿舒舒服服地搁在扶手上。

如盈走过去揪了揪她的耳朵。朱眉便笑着坐起来，进卫生间刷牙洗脸去了。

两人面对面坐着吃饭的时候，如盈问：你怎么知道我喝醉了？

你们头儿跟我说的呗。朱眉说，我接到他的电话就立马赶往医院。走进病房一看，一个蓬头垢面、浑身酒臭的女人躺在病床上挂盐水，边上坐着徐宏辉老师和平姐。呀，真是可惜呐，淑女的形象毁于一旦喽。

如盈用筷子打了她一下，笑着问：后来呢？

后来我们三个人守着你。再后来，我开车，他俩跟我一起送你回家。哎，你是什么时候认识徐宏辉的？没听你说起过呢。

我们昨天才碰到，他也是平姐的客人。

原来如此。朱眉说，徐老师真是个好人呐。昨天他一直同我们一起守着你，送你回来时还背你上楼。要是没有他，我们两个女人要把你弄到楼上，还真有点困难呢。

他背我上楼？这——这——

什么这这那那的。朱眉白了她一眼，我跟平姐都在，能有什么事吗？

我不是这意思。如盈分辩道，我——

我知道你的意思，哈哈。朱眉笑道，谁叫你灌许多黄汤？活该！

你——你这坏东西！如盈笑着骂。想到自己那么失态，她的脸红了，暗暗想道：唉，真是要命，叫我以后怎么见人啊。

徐宏辉

徐宏辉与平姐一起从如盈家出来时，已将近十二点了。他先送平姐到家，然后打车回到了自己位于郊区的家中。他的妻女已在国外定居，偌大的别墅只有他一个人住着。

进门后，他没有开灯，和衣躺倒在客厅沙发上。如盈的形象又出现了，她那忧郁中带着羞涩的面孔，像在镜头里被拉近了似的，孤零零地凸显在他的眼前。

在电梯里第一眼看到如盈，他立刻便发现了她那与众不同的美。他觉得她美，并不是因为她有漆黑明亮的眼睛和轮廓完美的脸庞，而是嗅到了她身上散发出来的特殊的气息——质朴、真诚、善良的气息。虽然忧伤如薄雾般笼罩着她，但这不仅没有冲淡她身上的美感，反而让美有了可玩味的深度。他一下被吸引住了，情不自禁地想靠近她，给她帮助和安慰。人海茫茫，遇见一个可心的人并不容易。突如其来的邂逅给他带来了美好的感觉。他的心就像乍凉还暖的十月小阳春，兴奋中又夹杂着些许讶异不安。

进包厢后，他们分开了。他坐在里面，一直留意听着外面的动静。欢闹声不绝于耳，他尽力分辨，却始终未能听到她的声音。

她好像很不开心，是不是遇到了不如意的事？他胡思乱想着，觉得有些牵肠挂肚。

后来陆续有人到里面敬酒了。他以为如盈会马上进去，可敬酒到了尾声，她却仍然没有出现。他略感失望，很想到外面看看她。就在这时，头儿点了她的名，并让齐小琴出去叫她。她来了，他看着她被灌酒、遭戏弄，虽然伸出了援手，却还是没能挽回局面。在诸老头逼她喝酒的时候，坐在他旁边的头儿把她离婚的事透露给了他。他一笑了之，未做任何评论。人们总是对强者俯首称臣，却往往对弱者施以暴虐。他看到了某些人的卑劣和不善，却只能选择缄口不言，因为人在江湖身难由己。但了解如盈的处境后，他非但没有看轻她，反而对她又多了份怜惜之情。他帮着平姐把她送到医院，后来又送她回家并背她上楼。在他心目中，她已经是自己的亲密朋友了。

窗帘"哗啦"一声飘了起来，一股冷风扑进屋内，让他忍不住打了个寒战。他从沙发上起来，走到落地窗前，索性把窗帘全拉开了。下弦月挂在东边山头，清冷朦胧的光洒在沉睡的屋顶和树木上。风拍打着他火热的面孔，让他的头脑渐渐清醒了起来。他点燃了一根烟，静静地望着溶溶月色，不觉又想起了远在国外的妻子，往事亦随之浮上了心头。

他与妻子是经人介绍相识的。当时妻子是兰城毛纺厂的工人，对他一见钟情。但他跟绝大多数年轻男子一样，喜欢如花似玉的窈窕女孩，对这个相貌平平的姑娘并不意。然而姑娘并未因他的冷淡而放弃爱情，她铁了心要嫁给他，甚至不怕旁人笑话，主动上他家，一住便是十天半月。她帮着未来的婆婆料理家务，早起给他准备洗脸水，还如影随形地跟着他。她的高调做派，让街坊邻里产生了误会，以为他们的婚事已是板上钉钉，这姑娘肯定就是徐家媳妇了。他有被绑架的感觉，但又狠不下心拒绝她。他也看到了，姑娘虽不漂亮，却有足够的智慧和勇气，她身上那种不达目的誓不罢休的气概，让他不能不敬佩。俗话说得好，女追男隔层纱，男人总是无法抵挡女人的诱惑，他也不例外，在姑娘的强大攻势面前所有防线都土崩瓦解。姑娘最终如愿以偿，成了他的妻子。

但是，婚姻并没有给他带来幸福的感觉。结婚后，他依然不喜欢自己的妻子。他不喜欢她那张狭长的脸，不喜欢她一成不变的短发，更不喜欢她独断专行的性格。爱情是婚姻的基础，这话看似陈词滥调，可拿来放在现实生活中，却是颠扑不破的真理，夫妻之间，初时相爱的理由，也是日后和谐共处的根基。因为不爱妻子，他觉得婚姻完全是责任和束缚，毫无乐趣可言。他默默承受着内心的寂寞，个中滋味也只有自己知晓。

熬到三十岁上，他把持不住，有了外面的女人。他在温柔乡里沉沦，暂时忘记了家庭生活的不快以及现实的种种不如意。

年轻女人芳香妩媚的肉体，犹如艳丽的花朵绽放，令他心醉神迷。是的，在男人心目中，没有哪一种美能与女人的美相比。突破禁忌的情爱，如同塞壬的歌声，引诱他从现实叛逃，去往缥缈的仙境。生活美得不可思议——困惑是美的，彷徨是美的，隐忍是美的，夜不成寐的折磨也是美的。他迷失在激情的世界里，完全丧失了理性。

但随着情感的深入，他的情人想要的东西多了起来。她要时时见到他，要与他厮守，要求得不到满足，先是痛哭流涕，再是出言不逊，最后弄到大吵大闹、寻死觅活。他非常烦恼，终于看到了这种冒险刺激的游戏背后隐藏的巨大风险。他不是一个糊涂的男人，知道自己的妻子虽不漂亮，却能干贤惠，并且一直对自己很好。因为对妻子的愧疚之心，偷情的乐趣便大打了折扣。

激情逐渐退潮，笼罩着这段婚外恋情的梦幻色彩也日渐黯淡了。他开始后悔，问自己：要是让我在两个女人之中选择，我会选择哪一个呢？答案总是没有意外，他每次选择的都是妻子。感情的纸一旦被捅破，便失去了摄人心魄的魔力。在看清自己也看清情爱的真相之后，他毅然决然斩断情丝，收回了一颗放浪的心。

然而，相思易断离愁难消，得到时有多欢欣，失去时就有多痛苦。他终于明白了，快乐不可以随随便便消受，偷来的欢娱必定要用加倍的痛苦去偿还。

生活还在继续。时间如水渗进泥土，悄无声息地流逝着，转眼间二十年过去了。这期间，他的妻子从工厂下岗，转而开了一家贸易公司，将委托工厂生产的窗帘布销往南美，又从南美运回质地精良的木材卖给当地的地板厂，仅仅几年时间，就积累了相当可观的财富。

　　与妻子同甘共苦的这些年，他越来越感觉到了她的可贵。妻子不仅创办企业、使它蒸蒸日上，在管理家庭方面同样也表现出了过人的智慧。她尊重丈夫，孝敬公婆，把女儿培养成才，让家庭和睦兴旺。许多女人把"我负责赚钱养家，你负责貌美如花"这句话当成了感天动地的情话。殊不知，这话实际上却是男女之间极其不公平的协议。男人赚钱养家固然不易，但女人要终其一生貌美如花，其难度不亚于让炒熟了的种子发出芽来。他的妻子是个头脑清醒的人，一早便知道真正能给女人安全感的，不是男人也不是婚姻，而是女人自身经济和精神的独立。

　　企业不断扩张，妻子一个人忙不过来，便同他商量，让他下海与她一起干。他什么都没说，立即辞去公职，到妻子身边做了她的助手。他们要什么有什么，生活安稳富足。

　　妻子是因身体出了问题去国外就医的，至今已有十一个年头了。妻子出国时，他们的女儿刚上高中，做母亲的放不下女儿，便把女儿也带了出去。他在那时接管了企业，从此终日忙忙碌碌、夜以继日，被市场份额、财务运作、人事安排等一系列烦琐事务填满了生活。

　　这样的日子过了八年，他便彻底厌倦了。这当口，他的母亲过世了。他为母亲的故去而伤心，夜里睡不着，便起来在露台上站着。

　　天空星辰寥落，在一片沉寂虚无中，他清晰地看到了人生的轨迹：少年孜孜求学；长大后恋爱、结婚、生子，辛苦劳作；不知不觉中头发白了、血压也高了；若干年后的某天跌了一跤，突然就行动不便了；再往后，说过的事转身就忘，出门也变得很困难。是的，人来自尘土也终将归于尘土，世上没有哪样东西能够逃过成、住、坏、灭的命运，任他贵为帝王、富可敌国，也无法改变造物的旨意。人总要走过千山万水、攀上属于自己的高峰之后，才会幡然醒悟，放低身段、从容走自己的路。他跟自己说：你已经五十五岁，该有的都有了，该经历的都经历了，女儿也已成家立业，何不放下多余的东西、成全自己呢？

他想到了退隐，欲出售企业、赴国外与家人团聚。妻子非常支持他，协助他把企业转让给了内侄。

库存、房产、股份等附着在他生活中以往显得那么重要的东西，在短时间内就被迅速处理掉了。他觉得这有点像一个王朝覆灭时的景象，却没有丝毫惋惜之意。但他留恋故土，暂时还不想离开，便以给母亲守孝为由，跟妻子说要过两三年再赴国外。妻子一如既往地善解人意，当即便应允了。

从此，他从繁杂事务里抽身出来，过上了自己想要的生活。

家成了真正的自由天地，进门不用脱鞋，衣服可以随便扔在沙发上，想什么时候吃饭就什么时候吃，熬夜打牌也没有人管，自己喜欢怎样就怎样，做任何事都不必照顾他人的感受。他十分享受这种属于单身汉的快乐生活，感觉自己的人生又重新开始了。

他在花园里种了几棵日本樱花。花开时节，将小木桌移到树下，喝茶赏景，在溶溶春色里陶然自乐。夜晚来临，窗外虫声唧唧，他在书房内作画，笔在白色的宣纸上游走，清幽的山水一点点呈现。他感到心中风清月朗，细细的幸福感，如落到纸上的香墨，淡淡地晕染开来。

在梅雨季一个闷热的午后，往事又重回他的心头，一如泛黄的花瓣缭乱纷飞。他记起了草长莺飞的四月，也记起了自己曾如何为一片嫩叶而心醉、怎样因一个人而失慧。他觉得这只是一场梦，虽然场景依然历历在目，但当初的感动已荡然无存。他的脸上现出了浅浅的微笑。在见惯了人来人往、世事浮沉之后，他已把多余的东西放下了。

他反复读古书，认识到人不仅要顺应天地之道活着，还应常怀仁爱之心践行人伦之仪。他用宽容的眼光看待形形色色的人和事，将心中不和谐的声音悉数屏蔽，对他人不再要求或心怀不满。他慷慨友善，朋友众多，退隐后，家里经常高朋满座。他有许多文艺界的朋友，大家聚在一起，谈天说地、饮酒论文、跳舞唱歌，自由自在，好不快活。

但是，让他没想到的是，无所事事的生活居然比辛苦劳作更为可怕，极度的自由反而让世界变成了一个无可逃遁的牢笼。赋闲两年，他感觉自己迅速地老去了。人变老的特征之一，便是容易怀旧，同时也格外重视亲情。他时常思念家人，想跟妻子、女儿及活泼可爱的小外孙一起，在家门口听一场草地音乐会，或者出门去旅行。想到妻子，他总觉得自己对她有所亏欠，想好好补偿她。他想好了，余生就陪在妻子身边，让她心情开朗，花心思给她做饭，把她照顾得好好的。目前，他已基本办完了移民手续，不久就要赴国外定居。

　　他的心绪渐渐平静。他把烟蒂摁在烟缸里，同时被熄灭的，还有那刚刚燃起的情感火苗。激情带来的快乐就像抽烟的感觉，当烟雾散去，所有的快意也就荡然无存了。他摇了摇头，哑然失笑。冲动应该是年轻人的专利，对他而言，人生的华章已书写完毕，所剩的也就是一个平淡无奇的结尾了。

　　他洗漱，换了睡衣上床，拿过《庄子》看了起来。在熟悉的生活场景中，他觉得一切又回到了掌控之中，自己又成了以往那个功成名就、受人尊敬的人。

展览会

进入腊月，各种迎新活动多了起来。这天，如盈跟着平姐去参观艺术界举办的书画展览。

两人到达时，开幕式还未开始。有人在展馆前小广场搭的台上调试设备，话筒"嗡嗡"响着，那人对着话筒说"喂喂喂"，声音像垫了块海绵，一弹一弹的被送得很远。

平姐是展览会受邀嘉宾，得去台前就座。分开前，平姐跟如盈说：你去看展览吧，看完去前门大厅，等会儿我在那边写春联。

如盈点头答应，独自绕到小广场东面，站在一片小树林边，悠闲地看着那些往来忙碌的人。

调试设备的人在试放片子了。白粉墙上出现了一方光亮，一张蓝底白字的幻灯片跳了出来——书法大师林子鸣的艺术人生。跟着是林大师在各种场合的照片：被一群人围在中间挥毫泼墨，与影视明星一起立于古老的宅邸前，跟许多艺术家一起坐在水边石头上饮酒……林大师风流倜傥，但到底也上了年纪，低头的照片上寸草不生之处格外引人注目。如盈正看着，幻灯却突然熄灭了。她回过头往大门口看，刚好一个身着黑绸衫裤、长发垂肩似剪了辫子的清朝遗民的五十上下的男人摇摇摆摆地走了进来。一个穿酒红团花唐装、梳分头的艺术家迎上前去，同黑绸衫热情握手、纵声谈笑。身姿婀娜的迎宾姑娘来到他们身边，引导他们踏上红毯、前往嘉宾席就座。

开幕式就要开始了。一行人鱼贯上台，各就各位，依次落座。扩音器又"嗡嗡"地响起来。主持人说了开场白，然后请艺术家协会主席宣布展览会开幕并发表讲话。

坐在舞台正中间的主席起身，拿着稿子走向发言席。

小江。如盈听到有人叫自己，便循声望去。

真的是你呀，小江！徐宏辉站在离她一步开外的地方，喜出望外地说。

如盈又有被照亮的感觉，高兴地说：徐老师，您也来了！

徐宏辉热切地看着她，眼里闪动着喜悦的光彩，说：我接到了主办方的邀请，来参加开幕式。

他说话的样子、温和的眼神、爽朗的笑，都让如盈觉得熟悉而亲切。虽然只见过一次，她却感觉他们仿佛相识已久。

——林子鸣老师德高望重，是兰城书法社社长，中国企业家画院院长，中国新时代书法网主编，当代书法大师，创建新书法理论体系，在行书和隶书的笔法上有很大建树，独创了"舞柳竖"和"倒杆竖"，行书潇洒俊逸，隶书古朴浑厚，深受国内外有识人士的喜爱——艺协主席开始了热情洋溢的讲话。

我也不去那边坐了，徐宏辉说，我们去里面吧，看展览比听这些千篇一律的说辞有意思得多。

嗯。如盈笑着点点头。

他看着她笑，见她不回避自己的目光，便调皮地眨了眨眼。

如盈嗅到了一丝亲昵的气息，心便如微风拂过树梢似的晃动了一下。

两人绕了小半个圈，从偏门进了展览馆。

他们进去的地方是书法展厅，里面墨香幽幽，墙上挂满了装帧精良的书法作品，斗方、三开、对幅、中堂、条幅、对联、扇面，各种样式一应俱全。两人慢慢踱着，一幅一幅看过去。

走到一幅写着"飞流直下"四个大字的直条作品前面时，徐宏辉停下脚步，指着那个"下"字问如盈：小江，你看这字如何？

我不是很懂书法，不过我觉得这字写得很好。如盈笑着说。

是的，这字一气呵成，字的下方特意大片留白，仿佛瀑布倾泻而下，水花飞溅，非常好地表现了"飞流直下三千尺"的磅礴气势。

如盈说：依我的理解，书法如文字画，意趣最重要。比如：写"山"，应该给人山峰连绵峻拔的感觉；写"雪"，就应该让人联想到雪花飞舞的样子。

徐宏辉笑了，露出整齐洁白的牙齿。

小江你很聪明。他说，艺术作品没有统一的优劣标准，很多时候，人们都是根据自己的好恶评判作品，也是仁者见仁智者见智罢了。

在两人沉默的间隙，艺协主席讲话的声音通过高音喇叭再次进入了他们的耳朵。

——很多人称林子鸣老师为林大师，这是名副其实的。林老师的作品多次入选国内外重要展览，收录在多部艺术专集，被许多国家的政要以及精英人士珍藏。他本人也被国内外数百家主流媒体关注、推崇，在海内外有着极高的知名度——

我年轻时也特想出名。徐宏辉笑着说，那时我想方设法参加各种画展，千方百计包装自己，想来也真是滑稽。

如盈笑笑，没有说什么。

现在我作画全凭兴趣。当我看见美好事物，并想要表达这种美好的时候，我便拿起画笔，将它淋漓尽致地展现出来。这个时候，所有的芜杂都销声匿迹，我的心中眼里只有美好的形象，真可谓是至高无上的享受。

如盈说：我在平姐家看到过您的画，觉得很有特色非常好。

是吗？徐宏辉笑道，我向来不把这当作一回事，每次画完，就放在一边不再去管它，慢慢地积了不少，也没有什么用。朋友们来我家玩时，看见有喜欢的便拿了回去。写字画画说到底也就是玩，自得其乐最好。

又问：小江你也画国画？

嗯，但已经很久没动笔了。

那你空闲时做些什么呢？

以前家务事比较多，现在有空就看看书。

哦，我也经常看书。书中的世界那么广阔，生活那么丰富多彩，读好书就像聆听智者的教诲，能让我们短时间内获得许多有益的知识和经验。

嗯，是这样。如盈说，书就像我们的朋友，有书陪伴时就没有了孤单寂寞的感觉，晚上坐在床上看书，感觉心格外静、灯特别亮，周围的事物也变得美妙起来。

小江喜欢看什么书呢？徐宏辉饶有兴趣地问。

小说、散文、诗歌我都喜欢，有时也看看哲学类著作。书各有长处和短处，我没有特别喜欢哪一本，但非常不喜欢的倒是有。

嗯，徐宏辉说，书确实有好有坏，好书能给我们滋养，坏书则是毒品，会一点点毒害我们的精神。好书往往既有深度又有优美文辞，读来让人赏心悦目，我们无法不为之着迷。

一对大学生模样的年轻人越过他们，去了前面的画展厅。

徐宏辉接着说：我有一些文人朋友，经常到我家里来，大家一起喝喝茶、聊聊文学艺术，倒也挺开心的。前两年有人提议搞读书会，得到积极响应，便搞了起来。平萍也是我们读书会的成员，经常过来参加活动——对了，这个周六我们又要活动，你跟阿平一起来，好吗？

嗯，好的。如盈高兴地答应了。

徐宏辉眼里满是笑意，说：我家花园里的蜡梅——

徐总好！一艺术家模样的人大声招呼道，上前同徐宏辉握手，打断了两人的交谈。

艺术家拉着徐宏辉的手不放，谈起他近来参加的活动、见过的名人，长篇大论，大有滔滔不绝之势。如盈觉得自己站在旁边有些不合时宜，便借故离开了他们。

她往前走去，在书法厅与绘画厅交界处看见了平姐的作品。平姐写的是宋代无门慧开禅师的一首流传甚广的禅意诗：

春有百花秋有月，

夏有凉风冬有雪。

若无闲事挂心头，

便是人间好时节。

如盈觉得平姐的书法别具一格，如云在蓝天中游走、水在透明的瓶里轻漾般飘逸灵动。

正看着，有人拍了下她的肩膀。她吓了一跳，扭头看，见站在身后的人竟然是章振业。

振业退后一步，笑着打量着她，放低声音说：你瘦了很多，但看着更漂亮了，精神状态也很好。

你怎么也来了？如盈高兴地问。快半年没见了，突然见到他，她感到分外亲切。

诗雅把我叫来的，我今天刚好有空。振业边说边回头寻找自己的妻子。

如盈随着他往外看，果然看到了温婉清丽的文诗雅老师。

嗨，如盈，好久没见了呢。诗雅快步走过来，亲热地搂住了如盈的肩膀。

振业问如盈：你看过诗雅的画了吗？

还没呢。如盈说，我们刚刚在看书法作品。

哦，你跟谁在一起？振业问。

徐老师。如盈回头看了看。

噢，徐老师在那里呢。诗雅笑着朝徐宏辉挥了挥手。

徐宏辉马上看见了，当即做了回应。但艺术家还在跟他说话，看样子一时半会很难停下来。

如盈说：我想看看诗雅的画，让徐老师慢慢来吧。

三个人一起来到了画展厅。

诗雅展出的是一幅工笔人物画，画的是出塞和亲的工昭君。画中的昭君身披大红镶白狐裘斗篷，修眉俊目，竖抱琵琶用十指弹拨着。作品色彩典雅绚丽，线条圆劲流畅，构图错落有致，颇见功力。如盈看了，赞叹不已。

看过诗雅的画，三人到前门大厅找平姐。送春联活动已经开始了，大厅里站着不少看热闹的人。几位书法家站在铺着暗红丝绒毯的长条桌后面，有的在挥毫泼墨，有的提笔端详着自己的作品，有的擎着写好的春联与市民合影。平姐正写着字，没有看见他们。

这时，朱眉急匆匆地走进了大厅。如盈看见了，欢喜地迎上前去。

好啊，来看展览却不叫我。朱眉假装生气，重重地拧了一下她的腮帮。

如盈疼得差点叫出声来。她亲热地看着朱眉那张五官生动的脸，揉了揉脸蛋，笑着问：你不是很忙吗，怎么有空来这里？

是啊，我是很忙。年底了，又是总结又是表彰，开不完的会，怎么可能不忙呢？朱眉对着大家抱怨道，你们也看见了，今天是周末，却还要被派来看展览，又拿走了我半天休息时间。

几个人正说着，徐宏辉过来了。振业同他握手。徐宏辉说：大家难得碰到，今天就一起吃个中饭吧。

振业迟疑了一下，说：我跟一个同学约好了吃中饭，他已在路上了——

把你那同学叫过来嘛。徐宏辉打断他说，我们就这么几个人，他来了也热闹些。

这样也好。振业说，那我来订座吧。

徐宏辉笑着说：我已订了，南浦小镇。

哦，那我打电话通知他。振业说。打了电话，又跟两个女同学讲：这人是梁义夫，你们还记得他吗？

朱眉轻轻一笑，说：他那么活跃的人，怎么会不熟悉我呢。

如盈说：我好多年没有见他了，但印象还是有一点的。

振业笑道：义夫最喜欢美女了，看见你们不知会有多高兴呢。

朱眉斜了他一眼，揶揄道：十个男人九个色，就你一个是例外。

振业哈哈一笑，没有说什么。

送春联活动结束了，平姐过来，大家一起去了南浦小镇。

南浦小镇

南浦小镇坐落在距离城区两三公里远的一个山谷中。汽车沿着宽阔的省道往南，向右翻过一个平缓的山坡，便来到了这个自然景色优美的乡村酒店。

餐厅是一座两层楼的四合院。庭前摆着梅花和松柏盆景。廊下养着水仙，花朵繁复、芳香袭人。靠墙种了几棵桂花树，此时依然绿意葱茏。服务生带大家上楼，进了一间有朝南大窗户的包厢。

阳光很好，室内明亮温暖，给人春天提前来临的错觉。大家脱下外套，坐在沙发上晒太阳。服务生端来茶水，倒在茶盏里，一一放到客人面前。大家喝茶聊天，热热闹闹的，十分开心。

振业的手机响了起来。他看了下，站起来说：梁义夫来了，我出去接他。说完，匆匆走出门去。

不一会，楼下传来了说话声，跟着，脚步声上了楼梯、往包厢而来。门"嘭"的一声被推开了，一个矮矮胖胖的中年男人大摇大摆地走进来。振业紧随其后，轻轻掩上了那扇敞开着的门。

哇，这么多美女啊！男人腆着肚子面对众人大声道，今天来对了，哈哈。

振业拍了拍他的肩膀说：你仔细看看，这几位美女都是谁。

"白玫瑰"，文老师——男人用手指点着朱眉、诗雅，然后他看向如盈，一对小眼睛瞬间亮了，江如盈！你是江如盈。哈哈。他大笑着，张开双臂走向她，似乎要上前拥抱她。

如盈忙一闪身躲开了他。

美女同学，难道你不认识我了吗？梁义夫张着手臂看着她问。

认识的，如盈笑着应道，你是梁义夫嘛。

来来来，坐下了慢慢说。振业两手扶着梁义夫的肩，将他推到了座位上。

江如盈，你知道吗？你是我的偶像、我的梦中情人呢。梁义夫盯着如盈不放，虽然我们不在一个班级，但我对你的印象太深了。你那么美，成绩又那么好，那时候我天天想你，却又不敢去追你，这种痛苦，咳，真是无以言表啊。说到这里，他转向了振业，老章，你得给我作证，我说的可都是真话呐。

你真会开玩笑啊。如盈笑着说。

哪里哪里，我没开玩笑，我讲的句句是真。梁义夫说，你记不记得有一次你跟老章来我家玩，你帮着我妈洗菜，我们家的人都以为你是我的女朋友呢。

有这事吗？我不记得了。如盈微微红了脸。

我老婆还是照着你的样子找的呢。梁义夫说，读书时你不爱搭理人，像个骄傲的公主，我只能暗恋你，但现在我什么都不怕了。

喂，大梁。朱眉说，你把我们当空气啊？

怎么会呢。梁义夫马上对她赔笑，"白玫瑰"是我的最爱，只是我有点怕刺。

振业拍拍他的肩提醒说：阿梁，你还没跟徐总、平老师打过招呼呢。

梁义夫听了这话，如梦方醒似的，用力拍了下自己的脑袋，起身去跟两位握手。

徐总是企业家也是画家，平老师是著名书法家。振业在一旁说。

文老师是画家，"白玫瑰"是歌唱家，难道今天是艺术家开会？梁义夫用玩笑的口吻说。

振业说：我们在看书画展览。

看展览？都什么年代了，朋友圈天天有人发着书画作品，还用得着巴巴地跑去看展览吗？梁义夫不以为然地道，现在会写毛笔字、会画画的人多了去了。我女儿的毛笔字就写得很好。我们隔壁的李阿姨，退休后开始学画画，画出来的牡丹像真的一样，前些日子还得了个什么奖，大家也没有觉得什么稀奇呢。他越说越来劲了，那些写文章的人也是，自以为才高八斗，一篇狗屁文章便整天发来发去，唯恐别人不知道。还有写诗的，滑稽得要命，尽弄些"啊，长江，你真长啊！""啊，黄河，你TMD真黄！"出来，都什么玩意儿！

老兄，别这么损嘛。振业笑道，在艺术家面前说这种话，岂不是看着和尚骂贼秃吗？

啊呀，我是讲别人嘛，绝对不是指在座各位。梁义夫赶紧辩白道。

算了吧，你也别辩解了。朱眉横了他一眼，说了就说了，依我看你还真没说错。

梁义夫看着她，不无感激地说："白玫瑰"就是与众不同，看来我没爱错啊。

你刚刚还信誓旦旦说爱别人，怎么一转眼又变成爱我了？朱眉故意抬杠，我也搞不清了，你倒说说，你到底爱谁呢？

梁义夫涎着脸说：我爱漂亮姑娘，你们两个我都爱。

哈哈，露马脚了。振业大笑，阿梁，我看你还是闭嘴吧。

服务生来问喝什么。徐宏辉征求大家意见，结果只有梁义夫要喝红酒。

那好吧，我陪你。振业说，等会你叫代驾，我有诗雅在，没问题的。

两杯酒下肚，梁义夫话更多了。他叙述自己的发家史，说他二十六岁卖保健品赚到了人生第一桶金，之后用这笔钱买进了三套房，几年后楼市暴涨，房价翻了几番。他抛售了本市的房产，又向银行贷了两百万款，在省城和一线都市分别购置了房产。

结果你们都知道了，他得意扬扬地说，当初每平方米一万不到，如今五倍十倍地往上涨，想不要发财都难哪，哈哈。说罢，他拿起酒，一饮而尽。

如盈暗暗打量梁义夫。面前这个肥头大耳的男人与高中时那个略微清瘦的小男生简直判若两人。这些年他似乎不长骨头只长肉，整个人变成了一只球，脸是圆的，肚子是圆的，连一双手也像婴儿似的又肥又圆。他发了财，志得意满，言语中的优越感几乎淹死人。

你在省城的房子出手了吗？朱眉问。

出了一套，还有一套在，那边是新区，正在规划建一所小学，估计过两年还会再涨。

真是精怪。朱眉说，你要这么多钱干什么呢？

"白玫瑰"，我不知道你还这么清纯，我太喜欢你了。梁义夫喝了口酒说道，但钱怕多吗？没有钱，谁会看得起我？谁又愿意跟我交朋友？别墅、豪车、女人哪里来？自古以来，有哪个人不想发大财？钱这么好的东西，当然人人都爱了。不过，像"白玫瑰"你这样既漂亮又有点权力的人，也许有更高的追求。但是，人会老，权力也会跟着失去，只有钱、你的钱会一辈子跟着你，让你安安心心地过自己的好日子。

他照着自己的心思讲，话语绵绵不绝，就像人坐着滑板车下坡，根本就停不下来。

他说某大领导的秘书是他的铁哥们，他跟省长的丈母娘关系紧密，还可以随时给兰城的教育局长打电话。为了证实自己的说法，他拿起手机对大家说：差点忘了，我朋友的孩子想进重点中学，我得给林局打个电话。说完，起身去了外面。

等他回来，朱眉问：怎么样，搞定了吗？

当然。小事一桩。梁义夫一副满不在乎的神气。

振业问：你老家的别墅完工了吗？

弄好了。梁义夫说，我准备去那里过年。

你老家是哪里？平姐问，是梁坞吗？

是的。梁义夫说，我们那地方现在很出名了。

徐宏辉说：梁坞山清水秀，又有许多文化遗迹，是个好地方啊。

是的是的。梁义夫乘机谈起了自己的家世。他说他们家曾经十分显赫，他的太太公是朝廷大员，后来娶了尚书的女儿，当时他们家有几百亩良田和整条街的房屋。他细数他们家族的辉煌历史，把拿得出手的东西他都拿了出来，像吃一根猪骨头，非把里面的髓汁吸得干干净净不可。末了，他感叹说：可惜呀，后来家道中落，田地和房屋也都成别人的了。

那有什么关系，振业笑道，现在你不又成了梁坞的首富了吗？

梁义夫哈哈大笑。

来来来，喝酒喝酒。他与振业碰杯，一仰脖子又喝光了杯里的酒，又提议道，我们划拳吧，我一个对你们五个，我赢了你们喝茶，你们赢了我喝酒。

如盈说：我不会。

朱眉说：又不难的，看看就会了。

于是，一群斯斯文文的人便"五五五""六六六"地划起拳来。如盈屡屡得胜，让梁义夫喝了不少酒。大家笑成一团，开心得不得了。后来，梁义夫喝多了，往沙发上一倒，立刻便鼾声如雷。

振业向老板娘要了条毯子，盖在他身上，对大伙说：看样子他一时半会醒不了啦，我们还是去外面玩玩吧。

外面阳光灿烂。山冈上，白色小别墅散布在落光了叶子的树林间，如粉黛不施的女子，清雅天成。山脚是一个颇具规模的游乐场，可进行多种野外游乐活动。

大家进了游乐场。朱眉拉如盈去打靶，徐宏辉便跟了过去。他纠正她们的端枪姿势，教她们瞄准的方法。如盈照他说的做，很快就上了手，打出的环数高得惊人。

后来，朱眉要去看酒店客房，三个人便又经木头台阶上山，进了酒店区域，在白色木屋和蓝莹莹的泳池之间溜达。他们呼吸着新鲜空气，无拘无束地谈笑，玩得十分开心。

回到山下，大家合做一处，先比赛射箭，后又轮番骑马。他们玩得跟一群孩子似的，直到日头偏西，才意犹未尽地结束了这次聚会。

徐　宅

　　周六，是如盈去徐宏辉家参加读书会的日子。她清晨起床，拉开窗帘，却发现房顶和路面已是白皑皑一片。雪，在人们熟睡之际，悄无声息地降临了。

　　上午没事，如盈在窗口看孩子们堆雪人、打雪仗。这些小人儿都裹着厚厚的羽绒衣，却依然身手敏捷，他们奔跑呼叫，声音像被磨尖了似的传得很远。

　　午后三点，平姐依约来接。如盈上了她的车，与她一起前往徐宅。

　　汽车沿着环线行驶。雪后初霁，道路十分湿滑。平姐小心翼翼地开着车，不敢有丝毫怠慢。

　　车在一个十字路口右转，进入了一条依山傍水的大道。

　　哇，好美啊！如盈禁不住欢呼起来。

　　眼前仿佛是童话里的世界。但见田野一片粉妆玉砌，唯有山坡上的别墅群露着一些黄，湖边的画舫亮着一点红。

　　走了不长时间，汽车又转了个弯，离开大道，沿着山脚行驶一段后，进入了一个别墅区。

　　平姐把车开到小区东南角，停在徐宏辉家的别墅前面。两人刚下车，徐宏辉就从大门出来迎接她们了。他开心地笑着，显得十分热情，跟两人说：已经来了好些人。小江是第一次来，以后慢慢就熟悉了。

　　他们穿过花园去屋内。

　　石径很干净。游泳池边上围着一圈雪，池水闪着幽蓝的光。离泳池不远的地方立着一座凉亭，旁边有假山堆叠。草坪被雪覆盖着，铁围栏边的冬青和石楠却依然枝叶扶疏。碗口大的茶花缀在枝头。蜡梅黄灿灿地开了一树。

如盈跟着徐宏辉，步上台阶，进入门厅，再过一道门，经过餐室，来到了客厅。

客厅十分宽敞。墙上挂着字画。蓝色麂皮沙发上铺着米色短羊毛坐垫。半人高的瓷瓶内插满了鲜花。案几上摆着盆栽，紫褐色的九节兰散发出沁人心脾的香气。透过落地玻璃窗，可以看到花园内的景致。

几位男士倚在沙发上，正在谈论叙利亚局势，见有新客到来，便中断了谈话。

平姐与大家打过招呼，把如盈介绍给了他们。

徐宏辉新泡了一壶茶，给平姐和如盈各倒了一盏。

平姐拿起来闻了闻，说：真香！

这是大吉岭红茶，泡的时候讲究技巧，需要焖上五分钟左右，味道和香气才会出来。房总说。他长得矮矮壮壮，戴着宽边眼镜，一对眯缝眼隐在镜片后面，却似乎总是在搜寻你的弱点，让人感觉很不自在。

房总真是见多识广啊。穿红色羊绒衫的李总将身子往沙发背上一仰，用略带嘲弄的口吻道。

哪里哪里，李总李诗人，要论见识，肯定是你比我广嘛。听人说你喜欢看书，近来又在看什么书呢？房总似笑非笑地说。

我去了趟欧洲，到特里尔参观了马克思故居，回来后开始研究《资本论》。李总不理他的茬，管自己侃侃而谈，马克思讲，假如有百分之二十的利润，资本就会蠢蠢欲动；假如有百分之五十的利润，资本就会冒险；假如有百分之一百的利润，资本就敢于冒绞首的危险；假如有百分之三百的利润，资本就敢于践踏人间一切法律。多么精辟的论断啊。我们也都见证了，资本有时确实很疯狂。

书是你读得多，但资产肯定是我比你多。房总仍旧一副似笑非笑的模样。

哦，他很富有。如盈暗想，原来他的自信不是没来由的。

你们去过不丹吗？到不丹山里探险，那才叫一个刺激呢。胖圆脸的夏总打断了他们，环顾左右，见众人都睁大眼睛等着他讲下去，便又继续说道，我们是七月份去的，正赶上不丹雨季，我们几乎每天都在泥泞中跋涉。高山上云雾缭绕，很多时候什么都看不清。我们在树林边搭帐篷住宿，夜里生着篝火睡觉，听见野兽的吼叫声此起彼伏。

你们不害怕吗？

怕啊，怎么能不怕呢？我们冷得要命也怕得要命。那时候，我最迫切的愿望就是回到人群居住的地方。之前总觉得什么事都没有的日子太没意思，但经历了这次之后，我就不这么想了。人需要安稳和安全感，没事瞎折腾，甚至拿生命去冒险，是脑子不清楚的人才干的事。

原来夏总也只有这么点胆子。房总取笑他。

夏总闭眼一笑：这不是胆大胆小的问题，这是领悟——对人生的领悟。

徐宏辉跟如盈说：小江，我带你去楼上看看吧。他坦坦荡荡的，神情里绝无一丝暧昧。

如盈点点头，站起来，跟在他身后走了。

他们看了几个房间，后来又来到了徐宏辉的书房。

书房面积不小，铺了柚木地板，有大排花梨木书橱，摆着沙发和一张宽大的书桌。桌上有一盆盛开的兰花，在靠近台灯的地方立着徐宏辉一家三口的合影。如盈走近去细看。照片里，妻子略略侧身倚着丈夫，一只手搭在女儿肩上。夫妻俩都还很年轻，丈夫高大英俊，妻子虽算不上美丽却也肌肤丰盈、落落大方。幼小的女儿眉眼酷似父亲，她站在父母前面，嘴微微张开，但并没有笑。

徐宏辉指着照片上的小女孩对如盈说：这是我们的女儿，那时刚满六岁。

嗯，非常可爱。

是的，我女儿非常聪明，很小的时候就会背多首唐诗，有时说出话来连大人都自叹不如。我们都非常爱她，把她当成了珍宝。

如盈不觉笑了。孩子当然是自己的好，大家都偏爱自己的孩子，他也未能免俗。嗯，看样子就很有灵气呢。她顺着他说。

唉，时间过得真快啊，这么个小不点都已做了母亲。徐宏辉叹息着说，仿佛就是眨眼之间，一切便都成了过去，想想真是可怕。

嗯，是这样。如盈笑着说，凑近兰花，吸了吸鼻子道，好香啊！

是的，这是春兰，花不起眼但是很香。徐宏辉说，不像蝴蝶兰、大花蕙兰这些洋兰，花鲜艳漂亮，却一点香气都没有。

两人出了书房，到三楼，面对着积雪的山峰，站在开了窗的阳光房露台上。

冷吗？徐宏辉关切地问。

不冷。如盈对他一笑。

又有三位女客到来。徐宏辉告诉如盈说：这几位都是写作爱好者，经常在报刊发些小清新散文。

房总跑出来迎接客人，跟她们开有些暧昧的玩笑。

这些人是我在不同时期认识的。徐宏辉说，每个人都不一样，有人哗众取宠，有人孤芳自赏，有人一掷千金，有人一毛不拔，有人锋芒毕露，有人温和谦让。我们在一起作画、论文、吹牛，若有拌嘴、冲撞，也不过多计较，总是笑一笑就过去了。

又笑着说：他们喜欢来，我也很高兴。这帮人爱玩，下棋、打牌、唱歌、跳舞，样样都在行，虽然有些放浪不羁，但绝不矫情，不会特地跑去海边沉思，更不做将梅花瓣上的雪扫下来装在一只鬼脸青瓷内、埋在梨花树下、等心血来潮时取出来泡茶喝这种事。

如盈说：我比较喜欢跟自己相处，不太习惯人很多闹哄哄的场面。

嗯，徐宏辉点点头，能跟自己相处好，是件很不容易的事。

如盈说：主要是因为觉得与人打交道很困难，所以我才选择了自处，觉得这样比较舒服。

是的，徐宏辉说，人与人之间的争斗在所难免，如果自己觉得好，也没必要非跟别人一起。

如盈说：有时候我也感到孤独，想要朋友，但现实总是无情地扼杀想象，不管试多少次，结果都一个样。

嗯，我理解。有些事根本不必在意，顺从自己的内心最重要。徐宏辉说，你喜欢旅行吗？

以前我要照顾孩子，很少去外面。

哦。我总是到处跑，看过无数风景，也见识了形形色色的人。在外面行走时，没有人知道你是谁，随时可能遭遇否定、打击和伤害，会觉得困难。有时我想，人生不就是一场旅行吗？我们走啊走，历经挫折和磨难，一点点独立、坚强起来。我们要是能摆脱名誉、地位、固定居所、人际关系等的羁绊，就进入了自在洒脱的境界。

嗯，说得真好。

他们谈得很投契，不知不觉中天色已晚。

两人回到楼下，闻到了蛋糕和菜肴的香气。经过厨房门口，见里面热气腾腾的，有三四个人正在忙活着。

客厅内空无一人。音乐声从娱乐室传来。

徐宏辉说：他们在下面呢，我们也去吧。

两人下到娱乐室，见有几位男士在打台球，其余的人正跳着拉丁舞，二人便站在舞池边上看。

灯光闪烁迷离，乐声激情动感。女士们都脱去了外套，只穿合体的裙衫，身姿格外窈窕。她们嘴角漾着微笑，踩着音乐的节拍，步态轻灵，腰臀款摆，脖子随节奏自然晃动，与舞伴时而贴近、时而拉开，姿态优雅迷人。

如盈正看得入神时，乐曲却戛然而止。接下来播放的是一首慢四舞曲。徐宏辉伸手邀请她入舞。如盈略犹豫了一下，随即把手递给他，与他一起滑入了舞池。他轻轻握着她的指尖，带着她舞了起来。进、退、转圈。吊灯和墙壁也跟着摇晃、旋转。起初，如盈的脚步有些混乱，跳着跳着便自如了起来。思想隐匿到了看不见的地方，她感觉有些眩晕，却又感到欢快，有些陶醉，如同饮了一杯甘醇的酒。

一曲终了，大家停下来，站在舞池中说话。除了平姐，另外三位女士分别是梅林、水韵儿、梵心；她们的舞伴是李总、兰城大学的苏老师、作《兰城清明上河图》的商人陈维昌和云栖寺画院的画师元真。

五点半，大家到餐厅吃自助餐。酒和果汁放在长餐桌中间。华夫饼涂上了蜂蜜，柔滑醇香。三文鱼的色泽和纹理堪称完美。肉类、蔬菜及各色甜点，全盛在白色的盘子里，摆在厨房的大台子上，由客人自己取用。

用餐时，徐宏辉向如盈介绍了三位当地小有名气的文人——南居、谷春、墨渊。大家边吃边聊，十分轻松愉快。

晚餐结束时，梅林说：晚上气温低，路上的雪水若结成冰，行车就会有危险。我们现在出去，把路上的积雪清除了，一来做了一桩好事，二来也活动一下消消食。

大家都觉得这个主意好，便穿上外套，戴好帽子围巾，拿了工具，浩浩荡荡地出了门。

读书会

除雪回来，大家到茶室里，发现少了房总。水韵儿打他手机。房总说：我已经在自己办公室了。大家不信。水韵儿又把电话打到他办公室，不料接电话的真是房总本人。

李总说：这人就喜欢别出心裁。

不管他。谷春说，我们还是坐下来讨论作品吧。

大家便围着长茶桌落坐。男士们显得很随意，女人们收敛些，但也很放松。

如盈坐在平姐右手，徐宏辉在她旁边坐下，把一本深咖色封面的《霍乱时期的爱情》放在她面前说：今天讨论这部小说。

如盈对他笑笑，拿过书，轻声说了"谢谢"。

读书会开始了，主讲人谷春率先发言。

他说：马尔克斯是我所敬佩的作家。他的小说情节离奇曲折，叙事细致绵密，具有极强的吸引力和感染力。《霍乱时期的爱情》是他继《百年孤独》之后在年近六十时出版的又一部力作，被人誉为"人类有史以来最伟大的爱情小说"。这部小说写得很好是毋庸置疑的事实，但对"人类有史以来最伟大的爱情小说"这一赞誉，我始终无法认同。

座上静悄悄的，大家都等着听他的下文。

谷春笑了笑，继续说道：我为什么这么讲呢？依据当然是故事内容。让我们来看看小说的爱情主线吧。在阿里萨和费尔明娜还是少男少女的时候，阿里萨对费尔明娜一见钟情，两人书信往来，建立了恋爱关系。这是阿里萨的初恋，他的感情的确纯真。但后来费尔明娜与他分手，跟别人结了婚，阿里萨从此便陷入失恋的泥淖无力自拔，到处寻花问柳，与包括女仆、市场上的黑女人、海滩上的淑女、新奥尔良船上的外国妞儿、美丽的养鸽女、风流寡妇等在内的六百四十四名女性发生了性关系，这期间他也谈情说爱，跟其中几个女人长时间同居。试问，这是不是伟大的爱情呢？如果是，那爱情不就成肉欲的代名词了吗？

可能有人会说，阿里萨真正爱的人一直都是费尔明娜呀。这就涉及什么是爱情的问题。在小说里，全部性关系都被称为爱情，这肯定是错误的。史铁生曾对爱情和性的关系做过阐述，我比较认同他的观点。史铁生认为，爱情包含性但大于性，性是爱侣之间表达爱意的最真挚热烈的语言。贞洁之所以必要，就是为了保护这语言，不让它被污染因而丧失示爱的功能。假如我们把所有的交媾都称作爱情的话，那爱情就不是美好而是丑恶了。

阿里萨的爱情里没有忠贞也看不到美好，在他的爱情盛筵里，费尔明娜就是天上的玉露，他一边饕餮美味佳肴，一边觊觎可望不可即的玉露。当最终他达成心愿，与垂垂老矣的费尔明娜同床共枕时，给我们的感觉更像是一场阴谋得逞，而不是爱情的圆满。

因此，我认为这部以爱情命名的小说，给我们展示的却并非爱情，把它称为"人类有史以来最伟大的爱情小说"是毫无道理的。

讲完，谷春挥动了一下手臂，显得有些激动。

我同意谷春兄的看法。南居说，爱情应该是美好的，而美好的事物必定合情、合理、合规、合法。阿里萨对费尔明娜的爱，一开始也合情合理，不失为美好。但费尔明娜结婚生子后，阿里萨明知感情已不可挽回，却依然对她抱着非分之想，这可能也是爱情，但这样的爱情有悖于公序良俗，肯定是不能称为美好的。

人一生中可以发生多次恋爱，阿里萨自然也可以与不同的女人恋爱。但问题是他遭遇一次挫折后，就不再是好好恋爱，而是自我放纵、不停地玩弄女人，在借性麻醉自己的同时，意欲伺机占有费尔明娜。阿里萨的灵魂是扭曲的，他的爱情也呈现了扭曲的状态。所以，我觉得阿里萨式的爱情更像是一种病，初恋失败后他一病不起，整整五十一年没有痊愈。

我觉得这部小说写的是一个男人征服女人的故事。水韵儿开口了，细声细气的很是温柔，男人们都想拥有数不清的女人，最好左拥右抱、夜夜笙歌。阿里萨征服了无数女人，最终也征服了那个拒绝了他的女人。在他这里，爱情更像是掩人耳目的幌子，让他玩尽女人又逃避了世人的谴责。在此过程中，他的需求得到了最大程度的满足，成了男人世界的赢家。阿里萨的爱情，说白了就是欲望——想把女人一网打尽的炽烈欲望。

李总嘿嘿一笑，说：我不替男人辩护，但想替"欲望"讨个公道。欲望真的那么不好吗？人们想要生活得更便捷舒适，这是欲望。因为有这欲望，有人发明了飞机、汽车、电冰箱、手机等现代化工具。大家再仔细想想，要是男人失去了对女人的欲望，人类还能繁衍生息吗？如果人没有了七情六欲，还能叫人吗？

他的话就像在平静的湖水里投入了一块石头，顿时引发了大伙的议论。徐宏辉也跟如盈探讨了"欲望"问题。

待声音平息了下来，墨渊说：李总提的问题确实很好，欲望是人类社会发展进步的原动力，要是人类摒弃了所有的欲望，世界也就不是今天这个样子了。但欲望是把双刃剑，如果欲望过盛，人就会丧失理智变得疯狂，做出侵占、掠夺、杀戮这样的恶事来。因此，我们必须把欲望圈在可控的范围内，不让它膨胀变形、成为荼毒甚至毁灭人类的恶魔。

众人纷纷点头，觉得他讲得在理。

我们继续谈作品吧。梵心笑吟吟地说，刚才几位老师谈了小说的男主人公阿里萨，我想从女性的视角谈谈小说女主人公费尔明娜。

坦率地讲，女性也是有欲望的，但女性的欲望显然有别于男性。

女人找男人从来都不是为了性。务实的女人找男人是找依靠，浪漫的女人则想得到男人的心，想要男人给予很多很多爱、很多很多情。

费尔明娜算得上一个务实的女人。阿里萨是她的初恋，但当她长大有了判断能力，看出他的弱点，便立刻毫不犹豫地与他分了手。她并不怎么喜欢乌尔比诺医生，最终却还是嫁给了他，因为乌尔比诺是有身份的人，能给她体面的生活。后来她丈夫死了，阿里萨再次追求她，她便半推半就地回到了他的怀抱。因为此时她已老去，阿里萨尽管也老了，但有实力并且愿意对她好。跟所有精明的女人一样，费尔明娜首先考虑生活保障，把情感因素放在了第二位。不过有一点我不明白，像费尔明娜这样的聪明人，怎么会偌大年纪了还对感情抱有幻想，竟然不管不顾地跟着阿里萨出走？我想不通她为何要这么做，是天真到以为感情能够地久天长，还是认为反正生命已所剩无几、即使过把瘾就死也无所谓了？

我觉得男女主人公的爱情不能圆满的根本原因，是因为彼此缺乏真正的了解。平姐说，阿里萨对费尔明娜是一见钟情，他们连话都没有说过，仅靠几封情书就相互认定，踏上了爱情之路。费尔明娜连阿里萨长什么样都不清楚，更不要说了解他的内心了。这样的恋爱是盲目的，像海市蜃楼一样虚幻，注定无法长久。因此，费尔明娜拒绝阿里萨是顺理成章的事，没有什么可奇怪的。男女之间，产生爱情很容易，但修成正果却很困难。爱情里充满了幻想，而生活却是实实在在的，爱情的种子只有落到现实的土壤里，才有可能健康生长。

墨渊说：生物学家对爱情的定义是"男女之间一个说服另一个合作生育后代的过程中所产生的情感"。在原始社会初期，文明的曙光尚未照到古老的地球之时，人类茹毛饮血，其爱情也更多地体现了动物性，他们以繁衍更多后代为目的，千方百计寻找异性交配。这种原始的本能植根于人类的基因之中，一直保存在男性的意识里面。阿里萨的行为，正是雄性动物本能的体现。所以从生物学的角度来讲，阿里萨与所有女人的性行为确实可以称为爱情。

依照这种说法，人与禽兽便没有什么两样了。谷春反驳道，不错，人也是动物，确实有动物性的一面，但作为万物之灵，人又有独特丰富的精神世界。爱情包含性，却不应该仅仅是性。史铁生认为，爱情是在孤独的人群中爆发的一种理想，其意义在于消除孤独、找到心灵的自由之地，性是"爱的表达，爱的宣告，爱的倾诉，爱之祈祷或爱之祭奠"，"袒露肉体，是心灵自由的象征，炽烈的贴近已不是单单性欲的催动，更是心灵的相互渴望"，"狂浪的交合已不只是繁殖的手段，而是爱的仪式。爱的仪式不能是自娱，而必定是心灵间的呼唤与应答"。他强调了爱情双方的心灵契合，把人类的性与动物的交配区分了开来。我觉得他是对的。

我同意谷春老师的观点。梅林说，人有一个灵魂，灵魂要求升华，要求冲破欲望的桎梏。从世俗的层面而言，爱情是由性欲发动的对异性的爱慕，但从形而上的层面来说，爱情则是为孤独的自己寻找一个密友。现实中的爱情是这两种冲动的混合，是人们在异性世界里寻求那个最适合自己的守护者。柏拉图说，爱情应该"在美中孕育"。我认为把异性仅仅当成性伴侣或者审美对象，都是不完美的爱情。

大家踊跃发言，场上气氛热烈。人与人愿意坐下来花时间聊聊，实在是一件美好的事。

如盈没有说什么，只是静静地听着。她得到了新鲜的体验，感觉像踏进了一片广阔的天地，看到了庸碌艰辛现实之外的另一个多姿多彩的世界。

读书会结束后，徐宏辉送大家出门。他特意站在平姐车旁，跟如盈挥手道别。

馨儿回家（一）

过了腊月二十，梧桐树上都挂起了红灯笼。如盈下班回家时，看见大街上熙熙攘攘，男人、女人、孩子、汽车、电动自行车如潮水似的，一波过去又来一波。

这天傍晚，如盈想去老街买个靠垫，便在半路下了公交。

她进了一条横街，过石拱桥时在桥上站了一会。天空清朗，天际残留着一抹胭脂色的晚霞。时序更迭细致妥帖而又井然有序，冬至前蓦然短下去的白昼，不知不觉又长了起来。

她下了桥，顺着青石板路往前走。两边都是白墙黛瓦的老式平房，石阶旁支着的竹竿上挂满了大青鱼及酱过的肥鸭、鳊鱼，散发着阵阵诱人的咸鲜香味。有人在小公园里唱越剧，声调柔软缠绵、韵味深长。几个男孩尖叫着从弄堂里面冲出来，箭一般飞过了她的身旁。

哦，孩子们放假了。如盈停下脚步，望着几个灵活矫健的身影迅速远去、在枝繁叶茂的老樟树后面消失。

馨儿也该放假了，不知她现在怎样。想到女儿，如盈的心像被一只无形的手揪紧了似的，感到很不舒服。

如盈已经快半年没有看见自己的女儿了。她思念女儿，这思念如同一颗深埋心底的种子，一直潜滋暗长，让她觉得心上总是裂着道口子，时常隐隐地疼。她多么想见到女儿！但那个男人掌控着一切，如果男人不肯发善心，她就不可能见到女儿。她很想去求男人，但想到男人之前的所作所为，知道去求也没有用，便又忍住了。女儿就像飞往远方的鸟儿，失去了所有消息。她日夜牵肠挂肚，却又难以与人道，只能独自悄悄流泪。她渴望在梦里拥抱女儿，但不知为何，女儿总是不肯入梦，好不容易来了，也是面目模糊，并且离她远远的。

如盈呆了会，默默地叹了口气，继续往前走。手机响了起来。她拿出手机，看见是一个陌生号码。骚扰电话？她犹豫了一下，还是接了起来。

妈妈！

馨儿？如盈简直不敢相信自己的耳朵。

我放假了，妈妈。小姑娘在电话那头欢快地笑着。

真是你呀，我的宝贝！如盈颤着声说，你终于给妈妈打电话了！

妈妈、妈妈，我明天就去你那里。

明天？真的吗？你爸爸同意了？

爸爸本来不同意，后来我哭了、不吃饭，他就答应了。馨儿压低了嗓门，回家再跟你说吧。他来了，我挂了噢。

电话断了。如盈看着手机以为自己是在梦中。一辆电动自行车驰过，险些撞到了她。如盈吓了一跳，看看周围景物，这才确定一切都是真的。

啊，亲爱的女儿就要回来了！她欣喜若狂，情不自禁地哭了。过路的人不知道发生了什么，纷纷转过头看她。但她沉浸在自己的情绪里，根本没有顾及这些。她尽情地流着泪，感到郁结在胸中的愁苦被泪水一点点冲了出来。

路灯亮了起来，如盈觉得眼前的世界顷刻之间光华闪耀，变得如此美丽。古老的街市展露亲切的笑颜，敞开了怀抱欢迎人们的到来。年轻情侣搂腰搭肩享受着属于他们的浪漫时光，人人脸上似乎都带着笑。

幸福如潮水般涌来，让如盈难以自持。她走到小公园里，在石凳上坐下来。

要买酱鳊鱼和腊肠，还有，芝麻片和小核桃仁也要买。她盘算着。啊，不对，这些是我喜欢的，宝贝最爱的是薯片、方便面、辣条、巧克力。她不觉失笑，喜滋滋地想，宝贝想要什么我就给她买什么，只要我办得到。

以前她管束女儿，不许女儿吃不健康的食品，也不太带女儿去游乐场玩，但现在她只想好好宠宠女儿，让女儿开心满足，别的都顾不上了。她想好了要给女儿买漂亮衣服，带女儿去新开的东方乐园玩个痛快。梦想终于要成为现实了，这让她欣喜不已。

她起身去街上，来到一家熟悉的店铺，给女儿买了一双棉鞋、一个套子上绣着梅花图案的电热水袋。最近寒潮频繁，她屋里没有取暖设备，得拿这些来御寒。老板娘热情地笑着，送了只绣花小香囊给她。

从老街出来后，如盈到超市买了很多食品。之后，她发短信给齐小琴，向单位请了一天假。

第二天，如盈早早起床，去农贸市场买了鱼、肉及蔬菜、水果，路过花店，见有佛手，便买了一盆。

回来后，她打扫房间，清洗了水果，将佛手放到了卧室窗前。待一切就绪，她下楼来到小区外面，站在路口的人行道上，朝女儿来的方向张望。

汽车一辆辆驰过，却都不是送女儿来的。时间变得慢腾腾地走着，似乎每分钟都有一小时那么漫长。会不会是彭海明改变了主意、不让馨儿来了？这想法一冒出来，便立刻使她不安了。

正当她焦虑之际，一辆崭新的保时捷 SUV 在离她五米开外的地方停了下来。门开了，馨儿跳下车，大声喊着"妈妈"奔向她。如盈张开双臂迎上去，把女儿紧紧地搂在怀里。她又是欢喜又是心酸，差点又落下泪来。母女俩亲热了好一会才平息了激动的情绪。如盈欣喜地发现，几个月不见，她的小姑娘又长高了，并且变得更漂亮了。

馨儿，过来拿东西。一个熟悉的声音叫道。

如盈循声望去，看见了站在驾驶室旁的彭海明。男人也在看她，两人的目光碰在一起时，他居然若无其事地笑了。

如盈惊讶地看着男人。他没穿外套，一件花色复杂的 V 领羊绒衫包着他开始发福的身体，在敞开领子的白衬衫里面，系了条枣红色的 LV 丝巾。但这身小清新装扮非但没有减龄的感觉，反而因为过于花俏而让他已显松垮的脸平添了几分沧桑。他怎么成了这个样子？她觉得男人既奇怪又陌生。

彭海明朝母女俩走过来。

去，他跟女儿说，去把你的东西拿下来。

馨儿答应着走了。如盈正要跟过去，却被男人叫住了。

哎，你别走嘛。他说。

如盈站住了。

你瘦了。男人的目光在她身上、脸上打转，但变漂亮了，也年轻了许多。

如盈无言以对。男人曾那么嫌弃她，现在却又回过头来赞美她，这也真够滑稽可笑的。她不知道他安什么心、想玩什么花样。

我知道你想念馨儿，所以把她送过来了。男人讨好地笑着。

如盈怔了怔，淡淡一笑道：那谢谢你了。

馨儿提着东西从车上下来。如盈连忙上前，接过了女儿手中的书包和旅行袋。走，跟妈妈回家。她对女儿说。

嗯。小姑娘点头答应，然后跳到父亲面前，用双手圈住他的脖子，亲了一下他的脸，说：爸爸再见。

如盈默默看着这一幕，暗暗叹了口气。是的，馨儿是自己的女儿，但也是彭海明的女儿，她爱自己的父亲，这是无法否认的事实。

馨儿来了之后，家里立刻便有了生机。女孩儿穿着笨笨的熊猫棉鞋，在小小的屋子里走过来走过去。她仿佛又回到了儿童时期，东看看西瞧瞧，把母亲不多的东西翻了个遍，就像家里有无穷无尽的宝藏似的。

老妈，你买了好多书哦。她抽出竹架上的书，一本本翻着。

是呀。你不在妈妈身边，妈妈就只能跟书做朋友了嘛。如盈笑着说，宠溺地看着自己的宝贝。

馨儿哈哈大笑。她总是无缘无故地大笑。如盈知道，那是因为女儿太开心的缘故。她又感动又怜惜，恨不得把心中的爱全都掏出来捧给女儿。

老妈，这东西好香啊。馨儿用鼻子蹭黄橙橙的佛手。

如盈笑道：小傻瓜，不要靠这么近去嗅，闻佛手得远一点。

馨儿站直了使劲吸着鼻子。嗯，好像有点不一样。她又大笑，老妈你真神，连这个也知道。

如盈也开心地笑，过去搂住了女儿。

晚饭后，馨儿早早地进了被窝。

老妈，你也不装空调，我都要被冻死了呢。女孩儿噘起嘴说。

如盈笑了笑，把热水袋插热，塞给了女儿。

女孩儿把热水袋捧在手上，抚摩着上面的花纹说：老妈，这热水袋好土噢。

你不喜欢吗？我们明天去街上，买个你喜欢的回来。如盈笑嘻嘻地看着稚气未脱的女儿，在她粉嫩的脸上亲了一口。

女孩儿狡黠地发现，母亲现在对自己千依百顺，便又撒娇道：老妈，我要吃巧克力，你给我拿过来。

做母亲的听了，二话不说，马上拿给了她。

女孩儿“咯咯”直乐。老妈，你也来床上吧，你很热的，我想靠着你。

如盈赶快去洗漱，回来便与女儿挤在一个被窝里。馨儿把脚搁在母亲腿上取暖。如盈拥着女儿香软的身体，觉得自己又成了世上最幸福的人。

馨儿告诉妈妈，她爸爸又结婚了，婚礼在豪华的五星级酒店举行，亲朋好友悉数到场，所有亲戚都得到了新娘赠送的礼物，奶奶是一个翡翠戒指，姑姑到手的是钻石项链。大家都非常高兴，夸新娘漂亮、贤惠，说奶奶福气好，得了这么好的儿媳妇。

如盈仿佛看到了那阿谀奉承的场面。但她笑眯眯地听着，心里出奇地平静。所有这些都很正常，得了别人好处，当然得讲这人的好话了，但要是你是个无用的人，那就不必怪别人不给你好脸色看了。

她送给我的手机。馨儿拿过自己的手机给母亲看，喏，就这个。

嗯，挺漂亮的。如盈问，学校允许你们带手机吗？

不能带的呀。馨儿说，但大家都偷偷带了进去，白天关机藏箱子里，熄灯后再拿出来，躲在被窝里玩。

哦，这样不好吧。如盈说，你们都会变成近视眼，而且晚上不好好睡会影响白天学习。

没关系的，大家都这样。小姑娘满不在乎地说。

这样肯定不好。做母亲的说，你是乖孩子，不要学坏了。

你好啰唆哦。我不跟你说了。馨儿离母亲远一点。

好好好，我不说了。如盈忙赔笑道，你接着讲，我还想听呢。

小姑娘转嗔为喜，又讲了起来。

她不喜欢我，经常向爸爸告状，说我没教养，见了她的朋友也不打招呼。

如盈知道这个"她"是指杜芳芳。你爸爸怎么说呢？她问。

爸爸当着她的面训我几句，背转身却塞给我钱，我要什么也都给我买。

如盈点了点头，没有说什么。

小姑娘继续叽叽咕咕地说着，像是要把藏了几个月的话一下子说完似的。她给母亲讲学校里的事，说她班里的同学大都很有钱，他们用顶级品牌的护肤品，穿几千元一双的鞋子，手机也都用最新款的。

很多女生都偷偷化妆，她们都有喜欢的明星。有时候她们假装生病，躲在寝室里在手机上看电视剧。

她们喜欢谁呢？如盈问。

小姑娘报了几个男明星的名字，说了自己喜欢的人。

真搞不懂你们，怎么都喜欢这些女里女气的男人呢？如盈微笑着说，男人总要有男子汉的样子，像女人似的有什么好呢。

你不懂的。我们就喜欢这些人。

你有没有翘课看电视剧呢？如盈问。

馨儿不作声，也不看母亲。

如盈一下明白了。她有些担忧，女儿正值青春叛逆期，需要父母在身边正确引导。她想教育女儿几句，但再想想，又忍住了。

　　唉，还是算了。女儿难得回来，让她高兴最重要。她跟自己说。她无法不感慨，仅仅几个月时间，她跟女儿的关系就跟以前不同了。

　　那几日，恰逢冬季难得的好天气，没有风，阳光暖洋洋地照着。

　　傍晚，如盈下班回家，带着女儿去逛超市。小姑娘攀着母亲的手臂，小声哼着一首什么歌曲。经过公园的时候，她突然转身跑开了。她跑得极快，形同小鹿，眨眼间就到了树林的那一端。如盈喜爱地望着淘气调皮的女儿，幸福地笑了。

馨儿回家（二）

　　很快，如盈发现女儿变了。

　　馨儿不看书，也不愿写作业。她每天懒洋洋地睡到中午，吃了妈妈精心准备的饭菜和点心后，便又窝在沙发里，捧着手机，要么跟同学聊天，要么专心一意地看偶像剧。如盈下班回到家里，小姑娘也只是叫一声，然后继续玩自己的。饭菜上桌，如盈叫女儿吃饭，要叫好几次，小姑娘才肯起身。

　　如盈觉得这样下去不行，便提醒女儿，叫她不要光顾着玩，要多花些时间在学习上。馨儿嘴上答应得好好的，却没有实际行动，依旧我行我素。如盈心里着急，免不了多说几句。馨儿便嬉皮笑脸地问母亲：你是魔鬼吗？要是如盈再说，馨儿就捂住耳朵叫：别说啦！真是烦死啦！如果如盈话说得重些，馨儿就翻白眼，胸脯一起一伏的，对着母亲喊：奶奶从来不说我，她比你好多了。

　　如盈无计可施。女儿好不容易回来一趟，她不想女儿心上留下不快的阴影。以前女儿天天在身边，她感觉女儿就像长在自己身上的肉，与自己无法分割。但女儿这次回来，却让她蓦然发现以往感觉的不靠谱。说实话，她现在很怕失去女儿的心，所以管教女儿时总有些瞻前顾后。如盈不能不感慨，谁会想到有朝一日自己与孩子的关系竟会变得如此微妙？但她左思右想，还是觉得自己身为母亲，不能就这么对孩子听任不管。

　　这天晚上，馨儿把自己埋在松软的棉被里，笑嘻嘻的，像是在想着什么开心事。如盈隔着棉被抱她。馨儿咯咯笑，扭动着身体对母亲撒娇。

如盈亲了一下女儿，放开她，坐到床上。

宝贝，你一定要好好读书呢。她语重心长地跟女儿说，成绩不好，考不上好的大学，将来不仅无法实现自己的理想，连找份工作都会很难。

可是妈妈，馨儿反驳道，你是重点大学毕业的，为什么也没有找到好工作呢？

这话不仅否定了学历的重要性，也否定了妈妈的能力。如盈没想到女儿会说出这样的话来，反倒愣住了。她稍稍整理了一下思绪，便又和颜悦色地说道：你说得没错，妈妈确实是个失败者。但是，知识肯定有用，这一点，妈妈会证明给你看。人最怕不学无术，不学无术的人是一定不会有前途的。

不是吧。馨儿很笃定地说，卫峰舅舅和王莉阿姨，我知道他们都没有上过大学，但他们不是都当干部了吗？还有我们班的凌寒和亚琪，他们学习成绩很烂，可马上就要去外国读名校了。

如盈再次语塞。馨儿说的是事实。卫峰、王莉是她的远房表亲，当初靠父母找关系捧上了"铁饭碗"。她没见过凌寒和亚琪，但听馨儿说过他们，知道他们都是有钱人家的孩子，有多种生活方式可以选择。但虽然如此，如盈还是有些恼火，便没好气地说：你懂什么！不管怎样，必须好好读书。这是正道，你要走正道。

馨儿顿时拉长了脸，鼻子里哼一声，背过身去，摆出架势不再理睬母亲。

如盈无可奈何，不知怎么办才好。她很困惑，自己的女儿怎么就变成这个样子了呢？但细细再想，又觉得这一切似乎也顺理成章。

馨儿正在迅速长大，对事物的判断能力也在不断增强。如盈不知道女儿是如何看待父母离异这件事的，她没问，馨儿也没说。但小姑娘小小年纪便离开母亲来到陌生的地方独自生活，不可能没有孤独凄惶的感觉。她不说，并非没有想法，只是因为她没有自主权，必须听从大人的安排，无法左右自己的命运罢了。她用稚嫩的目光打量纷繁复杂的成人世界，看到了许多丑陋的东西。如盈一直以为女儿只是不赞成父亲，现在她知道女儿同样也不赞成自己。

如盈没有生女儿的气，反而觉得自己亏欠了女儿，便对女儿更温柔了。但馨儿并没有感受到母亲的良苦用心，也不在意母亲的付出。她把母亲的忠告当作耳边风，照样沉迷于玩乐，置学业于不顾。如盈看到了自己与女儿之间的一堵高墙。她想拆除它，却又感到无能为力。她无法了解自己的女儿，不知道小姑娘是铁了心跟父母作对，还是想改变却力不从心。毕竟养成一种恶习轻而易举，要改掉它却比登天还难。她焦灼不安，却依然不肯放弃努力。

她给女儿制订了一份学习计划，出门上班前连哄带拖地将女儿从床上弄起来，把学习计划交到女儿手中，叮嘱她按计划完成当天的学习任务。

傍晚，如盈匆匆赶回家。可进门一看，馨儿还是像之前那样半躺在沙发上心无旁骛地玩着手机。再看桌上，作业本摊开着，但只写了寥寥两行字。

如盈觉得气不打一处来，责问女儿道：你怎么不做作业？

小姑娘只管自己玩，像是没听见她的话似的。

如盈一下泄了气，只好拿着刚买来的大樱桃去厨房洗，然后轻声细语地叫女儿起来吃。

不吃。小姑娘不买账。

来，过来吃一点，乖。如盈走过去，想抽走女儿的手机。

你干什么呀？馨儿大叫，横眉立目地对着母亲。

如盈不由得倒退了一步。馨儿从来没有这么凶过，这是第一次。但她马上稳住了自己，命令道：把手机给我！

不给！

真的不给？

不给！女孩的脸涨得通红，就是不给！

如盈真的火了，抢上前，一把夺下了手机。

馨儿跳起来扑向母亲，想要夺回自己的手机。如盈不给，女孩便像发了疯似的，扯着母亲的衣服，哭喊着，拿脚踢母亲。

如盈见女儿如此，便连忙松开手，让她拿回了手机。

女孩拿到手机，哭着跑进卧室，用力关上了房门。

如盈有些害怕，不知道女孩要干什么，便连忙过去推门。但门从里面上了锁，推不开。她敲门，但女孩不理。她没办法，只能站在门口。过了一会，里面传出了女孩哭着说话的声音：我要回去！你马上来接我。她马上知道女孩是在给她父亲打电话。心中不由得又气又痛，也不知如何是好。她轻轻叹了口气，转身去准备晚饭了。

饭菜上桌，如盈又去敲卧室门，连哄带道歉，总算把女儿叫了出来。

小姑娘还在生气，板着脸，一句话不说，也没有怎么吃东西。饭后，她把自己的衣服、书本都收了起来，一一放进了自己的旅行袋和书包里。

如盈见事情弄成了这样，心里十分难过。

彭海明一早便到了。他给女儿打电话，问清楼层房号，便径直上楼，进了如盈的家门。

馨儿刚起床，还在洗漱。彭海明便坐了下来。如盈想了想，给他泡了一杯茶。男人接过去，客气地道了谢。如盈觉得别扭，便顾自去了厨房。但令人惊讶的事情发生了，彭海明居然也跟着她进了厨房。他站在旁边看她给女儿准备早饭，见水开了，便很自然地拎起水壶把水灌进了热水瓶。如盈更惊讶了，他已经很多年不插手家务事，现在离了婚，反倒有了做丈夫的样子。但她不想跟他纠缠，把早饭端给女儿后，便进卧室去了。

但如盈怎么也没想到，她的前夫居然又跟进卧室，并且关上了房门。如盈回头看了看，但没有作声。毕竟做过多年夫妻，她不可能大惊小怪。

男人走近她，出其不意地拉了一下她的马尾辫，嬉皮笑脸地说：你这么漂亮，肯定有不少人追你吧？

胡说什么呀。真无聊。如盈皱了皱眉头，离他远一点。

男人再次靠近些，压低声音说：你不要嫁人，我会让馨儿经常回来看你的。

如盈冷冷地说：我是馨儿的母亲，我有权见她。

是的是的，你随时可以见她。男人呼出的热气喷在她的脸上，我最爱的人还是你，谁都不能替代你在我心中的位置。你不要不相信，我说的都是真心话。

许是离太近的缘故，如盈看到男人的脸变了形。她感到厌恶，嘴角露出了一抹讽刺的笑意。他曾被两个女人抢夺，日子过得欢天喜地，如今，他落到了一个厉害女人的手里，被牢牢控制住，不能为所欲为了，便回过头又想来占自己的便宜。原来人还可以这么无耻！他把她伤得那么深，现在竟然还有脸来跟她说这种话。也好，这让她彻底看轻他，并把对他的最后一丝眷念也一笔勾销了。

但男人把她的沉默当成了默认。来吧，让我们重新开始吧。他边说边张开双臂要拥抱前妻。

如盈想躲开，却发现自己已被挤到床角无路可退了。情急之下，她使足力气，猛地推开了扑上来的男人。

男人没有防备，踉跄着往后退去，差点仰面摔倒，扶着床架，才勉强站稳了。他恼羞成怒，恶狠狠地瞪着如盈。

你会后悔的！贱货！他低吼，"嘭"的一声开了房门，对着女儿喊道，走！我们回去！

如盈听见女儿顺从地答应着放下筷子、离开了座位。

脚步声很快远去。屋子里一片奇怪的寂静。如盈冲出卧室，本能地想追出去再看自己的女儿一眼，但到门口她又站住了。男人是这副德行，她觉得自己出去不会有任何好处。她跑回卧室，打开窗门朝外面张望。大路上车来车往，可哪里还有女儿的影子？

如盈感到心被一下子掏空了，悲伤深入骨髓，禁不住泪流满面。

除　夕

除夕这天，如盈一早便去了平安镇。她要陪父母过年，准备晚上住在父母家。

她拎着大袋食品，在街口的公交站下了车。

在外工作的人都回家了，街市一下热闹了起来。炒货店外站着不少人，南瓜子和花生堆在竹筐里，香榧、山核桃肉看着也好，她便都买了些。路过零售商店，见有保暖鞋和暖手筒，她又进去给父母买了。

她提着大包小包，上了陈旧破损的楼梯，经过一条狭窄的走廊，来到父母家门口，用自带的钥匙打开了锈迹斑斑的防盗门。

屋内光线幽暗，一股浓重的霉味扑面而来。母亲坐在沙发上，看着一部她已经看过无数遍的连续剧。

妈！如盈亲热地叫道。

母亲淡漠地看了看女儿，嘴里含混不清地说了句什么，又转过头去看自己的电视了。

爸去哪里了？

母亲又看了女儿一眼，没有回答她的问题。

如盈猜想是电视机声音太响了，母亲没有听清自己的话。

母亲现在唯一感兴趣的事就是看电视，总是遮着窗帘，两眼盯着电视机。电视里的人热热闹闹地谈情说爱，轰轰烈烈地生活着。母亲看着，但谁也不知道她是不是真正在看，或许，她只是在逃避。小而暗的客厅是她的王国，她在里面感到安全放松，不像外面的世界杂乱纷扰，让她无所适从。

如盈轻轻叹了口气。母亲脑子越来越糊涂，话语越来越稀少，身体越来越瘦弱，神情越来越呆滞，仿佛正在渐渐变成另外一个人。但不管如何，她都爱自己的母亲。

门开了，父亲走进里面。

爸，你回来了。

嗯，我去给你妈买面霜了。父亲亮了亮手中的小纸盒。

如盈笑了，觉得父亲对母亲是真的好。

她脱了外套，开始准备年夜饭。她洗干净蹄髈，放入陶瓷锅内炖。又做了蛋卷、鲞拼鸡，梅干菜扣肉上笼蒸。肉锅冒出了腾腾热气，她揭开盖子，往里面加了黄酒、精盐、老抽。等浓浓肉香味在屋里弥漫开来时，蒸笼里的菜肴也熟了。

一家三口吃了年夜饭。母亲靠药物维持睡眠，八点刚过就上床了。如盈没有开电视机，从包里取出毛姆的《刀锋》，坐在客厅里看了起来。

手机振动了一下。她拿过来看，见是徐宏辉的微信：我在弟弟家吃年夜饭，饭后一家人玩了会纸牌。现在我从弟弟家出来了。你是否还在平安镇？

如盈微微笑了，感觉心里暖暖的。

展览会上他们加了微信，之后便时有联系。他向她推荐一些书和文章。有时他们也聊些闲话，谈谈生活琐事。他知道她女儿回来又回去了，也知道她为此事而伤心，便给她发了纪伯伦一首诗中的一段：

你的孩子，其实不是你的孩子

他们是生命对于自身渴望而诞生的孩子

他们通过你来到这世界，却非因你而来

他们在你身边，却并不属于你

你可以给予他们的是你的爱，却不是你的想法

因为他们有自己的思想

你可以庇护的是他们的身体，却不是他们的灵魂

因为他们的灵魂属于明天，属于你做梦也无法达到的明天。

看了诗后，如盈陷入了沉思。是的，从本质上说，孩子是独立的个体，随着年龄的增长，必然会脱离父母飞向属于自己的天空。想通了一些事情之后，她觉得心里开朗了许多。她感谢徐宏辉，觉得与他的友情是那么珍贵。

当下，如盈回了信息，跟他说了自己和父母的情况。

徐宏辉的微信马上又来了：今天是辞旧迎新的日子，不应该闷在家里。我过去接你，我们去逛一圈，你觉得如何？

如盈听到了自己心跳的声音，一股热流从心中涌起，并迅速传遍了全身。她感到快乐，心里充满了热情，便毫不犹豫地接受了他的邀约。

好。我们二十分钟后在街口公交站见。徐宏辉写道，又加了个大大的笑脸。

如盈看了看时间——九点刚过。她收起书，到镜前整理头发。镜子映出了她的脸，她看见自己一双大眼睛又黑又亮，脸上散发着迷人的光彩，看起来那么美。她审视着自己，感到开心，便笑了。

她悄悄出门，下楼，穿过温暖的街道，前往约定地点。不知为何，她忽然有些紧张，心中既兴奋又有些忐忑。

她刚到车站，徐宏辉就来了。他下了车，绕到另一边打开车门，请她坐在副驾驶位上。

汽车向城区方向开去，起起伏伏，在广阔的田野中穿行。一路灯火辉煌，人随车走，如在灿烂的星空中飞翔一般。

时光如此美妙。如盈呼吸着自由的空气，觉得一切都是那么美好。两人有一句没一句地说着话——都是些很平常的话，但语气中却透着亲热之情。

汽车进入城区，沿着内环线行驶，经过高楼林立的新城，到了幽雅亮丽的环河区域。

前面就是尚贤街，想不想下去走走？徐宏辉问。

嗯，去走走吧。

尚贤街是由老街扩建而成的新兴商业街区，霓虹闪烁的店铺，密密地排列在小河两岸，由石拱桥相互联通。因为是除夕，店铺都关门歇业了，街上几乎看不到人。灯笼红融融地亮着。香樟树依旧枝繁叶茂，微微散发出独特的清香。街市宁静而有暖意。

两人沿着街道慢慢往前走，边走边聊。

徐宏辉讲起了自己身世，说他的父亲原是省城一所中学老师，后来响应号召，带着一家老小来到兰城农村安家落户。他说他的母亲是个温柔慈爱的人，视他们兄弟如珍宝，对他们呵护备至，从未让他们受过委屈。

能在爱中成长的孩子是幸福的，我感谢我的母亲，她给了我们许多爱，也让我们具备了爱的能力。他动情地说。

二老都好吧？如盈问。

他们都过世了。徐宏辉说，我父亲先走，我母亲去世也快三年了。

噢。

孔夫子说孩子出生后需要三年才能脱离父母的怀抱，父母去世后儿女应该为他们守三年孝，因此我停止工作后仍留在国内。徐宏辉笑着说，但其实这只是借口，故土难离，所以我一直拖延着没有走。

如盈看看他，笑了。

今天上午我去看望老师了。徐宏辉说，老师姓郭，是我小学时的班主任，也是我绘画的启蒙老师，我很敬佩他，他也认可我，我们是忘年之交。

他跟如盈谈郭老师，说他目光如炬、不苟言笑，但课教得很好，并且多才多艺，会拉二胡、吹口琴，因此学生们既怕他又喜欢他。他从大人们口中得知，郭老师毕业于名牌大学，因为犯了错误，被遣送来农村接受改造。但孩子的心与大人的不同，学生们不但没有轻视老师，反而觉得他神秘，更增添了对他的兴趣。

他说：平时郭老师不跟外人打交道。傍晚放了学，便走进寝室关上门不再出来。我们这些孩子都非常好奇，很想知道老师的寝室是什么样子、他在里面做些什么。

三年级时的一天，我与几个男孩合谋，决定去老师寝室的后窗一窥究竟。

放学后，我们几个孩子在学校后面的一块空地里打了一会弹珠，等其他同学都走了，便按计划开始行动。我们穿过边上长满杂草的篮球场，绕到了老师寝室后面。窗台太高了，我们人小够不着。有个叫小牛的孩子想了个主意，说可以几个人托着一个人爬上去，大家轮流着看。我们便这样做了。后来轮到我了，我被大家托着，两手攀着窗台，看到了老师寝室的全貌：一张旧木床占据了大半空间，窗前的破课桌上堆满了书籍。墙角立着一只没有门的小木柜，里面摆着搪瓷盆、筷子、不锈钢调羹。煤油炉放在椅子上，上面搁着双耳铁锅。老师正俯在一张课桌上作画，可能因为太专注了，并未觉察到有人在窥探。我的目光落到了画面上。老师正在用毛笔细细勾勒，笔下色彩、光影交融，景物都栩栩如生。我看呆了，觉得这事太神奇了。

我对画画产生了浓厚的兴趣，便独自去老师寝室，跟他说我想学画画。老师很意外，但也很高兴，当即答应教我。此后，我每天傍晚下了学就去老师的斗室。他教我画画，有时也同我聊天。也许是没有人可以说话之故，他把我这个尚未成年的学生当成了倾诉对象，经常叹息说"我命不好啊，娶了个目不识丁的农村女人，至今一事无成"。

老师为何要这么说？如盈问。

徐宏辉说：老师自视甚高，总觉得师母配不上他，一直对她很冷淡。他多数日子都住在学校里，很少回家，提到妻子时，总是说"乡下女人，一点见识都没有的"。

两人走着谈着，不知不觉到了街道的尽头。右手边是家餐馆，在靠近石桥的樟树下摆了两套木桌椅。两人坐下来休息。徐宏辉像变魔术似的从羽绒服的口袋里拿出了一只小号保温杯，用里面的热茶冲了下盖杯，倒了杯茶递给如盈。

如盈喝了口茶，问：他们后来怎样了呢？

没怎么样，也就那么过着。老师不爱师母，但他是有道德和责任心的人，即便后来平反回到了城里，也没有抛弃自己的妻子。

那师母是怎么想的呢？

徐宏辉笑了。这个问题只有师母自己能回答了。师母虽然没有文化，但也是聪明人，而且勤劳质朴、心地良善。她一心扑在丈夫和孩子身上，踏踏实实过日子，从不怨天尤人。许是很少有要求的缘故，她活得十分平静，如今已八十有余，却依然身板硬朗。倒是老师，身体病痛不少，需要师母照顾衣食起居。

如盈若有所思地说：爱情确实很迷人，但与生活相比，终究是华丽的点缀。夫妇之间，因爱结合当然最好，但如果不是，也并非一定不行。在婚姻里，道德是至关重要的。

是的，徐宏辉说，婚姻很难说好与不好，它就像鞋子，只有穿的人才知道是否合脚。任何事物都不可能十全十美，幸福美满只是对婚姻的祝福。人不能贪心，你要了这一样，就不能再要那一样，如果什么都想要，就会什么都得不到。婚姻也是如此。

嗯，很对。如盈微笑点头。

喝完茶，他们站起来，过了石桥，从另一边街道往回走。

徐宏辉说：我要出国一趟，坐明天下午的飞机。

这消息有些突然，如盈微微一愣。

我在那边待一个月，回来应该是花开时节了。徐宏辉笑着说，到那时，我们一起赏花去。

好啊。如盈笑道，我记着哦。

我们每年都出去的，徐宏辉说，我那帮朋友个个都是花痴，一到春天便四处跑，田野、山谷、村庄、公园，凡有花的地方，都要去看一看。

他又讲起了与朋友们一起踏春的故事，对她描述他们如何在生机勃勃的大地上游荡，如何嗅闻泥土的气息和植物的芳香、感受大地一点点变暖，如何看小溪欢快奔流、花朵恣意开放，说：那些美丽的事物是如此吸引我们，我们乐此不疲地寻求，并为之沉迷。

将近零点的时候，两人来到了热闹的时代广场。

巨幅电子屏幕在播放春节联欢晚会。许多人聚在广场中央，随着欢快的音乐舞蹈。两人也加入了跳舞的行列。他们翩翩起舞，相视而笑。现实远离了，世界变得如此不同，它流光溢彩，似乎正纵情欢歌。仿佛时光倒流，他们觉得自己又成了无忧无虑的少年，站在新旧交替的时间点上，重新回到了生命的蓬勃时刻，融化在激情和欢乐之中。此时此刻，他们相信感情会地久天长，相信所有的美好都将永恒不变。

屏幕里，新年的钟声响了，礼花腾空而起。

今夜无眠

今夜无眠

当欢乐穿越时空

激荡豪情无限

来吧　亲爱的朋友

来吧　亲爱的伙伴

让我们为相约举杯祝愿

——

人们雀跃欢呼，用最热情的歌舞迎接又一个春天的到来。

振业的天地

正月里，天一直下雨。除了父母家，如盈哪儿都没去，就窝在自己的斗室里，看书或者在视频网站上看电影。

因为觉得自己不再是孤零零一个人，她的内心充满了快乐的感觉。在静静的夜里，她听见了冰冻在消融、草籽在萌发、树木在拔节的声音。这些声音带着生命的活力，此起彼伏、清晰悦耳。她心中的热情被一点点唤醒，似乎看见了满园春色，觉得世界突然之间改了模样，变得如此不同了。

这天，如盈去医院给母亲配了药，经过自己曾就读的高中时，发现校舍已经全部拆除，被围墙圈着的土地上面已是一片新绿。她的脑中飞快地闪过了一个词——沧海桑田，觉得所有的存在都是那么短暂。

她感慨着，来到一个路口。站着等绿灯时，她抬头看马路对面，发现矗立在路边的那幢大楼居然是永业大厦。她知道振业的公司就在这里面，便起了去看他的念头。

她给振业发微信，说自己在他永业大厦附近，问他是否在公司。

振业的回复很快来了：你来吧。我在给员工开会，马上结束了。

如盈随人流穿过马路，进了大厦，依据导引图，上六楼，在走廊尽头找到了振业的总经理室。门虚掩着，她推开走了进去。

办公室十分宽敞，贴了米色墙布，摆放浅咖真皮沙发及颜色略深的办公桌椅。如盈的目光落在那张宽大的现代风格的办公桌上。

那里有散乱堆叠的书籍、橙子皮、抽纸。茶杯里留着喝剩的茶水。吸了一半的香烟摁在烟灰缸里，旁边扔着金色的打火机。电脑屏幕黑着。座椅前一份摊开的材料上搁着一支水笔。如盈不由得笑了。男人只关注事业和女人，不愿把时间花在整理物件之类他们认为没有意义的小事上，看来振业也不能例外。

她往里走到窗前，透过宽大的窗户朝外面看。四周高楼林立，只留着一小方天空，下面的小花园如孩子的玩具床。

她转回身，从相反方向再次打量办公室，觉得它实在有些邋遢，便决定动手清扫一下。她先整理桌上的物件，把垃圾扔了，然后从洗手间找来抹布和拖把，擦净了桌椅和地面。做完这些之后，她拿了电壶，准备烧壶开水。

有人推门进来。如盈以为是振业，抬头一看，却是一个五十来岁的陌生男子。来人看见如盈，也微微愣了一下。但他并没有理睬如盈，顾自己往里走。他个子不高，敦敦实实的，身上那件带毛领的黑色短棉袄，把他穿得又矮又黑。如盈看他在沙发上坐下，先看了会手机，然后又从一只随身带来的塑料袋里拿出一份文件，专心致志看起来。

如盈烧好开水，泡了杯茶，端给客人。那人也不客气，往沙发背上一靠，摊开手脚，舒舒服服地喝起茶来。

如盈收拾起拖把抹布，拿去洗手间清洗晾晒。等她回来的时候，振业已经在办公室里了。

是你在帮我搞卫生呀，多不好意思呐。振业用责备的口气说，但是笑容满面。

她是谁啊？来客好奇地问。

振业介绍两人认识。

原来是你同学呀。振业的表兄老袁很难为情地说，我进来时她正在搞卫生，所以我把她当成你新聘的勤杂工了。

振业跟如盈解释：公司本来有个搞卫生的张阿姨，前两天辞职回四川老家了。

如盈开玩笑说：那好啊，你聘我，我来你这里工作。

他同意我也不同意。老袁半真半假地道，你学历那么高，又年轻漂亮，应该找份能发挥才能的工作才是嘛。

如盈和振业都笑了。

振业问他表兄：你那边的问题解决得怎样了？需要我出面调停吗？

如盈见他们有事要谈，便识趣地站了起来。你们先谈。她说，我去外面逛逛。

也好。振业说，等会我叫你。

如盈下楼，出大门去了刚才从窗口看到的小公园。这时节，梅花已经开败，竹子也瘦瘦的，尚未抽出新叶，只有红叶石楠畅饮雨水之后已生机勃发。如盈慢慢溜达，沿着花岗岩铺设的小径走了一圈，正要往回走时，振业打来了电话。

老袁已经回去了，办公室里只有振业一个人在。两人聊了起来。振业信息渠道多，知道不少同学的情况。后来讲到了梁义夫，振业说他前不久在这幢大楼里租了间办公室，现在他们几乎天天都碰面。

我给他打个电话，等会我们一起去外面吃饭。振业说，拿起手机拨通了梁义夫的电话。

梁义夫还在家里睡觉，听到如盈在，便答应马上赶过来。

振业说：朱眉说你进了单位，工作怎么样啊？

还行吧。如盈说，工资低了点，但工作环境挺好的，能坐在有空调的办公室里，用不着日晒雨淋。

振业笑了。这是知足常乐吗？他问，你真想这么过一辈子？

那我还能怎么办呢？如盈也笑，你不知道，几个月前我去了很多家公司应聘，但就是没有一家肯用我。现在好歹有了份工作，我当然要珍惜了。

振业沉吟了一下，说：要是你想从事自己的专业，我倒是可以帮你的。

真的吗？如盈惊喜地道，如果有机会，我当然想做啊。

早知这样，我就叫我表兄留下了。振业说，老袁有一个装修队，就挂靠在我们公司，他们没有专职设计师，客户要设计，都是临时请人的。

可我没有经验呀，他们肯用我吗？如盈有些担心。

有我在嘛。振业说，凭我对你的了解，我相信你肯定能胜任这工作的。说着，他拨通老袁的电话，并打开免提，跟老袁讲了如盈的事。

你出面来讲，我能不答应吗？老袁说，你这同学我也见了，人老实，又很勤快，我非常喜欢。但有些事要跟她讲清楚，我们这里都是按劳计酬，她来的话，也是依照房屋面积收取设计费，没有底薪的。

听完电话，如盈说：装修队生意好吗？

应该算不错的。振业说，目前他们有三套房子在装修。

那我什么时候能过来呢？如盈急着问。

振业笑了。你先考虑考虑，考虑好了再做决定。

如盈认真地说：我已经决定了。

嗯，我知道了。振业说，等这边有了新客户你再过来。我觉得这样比较好。

又说：现在是淡季，出了正月，装修的人家就又多起来了。你也很久没有接触专业了，可以先走走看看，了解了解时下房屋装修的潮流趋势。

嗯，如盈说，我会做好准备的。

两人正说着，不知梁义夫已经到了门口。

你们嘀嘀咕咕在商量什么呀？他推开门，大声道，说出来让我也听听嘛。

以后你会知道的。振业说，今天怎么回事啊，睡一上午。

昨天跟几个朋友搓麻将，天快亮了才睡下。梁义夫说，本来还想再睡会，但美女同学来了我哪敢怠慢，就用火箭速度赶过来了。

振业哈哈大笑。笑完，起身说：我们去餐厅聊吧。"萝小姐"，怎么样？

好啊，那家餐厅确实不错。梁义夫说。

"萝小姐"是一家刚开张的东南亚风情餐厅，生意十分火爆。穿着东南亚民族服装的迎宾小姐把三人带到里面，让他们在靠近门口的空位上落了座。如盈打量这间餐厅，见它用藤条、丝质布料作装饰，吧台上的铜器在柔和的灯光下闪闪发亮，与深褐色的木桌椅遥相呼应。

年轻的服务生穿梭奔忙，给他们送来了香辣黑胡椒蟹、节梨酱芒果焖鸡、胡姬兰叻沙、咖喱虾、海鲜烟肉卷、九层糕等菜肴和点心。

梁义夫问振业：周六的事都安排好了吗？

还没有呢。振业说，客人需要一个个打电话邀请，还要请演员唱戏、叫人搭建临时宴客厅、买些七七八八的东西，要做的事情实在太多了。

如盈听得一头雾水，便问：是什么事呢？

我奶奶九十大寿，振业说，我父亲想搞得隆重些，所以弄出了许多事情，最近我一直在忙。

我可以帮忙的呀。梁义夫说，有用得着兄弟的地方，你吭一声就行了嘛。

那好啊。振业笑道，请演员的事就交给你了。

小事一桩。梁义夫说，剧团的人我都熟，保证把何碧琼、龙姗姗给你请来。

如盈不相信地看着梁义夫。何碧琼和龙姗姗可是兰城越剧团的台柱子，他居然有这么大的面子，能把如此大牌的演员请出来。

那太好了。我奶奶最喜欢越剧，都这么大年纪了，唱起越剧来还有板有眼的呢。振业说着转向如盈，到时候你也去吧，你没去过我老家，我希望你能去看看。

嗯，好的。如盈说，我现在也没什么事。

就在此时，梁义夫忽然吹了个响亮的口哨。

如盈扭头一看，见两个年轻时髦的女子经过他们旁边朝门口走去，其中披着长卷发的一个回过头来，冲着两位男士嫣然一笑。梁义夫见了，马上又对着她飞了个吻。但那女子不再搭理他，挽着同伴的手施施然出门而去。

她肯定以为自己很漂亮呢。梁义夫撇撇嘴说，也不照照镜子，眼睛那么小，腿那么短，谁看得上她。

如盈与振业笑着对了对眼神。

振业说：梁兄就是喜欢姑娘。

这是男人的天性嘛，男人有活力才会想要追求女人，这没有什么不好嘛。梁义夫嬉皮笑脸地说，又看着如盈问，对不对呀？我的美女同学。

如盈不置可否地笑了笑，心想：你要喜欢追求女人就去追求好了，跟我有什么关系。

阿梁喜欢喝酒，周六就别开车了。振业接着先前的话说，我有杂七杂八的事脱不开身，到时候让诗雅去接你们吧。

如盈和梁义夫都没有异议，事情就这么定下了。

寿　宴

去章家村那天，如盈在约定的街口等诗雅。

没过多久，一辆宝蓝色的 SUV 在她身边停下了。诗雅一只手搁在方向盘上，笑意盈盈地从车窗探出头来招呼如盈。诗雅如此美丽，又是如此潇洒。如盈看呆了。

梁义夫打开后座车门，叫如盈坐他旁边去。如盈笑着对他挥了挥手，坐到了副驾驶位上。

美女同学不肯来我身边，真伤心呐。梁义夫说。

诗雅笑道：距离产生美，保持一定距离会更具美感。

到底是大教授，说的话就是水平高嘛。梁义夫故意斜过身子眯起一只眼睛对着如盈看，边看边说，还真是呢，隔着这距离看，美女更美了呢。

算了吧。如盈说，我知道自己长什么样。

你不知道，我觉得谁也比不上你。梁义夫用极其真诚的声音说，你是我的偶像、我的梦中情人，我老婆还是依着你的样子找的呢。

听他又说这话，如盈和诗雅忍不住都笑了起来。

早晨的阳光格外清澈，空气纤尘不染。过了青台山，景致愈发空灵起来，但见群峰秀逸，泉流石上，让人感觉心旷神怡。

三人一路说说笑笑，也很是开心。穿过隧道，不久便进入了平旷的湖区。汽车沿着湖岸公路行驶了一段，又向西走约莫两公里，过两道古老石桥后，便进入了章家村。

振业家气派的别墅前已搭起了大片红彤彤的钢棚屋，依照当地农村的习俗，他们将在这里设宴款待宾客。

　　诗雅在附近的空地上停了车，三人穿过棚屋去别墅里面。梁义夫熟门熟路地走在前面，如盈和诗雅在后面跟着他。

　　棚屋搭得很高，四处张灯结彩，地上铺着一次性红地毯，西首还搭了个小舞台。数十张大圆桌依次排开，场面颇为壮观。

　　出棚屋便是别墅前院。院子面积非常大，全部铺了灰白色的条石，一棵橘子树孤零零地立在高大的围墙边，长石凳上放着三盆小葱和两盆挂出许多穗子的金边吊兰。

　　一个矮矮胖胖的中年女人从屋里走了出来。她穿着大红及膝立领外套，双手端着朱漆托盘，里面放着四叠白瓷碗和一把筷子。梁义夫看见这女人，忙甜甜地叫了声"嫂子"。女人对他粲然一笑，说：你来了。诗雅也上前招呼；但女人紧绷着脸，鼻子里哼了一声，一闪身从她身边过去了，因动作幅度太大，托盘里的碗筷"叮叮当当"一阵乱响。

　　如盈感觉到了女人身上散发出来的恨意，心里有些奇怪。

　　梁义夫悄悄告诉她：这是振业哥哥的老婆。

　　如盈点点头，心里却很疑惑：诗雅这么好一个人，这位大嫂为何用这副面孔相待？但看看诗雅，倒似乎并未将这事放在心上，依旧面带微笑，神态自若。

　　在大门内，他们遇上了振业的母亲。

　　如盈见过她，一眼便认出了。在如盈的印象中，章妈妈是个非常漂亮的女人。但时光偷走了她的美丽，与年轻时候相比，她的眼睛小了、下颚宽了，虽然笑容里妩媚犹存，但老是刻进骨子里的，一身华服及厚厚的脂粉，都没能遮掩住岁月留在她身上的深痕。

　　如盈看着章妈妈的时候，对方也在不停地打量着她。章妈妈似乎正在记忆中竭力搜寻着，但到底没能想起眼前这人是谁。

　　梁义夫跟章妈妈说：她是江如盈，我和振业的同学。

　　哦哦，我想起来了。章妈妈笑着道，当年我去学校时，振业跟我说你是班里成绩最好的，所以我记住了你的名字。

梁义夫对着如盈眨眨眼，意味深长地一笑。

我要去厨房。章妈妈说，诗雅你带两位到里面坐吧。老太太在客厅里。

老太太穿着暗红织锦团花唐装，坐在铺着橘色软垫的宽大木椅上。老人家身板挺直，一头黑发像年轻人一样丰茂润泽，令见到的人不胜惊奇。老人的右首，坐着一个有些发福的六十开外的男人，一女子站在离他不远的地方，她的身后，躲着一个十来岁的男孩。如盈看了看，见女子也已经不年轻了，但打扮入时，且翘臀细腰，身材保持得极好。男孩皱着眉头，使劲拉扯着母亲的衣服，像是在催促她带他离开这间屋子。女子也不理睬进去的人，扭头凶了男孩一眼，"啪"的一声打开了他的手。

诗雅上前见过祖母，对着旁边的男人叫了声"爸爸"，又笑着冲女子点了点头。

梁义夫过去同章爸爸握手，给老太太送上了祝福。

诗雅把带来的礼物——一尊翡翠观音像、一只便携式视频播放器及配套越剧碟片送给老太太。她蹲在老太太身边，打开播放器，手把手地教授使用方法。老太太摆弄着新鲜玩意儿，笑得合不拢嘴。

章妈妈进来，跟诗雅说：你大嫂他们已经上庙里点蜡烛了，我们也去吧。

哦，好的。诗雅答应着起身，笑着问两位朋友，你们去不去？

去呀。梁义夫说，我给你们开车。

那我们走吧。章妈妈一转身，昂首挺胸地往外走。

走到门外，梁义夫拉了拉如盈头发，嘴巴附在她耳朵上说：那女人就是振业的小妈。

如盈离他远一点，没有说什么。

他们到达山顶时，章大嫂和她的儿子阿琦已经在寺庙前的小广场上等着了。

阿琦已是二十多岁的大小伙子了，理了个C罗式飞机头，戴副黑超，穿着黑色圆领套头薄款线衫、黑色紧身裤。母子俩站在一辆黑色的运动版陆虎旁边，不耐烦地看着来人。

哇，这车真有派头！梁义夫看着阿琦说。

年轻人听到有人称赞自己的爱车，脸上立刻有了笑意。

梁义夫又转向章大嫂：侄子啥时候回国的呀？是毕业了吗？

是的，毕业了，他年前回来，马上要去他爷爷公司工作了。章大嫂一脸骄傲地回答。

青年才俊，前途无量啊。梁义夫竖起大拇指道。

啊呀，看你说的。章大嫂心花怒放，笑得身上肉都颤了起来。

一行人步上高高的台阶，进入庙里。章大嫂点燃三支香，朝不同的方向、用各异的手势，拜天拜地拜神灵。她口中念念有词，一张胖脸如祭司般严肃，看诗雅只合掌稽首，便又露出了憎恨的表情。

吃中饭的时候振业来了。但他要张罗各种事情，没空陪两位同学。

饭后，一些客人坐在院子里打牌，梁义夫站在旁边看。如盈闲着无事，便帮忙收拾桌子、倒垃圾，拿水壶一次次给客人添茶续水。

梁义夫见了，便对她说：有人做这些，你就别忙了嘛。

如盈说：什么都不做，多无聊啊。

梁义夫说：你第一次来这里，我带你去外面看看。

如盈觉得这样也好，便跟着他去了。

两人在湖边溜达。

梁义夫说：你是不是觉得章家人有些奇怪？

如盈笑笑说：我有些想不通，诗雅这么好的人，章大嫂为何要如此对她？

这还不简单，嫉妒嘛。梁义夫说，人最见不得别人比自己好，女人尤其如此。诗雅漂亮、学历高、有老公疼，章大嫂大字不识几个，人长那样，老公又花心，诗雅像一面镜子照出了她的低下，所以她看见诗雅便咬牙切齿的。这都是命，有什么办法呢？诗雅命好啊。

如盈觉得梁义夫前面的分析很有道理，但并不认可他最后那句话。诗雅过得好，并非命好，而是因为有足够的智慧，知道生活是怎么回事、自己该做什么不该做什么。不像章大嫂，见短识浅，与别人作对，也跟自己过不去，让别人难堪，自己也得不到好处，白白地招人厌恶。

章妈妈年轻时是个大美人呢。梁义夫转换了话题，可现在老得不成样子了。

是人都会老的嘛。

梁义夫说：那女人虽然也见老了，但与章妈妈比，还是太年轻了。

如盈说：现任章太太似乎也过得不太如意。

不，她生了一对儿女，女儿已经二十出头，在国外留学，她什么都不缺。

但她好像很不开心呢。

这是在这里。尽管她有婚书，但乡下人不认这个账，照样拿她当小老婆看待，有意无意地不尊重她。

是的，这里是章妈妈的地盘，那女人只能向她低头，因此心里很是憋屈。但如盈只是听听，并未说什么。

两人站在石拱桥上，看着碧波荡漾的湖水、柳树以及紧依湖岸的柳叶似的村庄。

看了一会，他们又慢慢地往回走。经过彩棚外的临时厨房时，见里面几口大锅腾腾地冒着热气，身着白色工作服的厨师和一帮穿劣质鲜艳服装的妇女正在忙碌着。

看什么呢？梁义夫的肩膀被人拍了一下。

两人同时回头，见背后站着的是章大嫂。

我来看你嘛。梁义夫坏坏地笑着，凑过去说。

啊呀，我这么老了，还有什么好看的呢。章大嫂扭扭肥硕的身躯，脸上居然飞起了两朵红晕。

哪里老了？我看你嫩着呢，像二十八。梁义夫一边说一边朝如盈挤眼睛。

要死了，你。振业的大嫂顺势打了他一下，笑弯了腰。

振业的老婆呢？怎么没见着她呀？说话的是个穿着大花防晒

衣、马尾扎在头顶上的中年女人，正在洗碗。

你怎么搞不清呢，阿调。章大嫂阴阳怪气地说，人家知识分子，哪会来这种地方呢！

不就是画画的吗，有什么了不起的啊。人家菊香没认识多少字，但一个月能赚好几万，你那弟妹能赚她那么多吗？阿调说话像放鞭炮，又快又响。

菊香是开大店的，一般人也赚不了这么多的。一留波波头的妇女插嘴说。

那你也可以去开大店啊，谁规定你不能开了，你去开，说不定能赚更多呢。阿调洗干净铁脸盆里的最后一只碗，麻利地将它放入漾着清水的池子里，转头用下巴指着如盈喊道：喂，那谁，给我把那桶碗拿过来。

梁义夫抢前一步，提起装满碗筷的塑料桶，送到阿调旁边。

你错了，美女。他说，诗雅是著名的画家，如果她想赚钱，你们谁都赚不过她的。

画画能赚钱？你不要骗我们乡下人了。一个腰背佝偻的阿婆扁扁嘴说，我孙子小时候画过不少，后来都当废纸卖了。

梁义夫笑。你还真是没见识的乡下人呢。

哎，这位老板，你是怎么说话的呀！阿婆涨红了脸，气咻咻地责问道，你倒说说看，我怎么没有见识了？

别生气别生气，气坏身子可就不好了。梁义夫一副吊儿郎当的模样，转向众人问：画怎么卖，有谁知道吗？

女人们面面相觑，没有人能回答。

都不知道，是吧？梁义夫说，那我来告诉你们吧，画是论尺卖的，那，一尺就是这么大小。他用手比画着。大伙儿停下手中的活，齐刷刷地看向他。

那诗雅的画一尺值多少钱呢？有人问。

你们猜啊。梁义夫故意卖关子。

多少啊？快说嘛。

诗雅的画可是贵得很呐，说出来吓你们一跳。梁义夫伸出大拇指和小指比了个"六"的手势，六千块钱一尺。

什么？一尺要六千？

她的画这么值钱啊！

诗雅这么有本事啊。

让诗雅给我们画一张。

女人们七嘴八舌地议论起来，羡慕之情溢于言表。

章大嫂脸涨得通红，一脚踢翻了旁边的一条小凳。

如盈看着梁义夫笑。这个精于世故的男人，说话做事都像打太极，看着并不凌厉，但每一次出手都力道十足，让她不能不服。

梁义夫替诗雅说话就是博取如盈的好感，现在目的达到了，他便颇为得意。这之后，他似乎成了她的仆人，像影子似的跟随着她，对她殷勤备至。

六点钟，宴会准时开始。大厅里宾客如云，热闹非凡。

振业和他父亲、哥哥与一些贵宾坐了一桌。振业的母亲坐在老太太身边。她穿着玫红色羊绒大衣，施了脂粉，画了眉眼，看上去容光焕发，仿佛年轻了十岁。酒过几巡，她起身离座，率领两个儿媳到各桌敬酒。许多人恭维她，赞她教子有方。振业的母亲扬眉吐气地欢笑着，被巨大的胜利感所陶醉。

如盈用目光搜寻那个女人，发现她居然坐在一个角落里。这位章太太本来就漂亮，一打扮就更加出众了。但她阴沉着脸，似乎怒气冲冲。她不时地朝自己的男人看，一双大眼睛如两柄寒光闪闪的剑，让人看着心里发怵。是的，在这个她不愿意来却不得不来的地方，她被轻视、被唾弃、被各种无形之箭伤得体无完肤；但她的男人却管自己在堆满山珍海味的桌上与别人推杯换盏，丝毫不顾及她的感受。这个男人有的是钱，并且坚信钱能买到一切，对他来讲，女人不算什么，他不想为她们劳心费神。章太太得不到丈夫的关照，而周围的人又都不同情她，孤立无援，只能独自在愤怒中煎熬着。

宴会接近尾声时，喇叭里响起了笙管乐音。

你要看戏吗？梁义夫问如盈。

不，来一天了，我想早点回去。

哦，那我也不看了，我们一起回吧。梁义夫说。他问了几个熟人，跟其中一个讲好了搭他的车回城。

他们出发时，戏已经开演了。汽车驶上石拱桥时，如盈回头望，见水上戏台灯光璀璨，宛若缥缈的仙境。

梁义夫

从章家村回来，梁义夫便开始露骨地追求如盈了。

他当然并非真的对她情有独钟，而是因为长期在女人堆里厮混，看腻了那些化着浓妆、会喝酒唱曲、妖媚精乖的女人，偶然见到一个自然朴素的女子，反倒觉得她与众不同了。不错，他是暗恋过她，可如今，她只是一个离了婚的中年女人，在他看来，不过是可以手到擒来的猎物罢了。

梁义夫崇尚实用主义。他从不给女人送花，认为花是无用的东西，吃和睡才最实惠也最重要。因此，每当有求于人，他便频繁地请人吃饭。当他确信自己已在如盈的心里撒下了好感的种子时，便开始约她吃饭了。仗着是老同学，他对如盈殷勤之中带着些霸道，叫她时软硬兼施，让她无法推脱。

如盈倒也没有多想，她对梁义夫印象不坏，觉得他除了爱吹牛外没别的毛病。

梁义夫也真没拿如盈当外人，他带她去家常菜馆，点三四个菜，两个人吃刚刚好，一点都不浪费。他们在一起其实也没有什么话好说。梁义夫便又老生常谈，添油加醋地讲述自己当年暗恋她的故事，每次讲，情节均有较大的出入。他说他曾特地买来枇杷送给她吃，说有一回在球场上她险些被飞来的排球砸中，是他一脚踹开了那只球救了她。他一边说，一边小口抿着红酒，一副悠闲自得的模样。

如盈听着这些子虚乌有的事，也不去拆穿他。反正也无关紧要，他喜欢说就让他说去吧。

梁义夫喜欢足浴按摩，有次晚餐后，非请如盈去洗脚不可。

如盈本不想去，但经不住梁义夫软磨硬泡，再想想洗个脚也没有什么大不了的，便跟着他去了。

梁义夫带她到了"春闺足浴"店。老板娘是个高挑漂亮的女人，跟梁义夫很熟。两人打情骂俏，老板娘眼里放电，说：叫声"姐姐"。梁义夫摸了下她的头，笑着道：姐姐？你叫我哥哥还差不多，快点，叫哥哥。老板娘"咯咯"笑，真的叫了声"哥哥"。

洗脚时，梁义夫脱了外套，极其放松地仰躺在沙发椅上。

小妮，你是不是跟男朋友住一起啊？他问正给他按大腿的小姑娘。

哪有啊。小妮红了脸，我跟阿芳住的。

那多没意思。梁义夫邪笑着，故意用脚蹭了下小妮丰满的胸脯。

如盈在旁边看着他表演，觉得他既浅薄又无聊。但她没有什么不高兴，因为这不是她该管而且管得了的事情。

洗完脚，小妮她们出去了。梁义夫便不失时机地问如盈：你想我吗？

如盈一愣，没有反应过来，过了一会才明白了他的意思，不禁哑然失笑，说：你真会开玩笑，我想你干吗呀？

不干吗，想我就是想我。梁义夫说，你要不停地想，白天想，晚上想，最好想到睡不着觉。

如盈忍不住哈哈大笑。神经病！我可不想跟你一样发神经。

梁义夫寂寞了，便给如盈发信息。如果她不回，他便责问：为什么老不回？你什么意思嘛。

我有事啊。如盈回答。

大晚上的，你忙什么呢？

我在看书。

切，看书，看书有什么用？能当饭吃吗？梁义夫发了个撇嘴的表情，书呆子都酸溜溜的，我真看不上呢。那些写书的人也是神经病，煞费苦心弄些没用的东西出来，不知道要干什么。

他贬损过画家、诗人，现在把写书的也说得一文不值了。看来，人真是极容易自我膨胀的动物，像梁义夫，稍有钱眼睛便长到了头顶上，总觉得别人低下，认为每个人不如自己聪明。如盈觉得梁义夫不清楚自己和他人，更不懂这个世界。

这天，梁义夫突然造访如盈办公室。

没想到我会来吧。梁义夫嬉笑说，一边晃荡着挂在食指上的汽车钥匙。

如盈笑笑，起身给他泡了杯茶。

我刚谈完一笔生意，路过这里想起了你，就上来看看。梁义夫拉开老诸的椅子坐了下来，你这办公室真挤，我老婆的办公室比你这大多了。

是吗，那很好啊。

我老婆是中层干部嘛，手下有不少人呢。梁义夫面露得意之色，又自夸说，我对老婆很好的，经常接送她上下班、陪她买衣服，她爱发小脾气，我也都让着她。

嗯，你是好男人。如盈笑道。

那是。梁义夫说，老婆是孩子他妈，是自己的女人，自然要待她好的。

如盈依然笑着，对他竖了竖大拇指。

梁义夫更来劲了，说：我跟老婆在一起时，从不多看别的女人一眼。有些女人最讨厌了，喜欢半夜三更给我发信息。你想想，老婆就躺在身边，手机却莫名地响了起来，这不是害我嘛。

如盈笑而不语，心说：这男人倒会说真话。是的，女人遍地都是，总有愿意跟自己玩的，老婆与财产和孩子相关联，动一动就是巨大的损失。他表面上对老婆好，其实都是为自己。

有了不好的看法之后，如盈觉得跟梁义夫来往成了一种负担，便几次婉拒了他的请吃。

梁义夫很不解，有些生气，再来叫她时，在电话里说：你出来，不然我去你办公室请你了。

如盈怕了。吃饭事小,被同事说闲话事大,她只好乖乖地出来了。

梁义夫把如盈带到了一家位于河畔公园的西餐厅。店内空荡荡的,只有一名穿深蓝色制服的年轻女子在吧台坐着。

要一个小包厢。梁义夫吩咐道。

女子站起来,带两人进了走廊尽头的一间包厢,又回去端来茶水,把黑色菜单夹和一支笔放到了桌上。

梁义夫说:你出去吧。有需要时我叫你。

女子会心一笑,出去时轻轻带上了房门。

梁义夫站起来,过去上了门锁,转过身来,也不去自己的位置,径直走到如盈这边,紧挨着她坐下了。如盈赶紧挪开身子。但她挪一下梁义夫也跟着挪一下,一张胖脸几乎贴到了她的脸上。如盈斜着身躲开,转眼瞥见了他露着黑毛的鼻孔、门牙间缝隙和形状奇怪的小眼睛。梁义夫见她不声响,胆子大了起来,把肉乎乎的圆手搭到了她的背上。如盈起了身鸡皮疙瘩,有蝙蝠落在背上的感觉。她忽地站起来,指着男人大声命令道:去!去那边坐着。

梁义夫讨了个没趣,只好回了自己座位。

他按铃叫来服务员,点了些吃的,又给自己倒了杯茶,从包里掏出一盒香烟,抽出一根,送到鼻子底下闻闻,然后叼在嘴上点了火。他有些悻悻的,一双小眼睛不停地瞟着如盈,后来终于忍不住了,说道:你仔细看看,我哪一点不如姓徐的?至少我比他年轻、比他有活力,而且,我也不可能丢下你跑去国外的。说话时,他的脸上挂着坏笑——是自以为洞悉他人秘密的笑,潜台词是:我知道你的底细,别在我面前装清纯。

你这是什么话呀! 如盈沉下了脸。

开玩笑开玩笑,别生气。梁义夫见她当真了,便马上赔笑道。

服务员再次推门进来,送上了冷烤鸡、田园沙拉、酸辣肚丝和鲜榨橙汁。两人稍稍吃了些,便打道回府了。

这之后,梁义夫消失了整整一星期。如盈正暗暗高兴,不料他又"杀"了回来。他已经沉不住气了，便不再装绅士，赤裸裸地亮出了自己的企图。

他给她发链接，都是"官员被妻捉奸在床""网红与上百男子谈恋爱""女子浴室玩自拍浴客入镜""八十五岁老汉多次猥亵幼女每次给五元钱"之类的低俗网文及一些不堪入目的黄色图片。他在微信上说：我当然不缺女人，我什么样的女人没玩过？高的、矮的、胖的、瘦的、白的、黑的，只要我想要，要什么有什么。

说：与我有生意往来的一个小老板娘看上了我，她在酒店开好房间，把我叫过去，我进门一看，乖乖，她居然脱光了衣服在等我。她欲望很强，我都要被她搞死了。女人全是他妈的假正经。

又说：男人喜欢女人，女人也喜欢男人，高兴了在一起，完了就各归各，大家你情我愿，谁也不欠谁的。

如盈很是震惊。这男人确实够"坦率"的，丝毫没有羞耻心，把男盗女娼当成了炫耀的资本。大概在他看来，道德只是傻瓜才奉行的玩意儿。她觉得他就是一头发情的低等动物，满身肉欲腥臊味，让人只想掩鼻远离。

她问：你干这么许多坏事，就不怕遭报应吗？

梁义夫放了两个"呲牙"的表情，说：这话怎么像小学生讲的呢，这种坏事哪个男人不想干？而且，你们女人也好不到哪里去啊，想要男人陪，想要男人的钱，还想全世界的男人都爱上你。女人拼命打扮，露着大腿玩性感，难道不是在撩拨男人吗？男人见了要是不想扑上去，那才叫不正常呢。

又说：我朋友老严跟一个女人同居好几年了，两人还生了个孩子。老严带我们几个朋友去他们的住处，那女人很热情地招待我们，孩子爬到老严腿上跟他玩。老严也真有本事，两个老婆两个家，跟神仙似的。

如盈装作没看见，不理他。

梁义夫等了会，然后问：你会跟我同居吗？我可以给你房子住，如果你想要孩子，我们就生一个。你相信我，我会对你好的。

如盈也发了个"龇牙"，故意问他：你准备如何对我好呢？

我可以带你出去旅行，给你吃大餐、住总统套房，让你像皇后一样快活。另外，我还可以给你一笔钱，二十万，你看怎样？

就二十万？你真够小气的。如盈继续捉弄他。

我还小气？男人明显不高兴了，你比我大一岁，要是我的朋友知道我找了个这么大年纪的情人，不知会怎么笑话我呢。

如盈发了三个大笑的表情给他。那就算了吧，我不做你的情人了，免得你破费还被别人笑话。

你知道我不是这个意思。梁义夫软了下来，我是真心喜欢你的。

你还是喜欢别人去吧。如盈说，我不可能陪你玩，你也别再请我吃饭了。

梁义夫碰了壁，但还是不肯死心。

这天他又给如盈打电话，直截了当说：我在汉诺顿大酒店，你过来吧。

如盈怀疑这男人有些精神错乱了，便问他：我去那里干什么呢？

干什么——嘿嘿——一起玩玩呗。梁义夫吞吞吐吐地说，我很想你。你来吧。求你了。

如盈差点笑出声来。

喂喂，你在听吗？男人急着问。

你这是在侮辱我！你知不知道？如盈一字一顿地道，请你放尊重些，不要欺人太甚了！

好，爽快！男人愿望落空，气急败坏地说，以后你别再来找我了！

如盈不气反笑。她什么时候找过他？看来世上黑白颠倒的事还真不少。她觉得这个深陷欲望泥潭的男人着实可怜，世上美好事物那么多，他却偏偏去追腐逐臭，还自鸣得意。不过，事情总算结束了。想到以后他不会再来找自己了，她不由得大大地松了口气。

如盈的生活又恢复了平静。她为即将到来的新工作做准备，阅读设计方面的书刊，到很多新楼盘看样板房，去参观同事的新居。她记下各种创意和亮点，回家后在电脑上画出来，做成图纸。如此一段时间后，她对室内装修的流行趋势有了感性的认识。

接下来，如盈利用休息时间跑家装市场，了解装饰材料及其价格。第一次走进东盛装饰城时，她感觉像进入迷宫。这个市场实在太大了，有数不清的店铺，汇集了各类装饰材料及家具、家电。她一次次去东盛，几乎看遍了所有店铺，并通过同类比较，把优质的店铺都记录在册。她掌握了第一手资料，心中便有了底，对新工作充满了期待。

不知不觉中，风暖了，草地一片片绿了起来，路边的石楠蹿高了嫩红的新枝，桃和海棠也都绽开蓓蕾，准备倾情怒放了。

这天，如盈上街，发现女装店的橱窗里都换上了粉色系的时装，许多爱美的女子也早早脱下厚重的冬衣，穿着低领裙装，露出了雪白的脖子。

哦，春天真的来了。

春　天

玉兰绽开肥硕的花朵的时候，徐宏辉从国外回来了。

这是如盈见过的最美丽的春天。她与朋友们一起，沐浴着江南明媚的阳光，在生机勃发的大地上四处行走，目睹了一树树、一片片花朵如浪潮般席卷而来。

初春，石楠吐出了红舌，杨花藏在嫩叶之间，连翘娇黄的花朵缀满柔长的枝头，高大挺拔的水杉新绿点点，粉紫的二月兰在林间随意蔓延。

三月，梨花、桃花、海棠花次第绽放，粉白嫣红，美得颠倒众生。四月，蔷薇花爬满了人家的院墙，蝴蝶翩然而至，在花丛中起伏；紫藤堆叠得密不透风的绿叶间挂下一串串紫色的花穗；街边的香樟树开满了细小的白色花朵，将城市浸泡在浓郁的花香之中。

徐宏辉时常带领大家到外面活动。有时去河边坐上半天，看阳光在水面和花枝上跳跃、钓鱼人安闲地坐在柳树下，小木船的双桨起起落落、在碧玉般的河面上搅出一圈圈波纹。鸟儿悠长地鸣叫，对岸的女人们边洗衣服边说话，细碎密杂的语声在风里飘浮。有时到田野里游走。野花遍地是，所有的植物都在疯长。他们挖荠菜、拔胡葱，在溪边搭起锅灶野餐，对花浅酌，自在欢悦。

大自然有着无与伦比的美，它滋养着如盈的心灵，让她的心胸日益开朗起来。而朋友们的真和善，更是无处不在，让她感念至深。她看世界和他人的眼光又变了。曾经她觉得世界那么灰暗无趣、人性如此残酷冷漠，如今她被朋友们善待，感受到了世间种种美好，已彻底改变了之前的想法。

四月中旬，徐宏辉安排了一次短途旅行，目的地是五十多公里外的云白山。

出发前一天，他给如盈打电话，跟她讲了乘车、用餐等具体事项，嘱咐说：云白山是乡野景点，山上的路不太好，你别穿细跟鞋。

说：我买了很多吃的，你就不必带了。

又说：山上海拔高，早晚温度较低，最好带件厚点的外套。

如盈笑着一一答应了。

第二天早晨，如盈依照约定时间到了上车点。徐宏辉已经在了，站在旅游车旁，见她来了，便一起上车，大大方方地坐在她的身边。如盈欣赏他的行事风格。他总是一派光明磊落，从不刻意掩饰自己的情感，人前人后一个样，让人感觉舒服。

汽车在平坦宽阔的省际公路上行驶。李总叫司机关了正在播放的碟片，拿过无线话筒，打开吹了吹，热情地说道：有请大明星小金香给我们来一段越剧，大家鼓掌！

一年轻女子在掌声中站了起来，走到前面，姿态优美地转身亮相，唱起了《打金枝》选段《头戴凤冠压鬓齐》。她明眸皓齿，唱得字正腔圆，合着身段手势，给人赏心悦目之感。

一曲终了，众人拍手叫好，高喊"再来一个"。小金香也不推辞，又唱了段《西湖山水还依旧》，一样让人惊艳。

如盈听呆了。徐宏辉悄悄跟她说：小金香原是越剧演员，前几年调了出来。

这时，房总站了起来，大声说：大家都晓得我喜欢"莲花落"，下面我和水韵儿唱段《九斤姑娘》给大家听听，我做"石二"老店王，伊做"九斤"姑娘。

说罢，他拉着水韵儿到了前面，学二胡的声音哼起前奏，然后两个人唱了起来。

合：（唱）太阳出来三丈高，急匆匆来了石二佬。

石二：（白）前世作孽，人家么有田有地怕无人接继，我呢有田有地有人接继，就是三个妮子呆头呆脑不成大器。讨了两房媳妇，一个叫找事出板，一个叫乱板东，一口到夜叽叽喳喳相骂不停，肚才一点不灵，还想做当家人。哎，真弄得我头昏眼花，走投无路。现在啊，我听人家来东讲，五市门里有个张箍桶格阿囡叫张九斤，肚才也高，品貌也好，要是能做我第三房媳妇，格末我三百亩田地可以保牢哉。

（唱）主意定脚步轻，一心去往五市门，要是碰到张箍桶，我先同伊谈谈生意经。

到哉。哎，里面张师傅来东伐？哎，张师傅——

九斤：（白）哎。

石二：（白）哎，张师傅开门。

九斤：（白）外头啥人啊？

石二：（白）哎，是我。

九斤：（白）呀，牛么有根绳，马么有只铃，阿猪阿狗都有名，侬哪格没名字啊？

石二：（白）哟，便宜拨伊讨起哉。我格名字啦，要用算盘算格。

九斤：（白）哦，格么侬算算看。

石二：（白）格么侬听好。

（唱）一斗半，二斗半，三斗五升四斗半，我是连名连姓在算盘，叫侬姑娘自家算。

九斤：（白）哦，侬是石二店王是伐？

石二：（白）哎，侬哪格会晓得格脚？

九斤：（白）毛算算格呀。

石二：（白）一定是九斤姑娘东哉。里面格姑娘，侬叫啥格名字？

九斤：（白）我格名字也要算格。

石二：（白）侬讲来我算算看。

九斤：（白）格么侬听牢。

石二：（白）哦。

九斤：（唱）一斤半，二斤半，二十四两三斤半，我是连名连姓在称杆，十二店王侬自家算。

石二：（白）哦，侬就是九斤姑娘。

房总时而摇头晃脑，时而蹙额瞪眼，表情夸张。大家被逗乐了，一个个笑得前仰后合。

结束表演，房总说：大家知道徐总会唱歌，下面就请他来一个吧。

大家立刻起哄，齐声喊道：徐总——来一个——，徐总——来一个——

徐宏辉叫如盈：我们合唱一曲吧。

不不，我不行的。如盈连忙推辞。

有我在嘛。徐宏辉笑着鼓励她，去吧，胆子大些。

如盈笑着点了点头。徐宏辉问她会唱什么歌。她说会唱《芦花》。于是两人便上去唱了。

徐宏辉唱得很好，无论高音低音均能收放自如，如盈和着他唱，感觉十分轻松。她从未上台表演过，这是全新的体验，觉得非常开心。

大家一个接一个上去表演，车内充满了欢快的气氛。

不知谁喊了声：哇，外面景色真美啊！

大家把目光转向窗外，发现车已离开省道，驶上了田野中间的乡村公路。

春光明媚。路边的菜都起了薹，豆荚也结得挤挤挨挨的。明镜似的水田里，戴着斗笠的农人正在播种。田地尽头是连绵起伏的山峦，山坡上浓绿的树林掩映着红色的屋顶，看着像一幅浓墨重彩的油画。

大家被这世外桃源般的景象所吸引，纷纷举着手机拍摄。

路渐渐狭窄，不久，汽车上了蜿蜒曲折的山道。但见太平花开在悬崖边上。桐花如一把把紫伞擎在浓绿的灌木丛上。松林连成了片，枝枝黄花如枝型灯烛，辉映着周围的一切。峰回路转，汽车每转一个弯，都给人意想不到的惊喜，仿佛是谁打开了万花筒，让人的眼睛应接不暇。

随着海拔不断升高，山路越发险峻了。从车窗望出去，群山全在脚底下，而近旁厚实的钢栏杆外，却是一片虚空。大伙不由自主地坐直身子，两只手紧紧握着椅背上的抓手。司机也放慢了速度，双手紧握着方向盘。

汽车依着山势盘旋而上，经过一个隘口后，道路突然又开阔平缓起来。放眼望去，一片翠绿之中镶嵌着大块大块红色，宛若大幅绿锦缎上明丽的团花。

那红的是什么花？如盈问。

那是晚樱花。徐宏辉说，现在正是晚樱盛开的季节，到了云白山庄，你会看到漫山遍野的晚樱花。

仿佛为了验证似的，他刚说完，路旁就出现了一排排花繁叶茂的樱花树。

如盈打开车窗，欣喜地看着窗外触手可及的花树。它们有结实的枝干，艳丽的花朵与丰腴的绿叶一齐生发，是世俗女子的模样。

大片房舍出现在对面山坡上。如盈以为到了目的地，但徐宏辉告诉她：这是里坞，离云白山庄还有一段路。我们要在这里吃中饭。

两人说话的工夫，汽车已进了村。

风和日丽，姹紫嫣红的野花开满溪头路边。

农家乐的老板站在路口迎接，他约莫五十来岁，瘦削的脸上挂着质朴的笑，无端地让人感到亲切。他在院子里的樱花树下摆了三张方桌，待大家落坐，泡了新茶，拿了葵花籽出来招待客人。

阳光从枝间漏下来，细碎地落到人身上，空气中弥漫着淡淡的花香。大家喝茶赏景，甚是惬意逍遥。

仿佛兮若轻云之蔽月，飘飘兮若流风之回雪。远而望之，皎若太阳升朝霞；迫而察之，灼若芙蕖出渌波。南居吟罢，顾左右问道，你们知道这是出自谁之手吗？

苏老师说：这是《洛神赋》里的句子，为曹植所作。

拿来形容樱花盛开的景象倒也贴切。谷春说。

墨渊随口说：十日樱花作意开，绕花岂惜日千回？

南居笑道：这是苏曼殊的诗。樱花为东瀛之花，中国的古诗很少写到樱花，曼殊的母亲是日本人，所以他对樱花情有独钟。

房总说：我听不懂你们这些文化人的话，还是去溜达一圈好。站起来叫水韵儿，走，跟我一起去。

大家也习惯了房总的做派，并没有介意，继续讲自己的。

过了一些时候，房总和水韵儿走了回来。

梅林问：后面有什么？

一大片菜地，绿油油的，倒也很可爱。水韵儿说。

有只大洋鸭在路上走。房总说，这鸭从小放养，吃活食长大，肉肯定好吃。

梅林说：老板不肯卖的。

房总把手伸到她面前，捻了捻拇指和食指道：只要有钞票，有钞票什么事办不到呢。

老板出来收拾桌子，听见这话，笑着说：这鸭子是养着给我儿子吃的，还真不卖呢。

房总的手僵住了，为掩饰自己的尴尬，便仰头哈哈一笑。

大家也跟着笑了。

凉拌马兰头和水煮豌豆上了桌，老板又送来自酿的白酒让大家品尝。房总喝了口酒，点头说：口感不错，是好酒。

给我们来两斤。他吩咐老板道，每个人面前放一只杯子。

酒很快上来了。房总给大家斟酒，说：难得一起出来，不喝酒怎么行呢。他给水韵儿倒得很少，轮到如盈，却给她倒了大半杯。

徐宏辉见了，拿过如盈的杯子，把大部分的酒倒在自己的杯中。

房总说：你把她保护得这么好干吗？

我是维护公平。徐宏辉笑道。

菜肴一一端了上来。笋丝春韭、香椿炒鸡蛋、油焖蚕豆、饭焐毛笋、酱油蒸河虾、油炸小溪鱼、白切鸡等。蔬菜都是现摘现吃，十分新鲜美味。

饭焐毛笋清甜鲜嫩，非常好吃。好些人都是第一次吃到，不由得连连赞叹。

徐宏辉说：做饭焐笋，要用没有冒出地面的毛笋，而且最好挖出来不超过两小时，否则就不是这个味道了。

大家谈谈笑笑，无拘无束的，都非常开心。

饭后继续上山。

徐宏辉跟如盈说：云白山的最高峰叫驻云尖，那里风光独特，等会我带你过去看看。

别人不去吗？如盈问。

徐宏辉笑了。他们几乎每年春天都来，只有你是第一次来。而且下午是自由活动时间，大家都有自己的安排。

汽车转了个急弯，两人都倒向了右边。待坐稳了，如盈发现车已上了山顶。

看，那就是云白山庄。徐宏辉指着峡谷对面的房子说。

如盈顺着他指的方向望去，见云白山庄踞于群峰之上，如在波涛起伏的大海上振翅飞翔的海鸥一般。

驻云尖

云白山庄是一家中等规模的民宿，四合院结构，大门外就是公路，车辆出入十分方便。

司机把车开进院子，众人下车。徐宏辉一一指给如盈看：正对大门的别墅里住着老板一家；左右两排房屋的楼上全是客房，楼下左边为餐厅，右边有茶室和棋牌室。

拿到钥匙后，大家上楼放行李。如盈的房间在走廊尽头。她开门进去，把行李放下，走到窗前拉开了垂着的窗帘。

眼前的景象让她震撼。晚樱花正在怒放，由脚下开向四面八方，漫山遍野一片艳红，气势磅礴，美得惊心动魄。她推开玻璃窗，深深地吸了口带有花香的甜丝丝的空气，欣喜地望着无边无际的花海。

这时，徐宏辉的微信来了：你喝点水、休息一会儿，出来时叫我。

我们早点出发吧。如盈回复说，我马上就下去。

好。我在楼下等你。

如盈下楼时，徐宏辉已在走廊上等着了，说：我们从小路过去，走小路更近，景色也更美，沿途还有不少古迹。

嗯，好的，我们走小路。如盈欢快地道。

他们往山庄的后门走，经过棋牌室门口时，他们看见房总、夏总、鲁总、李总已经在打牌了，碧琼、水韵儿和证券公司的老段坐在他们身后观战。出了后门，又见谷春和苏老师坐在外面露台上喝茶，周围鸟语花香，看着也是惬意。

两人顺着山坡下去，到谷底，绕过一面湖，进入了花林之中。

有笑声与团团香雾一起飘过来。如盈循声望去，见在五十米开外的地方，梅林慵懒地靠在一棵花树上，墨渊正在给她拍照。稍远之处，南居一个人在花下慢慢踱步，一副悠哉游哉的模样。

他们远远打了个招呼，继续往前走。

把包给我吧。徐宏辉不由分说地拿过如盈的包，背在自己身上，路不太好走，你不常走山路，会累的。

如盈心里一阵温暖，笑着说了声"谢谢"。

他们进入了繁花似锦的山野腹地。满树的花笑着、闹着，在他们四周舞蹈。风溜过来又溜过去，与花树相互挑逗。山峦起起伏伏，不断引人入胜。现实退远了，世界仿佛变成了一个巨大的舞台，而他们是这个舞台上的主角，周围的一切全为他们而生，为他们唱着欢乐的歌。

如盈心情激奋。真美啊！她忍不住赞叹道。

是的，是很美。徐宏辉笑着说，爱与美是我们活在世上的唯一理由，值得我们一生寻求。

嗯。如盈觉得这话说得很好。

樱花林尽头是一个山峰，翻过山去，出现在面前的是一片松林。他们从树林中间的小路走过。一只松鼠突然从高大的树上跳下来，用黑溜溜的小眼睛警惕地看着来人。

嗨，小家伙，你好啊。徐宏辉跟它打招呼。

小松鼠盯了他一眼，然后倏地逃走了。

这小家伙太可爱了。两人不由得开怀大笑。

出了松林，如盈觉得眼前一亮，忍不住欢呼起来。但见满坡的杜鹃花都炸开了，如同一簇簇燃烧着的火焰，顺着山崖无尽地延伸开去。

徐宏辉说：还有时间，我们上山看杜鹃吧。

如盈欣然答应。

两人从一条小路上山。如盈在花丛中穿行，兴奋得像个孩子。徐宏辉跑到她前面，从不同角度拍照。

到了山顶，两人坐在亭子里休息。徐宏辉翻出手机里的照片给如盈看。如盈有些惊讶，照片上这个笑靥如花、眼睛闪闪发亮的人是自己吗？

你把我拍美了呢。她笑着说。

不，你本来就很美，我只是发现美的人。徐宏辉笑道。

两人翻过山，继续往前走。溪水丰盈，"哗哗"地奔流。茶园成片地出现了。田地里，庄稼繁茂昌盛。云雀在树间婉转啼鸣，一声又一声。

见路边立着块石碑，如盈便走近去看。

徐宏辉告诉她：这是为古代的一位贤人——曾先生立的碑。曾先生初来此地时，人们把他当成了入侵者，千方百计想赶走他。但曾先生不仅没有愤恨，还以德报怨，想方设法筹措资金，为百姓铺路搭桥。在目睹了他的德行之后，人们接纳了他。后来曾先生开馆讲学，使这里逐渐形成了耕读传家的风气。人们尊敬他，为他树碑立传，世世代代称颂。智者搭桥、愚者筑墙，曾先生是智者也是仁者。

如盈看着刻在上面的文字，若有所思地点了点头。

看见了村庄，它静静地卧在山脚下，像年迈的老人在阳光下闭目养神。

炒茶叶的香气随风飘来，两人循着香气寻过去，看到了一间平房，里面的农妇正在用机器炒制茶叶。

看见两个陌生人进来，农妇露出了热情的笑容。

徐宏辉说：我们想买点茶叶，你这里有卖吗？

家里没有存货了。农妇说，这茶叶现在还不能卖，要再烘干一次才行。但它可以喝，我给你们泡一杯。农妇说着，转身取出两只纸杯，从竹匾里拿了些茶叶放进去，用热水瓶里的开水冲了，分别递给两人。

如盈吹吹气，喝了一小口，感觉一股清香沁入心脾。

徐宏辉对她说：一杯好茶，不仅茶叶要好，水好也非常重要。这杯茶是高山茶叶用松枝烧的山泉水冲泡，所以香气口感都特别好。

农妇笑了。你们城里人讲究，我们农村人喝茶解渴，别的都不知道。

徐宏辉也笑了，问她一些制茶方面的事。

农妇一一作答，懂行且耐心。两人离开时，她往小塑料袋装了几把茶叶，让带回去喝。徐宏辉要给钱，但她坚辞不受。

如盈看着农妇，她的脸饱经风霜，但笑容却温厚美丽。

出村，朝东走一段，他们便开始上山了。

如盈远远望见另一个山头上有座寺庙，便指给徐宏辉看。

它叫平明寺，有几百年历史了，历经辉煌和衰败，20世纪90年代重建，让它又恢复了原来的样子。徐宏辉说，这寺庙也有一个故事。相传高僧悟寂和尚行脚到此，有人想要试探他修功如何，便跟在他身后不停地辱骂他。但悟寂若无其事地走自己的路，似乎没听到也没看见。这人上前拦住了他，问他为何能如此忍耐。悟寂反问这人：要是你送给别人礼物别人不接受，那这礼物归谁呢？这人答道：当然归我了。悟寂便说：既然这样，我不接受你的辱骂，它们就仍旧为你所有，与我有何相干呢？

嗯，这故事很有意思。如盈笑着点头。

两人边走边谈，不知不觉便到了驻云尖下。

如盈抬头仰望，见上山的路像一条细细的带子从绿林中蜿蜒垂挂。

两人开始攀爬，费了九牛二虎之力，终于登上了峰顶。

让如盈没想到的是，山顶居然是一块平地。徐宏辉带着她，让她站在不同的方位看见了截然不同的景致。东面，起伏的峰峦与驻云尖紧密相连，几乎没有高下之分。朝南望，层层梯田里油菜花开得正旺，犹如金色浪涛滚滚而下。西边，石崖蓦然沉落，向外伸展的山谷渐远渐宽，如同一只摊开了的巨大手掌，稻田、湖泊、积木似的村庄，无不在其掌握之中。北面，一条大路屈曲盘旋，穿越灌木和松林，直奔山下而去。

走了一圈之后，两人在西南边的岩石上坐下来。

徐宏辉从背包内取出小画板、水彩纸、油画棒，说：前年来时油菜花已开过了，去年没到这里，今年来得正是时候；而且你也一起来了，我要把这美景画下来留作纪念。

他开始作画，如盈坐在一旁看。

油菜花、湖泊、房舍、山峰在纸上一一呈现，莫不栩栩如生。自然之美融入了他的心灵，他满怀激情地表达这种美，让所有景物都带上了自己特有的情绪和气息。

如盈悄悄打量徐宏辉，他那么专注，神情沉醉。他在描绘着风景，而风景反过来又将他纳于怀中，变成了自己的一部分。

时间飞速流逝，很快，落霞收尽了余光，天色渐渐暗了。两人赶紧起身，沿着北面的大路往山下走。

夜色浓雾般弥漫开来。星群出现在头顶上方，又密又大，如钻石般耀眼。晚风带着暖意，送来草木的清香。溪水、昆虫、树林在山谷间奏鸣。月亮慢慢地爬上了山顶，路面一半被月光照亮了，另一半却阴暗着。一条菜花蛇在这温暖的春夜苏醒，缓缓爬上了路面。如盈走过去，差点踩到它身上，吓得一声尖叫。徐宏辉不知道发生了什么，情急之下，一把将她拉到自己身边，用身体护住了她。

一切都来得那么突然。他的怀抱如此舒适，让她刹那间产生了恍惚。她轻轻地靠着他，如同长途跋涉的旅人回到熟悉的故乡，只想停下来好好休息。

他没有动，让她靠着。

但如盈很快醒过神来了。啊，一条蛇。她笑着说，立刻离开了他。

是的，是一条蛇，徐宏辉温柔地看着她，它已经逃走了。

如盈也看着他。两人的目光交织在一起，然后都放声大笑。在一片寂静之中，他们的笑声格外响亮，引得远处村庄里的狗都狂吠起来了。

房总打电话给徐宏辉，问他们在哪里。徐宏辉说：我们已经回来了，马上就到。

果然，转过一个弯，如盈便远远地望见了云白山庄——它灯火辉煌，与他们隔着黑黢黢的山谷，飘浮在茫茫夜色中，如海市蜃楼一般。

晚上，大家聚集在棋牌室里，有的打牌，有的搓麻将，有的在旁边观战。如盈想一个人待着，便早早回了房间。

上床时，徐宏辉的微信又来了：天气预报说明天有雨。早上不能看日出了，你可多睡会儿。

如盈心里暖暖的，觉得一切都是那么美好。半梦半醒间，她看见蓝天一望无际，鲜花遍地盛开，她与徐宏辉手拉着手，穿行在花丛中，他身上的热力汩汩地传导到她的身上，似乎把他们融为一体。她觉得有种奇妙的东西在心里蔓延生长，像要开出花来似的。她的身体无比轻捷，只想一直这样走下去，不要停下来。

朱眉的危机（一）

从云白山回来，如盈有些累，便躺到床上，很快就睡着了。

也不知过了多久，她被电话铃声惊醒了。她摸到手机，随手接通了电话。

你在家吗？朱眉问，声音恹恹的。

如盈觉察到了异样。嗯，我在家。有事吗？

有事。朱眉说，我在街上，现在就去你那里。

如盈心下疑惑。朱眉到底有什么事？软弱的语气，不明朗的表达，这些都不是她的风格。

尽管已有预感，但当如盈看见朱眉的时候，还是被吓了一大跳。朱眉脸色蜡黄，两眼红肿，整个人无精打采，像蔫了的花，仿佛一下老了五岁。

朱眉在沙发上坐下。如盈倒水给她，问她：出什么事了？

朱眉苦笑了一下，低声说：我可能也要离婚了。

啊？你们怎么啦？如盈十分吃惊。

我们的事被胡彬发现了。朱眉低下了头。

如盈心里一声叹息。有因必有果，凡事皆然，分毫不爽。

到底怎么回事？她问。

朱眉依然低着头，脸上现出了羞愧的神色。但是很快，她抬起头来，恢复了往日坚毅果断的样子，开始叙述事情的经过。

她说，那天晚上胡彬跟她讲，他次日出发去省城参加为期两天的业务培训会议，要在省城住一晚上。胡彬一走，她就迫不及待地给韦兄打电话，把这个好消息告诉了他。但韦兄说：去酒店开房可能碰到熟人，风险太大了。她说：可是我很想你呀。我们已经好多天没见了呢。韦兄沉默了一会，然后说：要不我去你家里？她立即同意了，跟他说：那我把孩子送外婆家去。你早点过来。

天还没黑，韦兄就来了，跟她说：这个时候来往的人多，别人就不会注意到。她跟他开玩笑：这话听着像老手呢。韦兄并不尴尬，正儿八经道：像我这样的成功人士，有几个女人不是很正常吗？她听了这话，顿时心一沉，觉得很不舒服，但为了不破坏气氛，还是装作没事一样。她烧了几个拿手菜，开了瓶红酒，还特地点了蜡烛。两个人边听音乐边慢慢吃喝。他们不急，因为整晚时间都是属于他们的。

后来他们上了床，正在缠绵之时，却突然听到了激烈的敲门声。他们以为是有人敲错了门，便不加理睬。但座机震耳欲聋地响了起来。她起身去看，发现显示的竟然是胡彬的手机号。两人知道情况不妙，便慌忙穿上了衣服。你去客房间避避吧。她对韦兄说，然后战战兢兢地拿起了话筒。你在干什么？胡彬吼道，快开门！她唯唯诺诺地应着，身体瑟瑟发抖。

门开了，胡彬一个箭步抢进屋内，一把将她推开，冲到卧室没有发现什么，便又冲进了客房。她看见韦兄直挺挺地站在靠窗的地方，并未躲进衣柜内。情敌相见分外眼红，胡彬扑过去提起韦兄的衣领，"啪啪"扇了他几个耳光。韦兄倒是镇定，既没有还手，也没有辩解。她被吓傻了，木头似的杵在门外。大概因为韦兄没有反抗，胡彬松开了手。他指着两人恶狠狠地低吼：你，还有你，都给我坐床上去。韦兄立刻顺从地坐到了床上。她看了看胡彬铁青的脸，感到害怕，也乖乖地坐到了床上。胡彬拿出手机，拍下了他们并排坐在床上的照片，然后找出纸笔扔给韦兄，命令道：把你们的丑事都写下来。今天的事必须写全，一点都不能漏。否则我要你好看。韦兄默不作声地拿过纸笔，蹲在床头柜边，密密麻麻地写了一大张。胡彬拿过去，仔细看了一遍，命令她也照抄一份。她抄完，他从她的包里翻出一支口红，叫两人在两张纸上都按了手印。做完这一切后，胡彬一个电话打给韦兄的妻子，叫来这个可怜的女人，让她把自己的丈夫领了回去。

韦兄跟他妻子走后，胡彬便像个神经错乱的人似的，一会儿笑一会儿骂。见她不理睬，他又脱光了她的衣服，不停地折磨她。但从第二天早上开始，他就不再理睬她，把她关在家里，像对待囚犯似的对待她。她实在受不了，便趁他上厕所时跑了出来。

胡彬找你了吗？

我关了手机。他找不到我。

如盈轻轻地叹了口气，猜想着此时此刻胡彬的心情。

她认识胡彬很多年了。当年朱眉把矮小瘦削还有点龅牙的胡彬带到她面前时，她暗暗失望，心想人见人爱的朱眉怎么找个如此不起眼的男友；但朱眉居然跟他结婚了。听朱眉说，胡彬性情温和，对她百依百顺，而且不抽烟、不喝酒、不赌博，没有不良嗜好。他聪明机灵，能做许多事情，会修理家电、会做菜、会缝衣服，除这些之外，他还是带孩子的好手。朱眉说自己之所以选择胡彬，是因为觉得与他相处很舒服。她终于看到了朱眉务实的一面，真心替她高兴。好看的人多的是，但让自己舒服的人却少之又少，丈夫是要一起生活一辈子的人，感觉舒服当然最重要。

振业曾半真半假地说朱眉：胡彬是被压迫阶级，除了工作，就是伺候老婆孩子，一点自由都没有。

朱眉白了他一眼，说：谁说他没自由啊。他玩电脑，经常玩到深更半夜，那，他是不是在陪美女聊天呢？

振业故意逗她：你可得当心着点，这么好的男人千万别让其他女人抢了去。

切，胡彬算什么东西。朱眉笑着骂，我不嫌弃他就好了，他有胆量去找别的女人？

如盈觉得如此嚣张跋扈的朱眉很不可爱，但她的话里其实包含了对丈夫的信任，这是好的。

现在想起这些，如盈为胡彬难过。

胡彬一定很着急。她说。

我不管他。谁叫他那样对我的。朱眉恨恨地道。

如盈看了看她的脸，问她：韦兄联系你了吗？

没有。朱眉说，但我给他发了信息，说我从家里跑出来了。

他怎么说呢？

他叫我冷静，说现在一定要稳住局面，千万不能把事情闹大了。他老婆很生气，但又不敢声张，怕被人知道对他们不利。他跟我说，他很想离了婚与我结婚，但现在把柄捏在他老婆手里，所以暂时不能提这事。

哦，他打算离婚？

嗯。但要等事情过去。朱眉说，现在他老婆盯得很紧，只要他的手机一响，他老婆就以为是我打的，立刻开始哭闹。他说他很烦，叫我没有大事不要找他。他跟我说，要是他老婆真的闹起来，我们的事就会立刻传遍全城，成为一桩丑闻，只有让事情平息下去，我们才能继续相亲相爱。

讲到这里，朱眉幽幽地叹了口气。我也不是傻瓜，其实我知道他早已不像起初那样爱我了。他只爱了我三个月，之后热情就开始冷却了，不但不再追着我，有时还找借口躲我。但是很奇怪，他越是这样，我反而越想抓住他。我就像染上了毒瘾似的，明知道这感情有害无益，却没有力量摆脱它。

她问如盈：你说他是不是不要我了？如果他要离开我，我该怎么办呢？

这次轮到如盈叹气了，她替朱眉感到不值。

想当初他们的爱情派对刚刚开始，红的灯，绿的酒，一点冲动加一点勇气，激情便逐渐占据了上风，不断攻城略地，令理智节节败退，最终演变成了不可控制的情感欲望。陶醉于激情中的女人，以为她与她的情人是宿世的佳侣，以为爱情之河会源远流长，以为浴于爱河的两个人会长长久久地甜蜜欢畅。可是，天很快就亮了。歌舞停歇，一夜狂欢换来的只是身心疲惫。所有的柔情蜜意，不过是迷魂的药，是草尖上的露水，是一枕黄粱，是镜中花水中月。然而人总是对眼前的东西不屑一顾，却对遥不可及的事物满怀憧憬。那么聪明伶俐的朱眉，事到如今却还是执迷不悟。

她想说：朱眉，那是欲望，不是爱情，难道你至今还不明白吗？但她只张了张嘴，没有把这话说出来。

我的心很痛，真有万念俱灰的感觉。朱眉眼里闪着泪光，只要我们能在一起，他做什么我都可以原谅。

如盈说：你不能再对他有幻想了，朱眉。

你不是我，所以不知道我心里的痛苦。朱眉看着自己手掌，一下一下划拉着上面的纹路，颤着声说，一个人若是真心爱另一个人，怎么可能说放下就放下呢？

真正的当局者迷。人难以被说服，总要等到自己明白过来，事情才有转圜的余地。现在朱眉把自己关进牢狱，还加了锁，如盈无可奈何，知道自己再说也是白搭。

好吧，那我问你一句，如盈说，如果——我是说如果，如果现在要你跟胡彬离婚，你愿意吗？

朱眉点点头又摇摇头，神情复杂痛苦。

这时，如盈的手机响了起来——正是胡彬的电话。

朱眉是不是在你那里？他问。

是的。她在这里。如盈说。

在就好。胡彬似乎松了口气，你让她接电话吧。

如盈把手机递给朱眉。朱眉稍犹豫了一下，但还是接了过去。

你回来。胡彬好声好气地说，事情已经过去，我会跟以前一样的。

朱眉抽噎了一声，泪水顺着脸颊往下淌。

如盈拿过手机，对胡彬说：你放心好了，我这就送她回家。

谢谢！胡彬的声音有些哽咽，你跟她说，悦悦接回来了，晚饭也做好了，我们在等她回来。

如盈感到鼻子发酸。她对胡彬的心情感同身受，知道他在历经爱与痛的煎熬之后，已艰难地做出了理智的选择。

如盈把朱眉送回，在小区大门外见到了正在等候的胡彬。几天来的愤怒、焦虑和恐慌，让他整个人脱了形。见到妻子的那一刻，胡彬几乎要落下泪来。他对着妻子微笑，像看一件失而复得的宝贝似的看着她。

如盈见事态已经平息，自己留着反而碍事，便告辞着走了。

朱眉的危机（二）

　　如盈漫无目的地在大街上走着，不知不觉来到了时代广场。

　　她找了把长椅坐下来。风暖暖的，送来花的芳香。几个踩着滑板的孩子你追我赶，笑着吵着从她面前掠过。

　　这是一个美好的夜晚，但如盈心里却沉甸甸的。她遭遇过丈夫的背叛，但当再次目睹夫妻一方不忠给家庭及另一方造成的巨大伤害时，她依然非常震惊。是，是够丑陋的。落入婚外情网的人自以为他们的感情空前绝后，殊不知这是无限复制的病毒，惹上了都一个样，没有谁能逃过它的荼毒。

　　有微信进来了，是徐宏辉。

　　在家吗？他问。

　　如盈看了看，随手关了屏幕，没有回复。她望着那些带孩子玩耍的人，觉得生活就该是这个样子。是的，世上风景千千万，但普通人却必须认识到自己的普通，保持一颗平常心，面对只属于自己的那一道风景。

　　许久之后，她打开手机，给徐宏辉发了张"晚安"图片。

　　他应该懂她的意思，只回了个"笑脸"，没有再说什么。

　　到了读书会的日子，如盈找了个理由没去参加。徐宏辉找她聊天，她也总是推说工作忙，三言两语就结束了。徐宏辉是个聪明人，几次之后，便知道是怎么回事，不再来叫她参加活动，也减少了联络频次。

　　如盈略有失落，却也安了心。有些事不仅仅是得与失的问题，有时温柔乡和陷阱就是同一个地方。男女之间有一个边界，它是底线，也是拦在悬崖边上的一条绳索，如果有人试图突破，就会有粉身碎骨的危险。

如盈记挂朱眉，便叫她出来一起吃饭。

朱眉瘦了许多，似乎非常疲倦，对什么都提不起兴趣。如盈跟她说话，她也答非所问，显得神情恍惚。

如盈无法不同情朱眉。她失去了爱情，连带着也失去了丈夫的宠爱，这打击不可谓不大。婚外恋情曾是朱眉的一剂祛除寂寞烦恼的猛药，但现在它被曝了光，便变成了一盘发馊的佳肴，给她招来了无数轻蔑唾弃的目光。以往的恩爱情意，如滑落腮边的泪滴，落到地上便无处寻觅。当初有多快意酣畅，现在就有多痛苦绝望。可怨谁呢？都是自己搞出来的事，也只能自作自受。

如盈替好友难过，却也爱莫能助。

这天下午，胡彬打电话给如盈，说他心里不舒服，想跟她聊聊。

如盈立即答应了。

两人在约定的茶室见了面。胡彬将一包香烟放在桌上，抽出一支点燃，猛吸几口，然后把烟雾徐徐喷出。室内顿时烟雾缭绕。如盈被辣出了眼泪。她用手赶了赶烟雾，笑着说：你怎么也学会抽烟了。

胡彬长叹一声，说：心里郁闷，抽根烟会好一些。

如盈问：你们怎么样？

还能怎样呢，就这么过呗。胡彬又叹了口气，你知道的，我对朱眉那么好，但她却背着我做这种事，我真是越想越憋屈。但我仍然爱着她，怕她难过，尽量不让她看出我的真实想法。还有悦悦，她已经懂事了，我也不能让她知道她母亲的事。我默默承受着一切，心里真的很苦。

如盈也叹了口气，不知该如何安慰面前这位正在受苦受难的朋友。

为这个家，我吃了那么多的苦。胡彬继续诉说，悦悦小的时候，晚上都由我带，那几年我几乎没有踏实地睡过一觉。我们结婚这么多年，朱眉没有给我做过一顿饭，没洗过一件衣服。你说，她为什么这么自私？她就不能替我想一想吗？

如盈说：朱眉心里一直对你好的。

这是感觉。过去我们夫妻无话不谈，但自从她变了心，就再也不对我敞开心扉了。我意识到了危机，但又不能开口问，便整天提心吊胆的，总觉得要出事。那天我说要出差，她显得特别关心，非要看会议通知不可。我当时就起了疑心，但是没有说破。第二天我在省城，她傍晚给我打了电话，晚饭后又打电话给我，问我在哪里，还叫我拍张照片给她看看。我马上知道了她的用意，猜到她是为了确认我的行踪。我的心乱了，觉得无法再待在那里，便立马收拾东西，以最快的速度赶到车站，坐上了最近一班动车。后来的事情你都知道了。人是不能遇上这种事情的，这对我太残酷了。

胡彬双手捧住头，用力挤压着，像是要把那些不堪的往事从脑袋里挤出去似的。

如盈拿过香烟，抽出一根递给他。

胡彬接过去点燃，深深吸一口又徐徐吐出。淡蓝色烟雾在室内飘来荡去，一如他那些无法排遣的心事。

如盈问：朱眉还好吧？

她怎么好得了呢？虽然她表现得很正常，但我知道其实她心里也非常痛苦。她还惦记着那个人。但我听好几个人说，那人就是个花心大萝卜，会对她有真心吗？我跟她说了，如果姓韦的肯同你结婚，我就成全你们。

她怎么说呢？

她能说什么？她不是笨人，现在也明白了姓韦的不过是逢场作戏而已。

胡彬再次长叹。她现在似乎有些怕我，经常偷偷看我的脸色，还抢着做家务活。我也不知道怎么办才好。这不是我要的结果。我希望她还像以前那样，在我面前有些霸道，但又是活泼开朗的。唉，我多么想我们一家人还跟当初一样相亲相爱——

他被自己话触动了，伤心起来，说不下去了。

如盈替他们夫妻难过。朱眉想逃避生活的空虚绝望，结果却让生活变成了一个谎言，走入了更大的空虚绝望之中，在把自己推上道德审判席的同时，也给身边的亲人带来了难以启齿的痛苦。但这是命运与性格安排的道路，她非走不可。

我也经历过类似的事情，完全能体会你的心情。如盈用温柔的口吻说，你要想开些。人生就是这么无常，你现在要做的是尽快把这一页翻过去，不要让裂痕和伤害越来越大。

胡彬苦笑了一下。我也很想把这事忘了，但这谈何容易。他说，本来感觉她是亲人，我们是不可分割的整体，但发生这样的事之后，我们的关系似乎一下子远了，再也找不到那种骨肉相连的感觉了。

如盈又不知道说什么好了。是的，很多时候幸福美满更像是一个伪命题。家庭又是航行在大海里的一艘小船，会遇到风暴，甚至会触礁或搁浅，坚守信念并付出艰辛漫长努力，抵达幸福的彼岸。某一天，当小船穿越惊涛骇浪驶入平静的港湾，同行者一起回望来路，那些风雨同舟的经历便是一笔巨大的财富，他们会彼此深深感谢，并从相依为命的情意中，油然而生圆满的喜悦。胡彬需要看破、放下，让自己的心重归平静。但这是个过程，需要时间。

天气渐渐热了起来。如盈翻看衣柜，看到自己的几件衬衫都已经很旧了，便想着去买两件新的，顺便买支口红回来。

商城内的灯光恰到好处，让人感觉舒适。如盈慢慢踱着，站在甜品店外面研究墙上的食单，坐进展销的汽车东瞧瞧西看看，到人群拥挤的中央区域听年轻女郎唱歌。对她来说，闲暇是不可多得的享受，让她感到轻松快乐。

在商场里逛了一圈之后，她到二楼买了衬衫，然后回到楼下，去化妆品柜台买口红。经过"老凤祥"珠宝时，一个趴在柜台上的男人直起腰来，正好与她打了个照面。如盈不由得一愣，没想到会在这里撞见韦主任。

韦主任明明也看见了她，却像没看见似的，不动声色地转过头去，继续跟身边披着长发的女人说话。女人想把一条铂金项链戴到脖子上，韦主任马上转到她身后给她戴好。由于离得近，如盈看见了女人脖颈上显眼的纹路以及松垂的下巴。

一中年妇女路过，招呼他们道：哟，韦主任，你们夫妻可真有情调呀。

这话证实了如盈之前的猜测，她不由得多看了韦夫人几眼。是的，韦夫人已人老珠黄，与朱眉没得比，简直天差地别。但她由丈夫陪着，脸带笑容，正在兴致勃勃地选购首饰。而朱眉，什么都没有得到，却把自己的生活弄成了一团糟。可是，韦夫人是正义一方，被善待理所应当；而朱眉，所有人都会觉得她是自作自受，活该被惩罚。仔细想想，如盈觉得连自己都是同情韦夫人的。

不知为何，如盈总觉得韦夫人的开心是假装的。是啊，她已老去，知道自己没有任何优势，失去了退路。她要留住男人，不让苦心经营了几十年的家毁于一旦，所以不得不放弃尊严以自保。这是女人的弱点和悲哀，如盈深深懂得。

韦主任拿了发票去收银台付款。如盈发现他瘦了一些，似乎腰背也没有以前那样挺拔了。她猜想他这些天也许过得并不好，他得向妻子赔笑脸，得面对旁人意味深长的微笑，还得事事小心，免得一不谨慎招来祸端。她曾在心里谴责过他，但对他并无恶感，现在见他颓唐，不觉又起了怜悯之意。

不久之后的一天，如盈在公告上看到了韦主任的照片，他即将升迁。照片上的他，穿深色西装、戴金丝眼镜、笑容优雅、头发梳得一丝不苟。照片下面有一段简介，罗列了他从教、从政的经历。这经过提炼的人生如同金子般耀眼，包含着令人羡慕的成功，让人不能不肃然起敬。

如盈觉得自己还是错了。韦主任是何等强大的一个人，他用小恩小惠笼络自己的妻子，对外面的女人冷漠无情，目的只有一个，不让自己的既得利益受损。他早已替自己谋划好了，如今果然如愿以偿，成了人生的大赢家。他是极端的利己主义者，却用儒雅睿智的外衣包裹，获得了无数人的推崇。

如盈忽然觉得非常不平。上天何其不公！如此不堪的男人，却让他逍遥法外，活得这么滋润。但接下来她又隐隐觉得自己似乎有失公允。像韦主任这样的男人似乎不在少数，他们左拥右抱，还不是左右逢源，凭什么韦某人就该下地狱呢？站在客观的角度看，谴责别人的人往往不见得比被谴责的人高尚多少，因为谴责别人的人当中有很多是自己想得却得不到，才嫉妒诋毁那些得到了的人的。

她想起了梁义夫。是不是每个人都被困在自己设置的圈套之中，如同跌进汪洋大海，胡乱抓住一样东西试图让自己摆脱困境？

她对韦兄印象其实并不坏，跟他与朱眉一起吃饭时，她也感觉快乐。但如今时过境迁，她觉得自己与他应该不会再有交集了。

如盈长长地吁出了一口气，随手关了手机页面。

第一位客户

周五，如盈正在电脑上整理文件，老袁的电话来了。

有新客户了，是旧房改装，振业说让你来做设计。老袁说，房子在凤鸣新村，我跟房主约了明天实地踏看。你一起过去，早上九点我们在小区大门口会合。

好好，明天我准时到。如盈忙答应道。一直期盼的事终于得以落实，她不能不高兴，也不能不激动。

第二天，如盈提前到达凤鸣新村，站在大门外等。

没过多久，老袁也骑着摩托车来了。

林总也马上到了，他跟如盈说，我们在这里等着，一会儿跟着他进去。

哦，好的。如盈点点头，猜想林总就是那位房主。

老袁跟她聊天，说：干我们这一行挺辛苦的，你要做好思想准备。

嗯，我知道。如盈对他笑笑。

老袁看看她，透露说：振业同我说了，你算他公司的人，他还有别的工作给你做呢。

哦，他没跟我讲过啊。如盈有点意外。

嗯，所以振业要我跟你说一声，等会儿这里的事情搞定了，我们一起去公司开个小会。

两人正说着，一辆黑色轿车在他们面前停了下来。驾驶室门打开，一中年男子下了车。

嗨，林总好！老袁忙满脸堆笑地迎了上去。

你们好！林总笑着对两人挥了挥手。他穿米黄色休闲外套和黑色长裤子，戴黑边细框眼镜，面目清秀，看上去斯文和善，但又不乏稳重淡定的气度。

这是小江。老袁指着如盈说，我们公司的设计师。

你好！林总朝如盈笑，又掏出一张名片，双手递给她。

如盈接过名片，仔细看了看。林总名叫林一琛，是一家国企的副总。

我们进去吧。林一琛说，小江坐我车上。

如盈从车窗往外看。她多年前来过这个住宅小区，当时它刚建成，因在环城河边上又离市中心近，得到了白领阶层的青睐。如今二十多年过去，她看到小区已经失去了昔日的光彩，道路破损，汽车随意停放在路边。中央花园的木头连廊已多处倒塌，阳台外晒着发黄不洁的被褥，一片衰败的光景。

林一琛把车开到小区东北角，停在划了白线的方框内。如盈从车上下来，抬起头看了看楼号，跟在两人后面上了三楼。

来开门的是一位老妈妈，有些高大，约莫七十上下的年纪。林一琛叫了声"妈"。林妈妈答应着，眉开眼笑地把几个人让进了屋内。

客厅有些暗，摆了小方桌和一张20世纪80年代流行过的三人木头沙发。一位瘦小的老伯坐在桌边剪贴报纸，见客人进去，连忙站了起来。老夫妇俩站在一起，一高一矮，一胖一瘦，形成了强烈的对比。如盈暗暗有些奇怪，林一琛虽说是他们的儿子，但他身上丝毫看不出来自父母的基因。

林一琛走到冰箱旁边，把手里拎着的袋子交给了母亲。

林妈妈接过去，用略带责备的口气说：跟你说了也不听，人来了就好，不要买东西。明月在外面读书要花很多钱的。

是水果和蔬菜，看着新鲜就买了些。林一琛笑着说。

如盈在一旁观察，发现厨房内橱柜很少，靠近地面的合成板柜门因长期浸水发生霉变，一只角卷了起来。煤气灶直接放在灶台上面，她目测高度，觉得灶锅偏高，使用起来会比较吃力。

林妈妈将水果和菜蔬装成两包，然后打开冰箱放到里面。在关冰箱门时，那门却又弹了回来。

林一琛说：这冰箱密封条老化，要换新的了。

是的。林妈妈说，这房子住的年份长了，冰箱和空调已换过一次，但算起来快十年了，所以又得换了。

老袁拧开水龙头放了下水，又打开柜门看了看，说：落水管也有渗漏，厨房得全部重做了。

林一琛说：我的意思是把这房子卖了再买套新的，但爸妈他们没同意。

林妈妈说：这里离医院近，出街也方便，我们住惯了，不想去别的地方。

你们住在真正的城里，又方便又热闹，确实很好。老袁说，你放心好了，我们会把这房子弄得非常舒适漂亮，到时候你一定会非常满意的。

那肯定的。林妈妈说，这都是一琛的主意，我们老年人发不起这个心了。

你儿子孝顺啊。老袁笑道。

是的是的。林妈妈也笑，一琛一向很照顾我们，现在对我们更好了。

如盈听着这话有些奇怪，再看林妈妈，眼里似乎还有泪花在闪烁。

这事本来前几年就要做的，但后来被耽搁了下来。林一琛说，你们的生活肯定要安排好，否则我怎么能安心呢。

又对老袁和如盈说：前些天我去朋友的新家，觉得房子装修很不错，问起来，他说是你们公司做的，所以我找到了你们。

林妈妈张罗着要泡茶，但被老袁拦住了。我带着呢。他扬了扬手中的不锈钢杯说，我们还是看房子吧。

林妈妈把茶叶罐收进冰箱，带着三人进房间察看。

主卧两个房间处在朝南位置，面积都不小，但却没有被充分利用起来。尤其副卧，里面有股发霉的气味，孤零零的一张床，上面落满了灰尘，一看便知它空置着。他们指指点点讨论问题，提出些构想，论证是否可行。如盈也一边看一边在心里设想各功能区未来的样子，但她没有把想的说出来。末了，老袁跟她说：小江，接下去是你的事了。你大概什么时候能把设计做出来？

我觉得我们应该多听听大伯和大妈的意见。如盈说，了解他们的想法非常重要。我们要在尽量满足他们要求的基础上再发挥我们的专业优势和想象，这样才有可能达到满意的效果。

你想怎么做呢？老袁问。

我打算明天再来这里，跟大伯大妈一起生活一天，了解他们的生活习惯和实际困难，让每一项设计都切合现实，住的人也更舒适。

林妈妈是个一点就通的人，马上高兴地说：这个主意好。我们一时也想不起有什么要求，明天小江来了，我们可以一起商量，事情就容易多了。

那就照你的方案来。老袁对如盈说，设计做好了，我们就跟林总签合同。

好的。林一琛拿出手机说，我们加个微信，以后联系可以方便些。

三人互加了微信，然后告别两位老人，回到了楼下。

小江，你去哪里呀？林一琛问。

我去公司。

那我们顺路，你坐我的车过去吧。林一琛说。

那多谢林总了。如盈大大方方地接受了他的好意。

本来坐我的车最方便。老袁笑着道，但我估摸小江不愿意抱我的粗腰，所以就没敢叫她。

两人听他如此说，便都笑了起来。

林一琛替如盈打开车门，请她坐在副驾驶位上。

音响播放出优美抒情的混声合唱——《天路》《传奇》《父亲的草原母亲的河》，各种音色交融在一起，时而是澄净湖泊倒映蓝天雪峰，时而如汪洋大海般，波浪推动波浪，激起万顷波澜。如盈听得入神，忘记了说话。

汽车驶过滨湖路，很快到了永业大厦。林一琛把车开到大楼前面的广场上，下车跟如盈道别。如盈笑着跟他说"再见"，然后转身进了大楼。她对林一琛的印象很好，觉得他真诚谦逊，与那些稍有权势便目空一切的人有着天壤之别。

老袁还未到，如盈便在一楼大厅等他。不知为何，这次来见振业，她心中有些忐忑，没有了以往的坦然。

振业在办公室里等着他们，见到如盈，依然十分亲热。他把两人带到一间小会议室里。三个人坐在会议桌的一端，振业在中间，如盈和老袁坐在他的左右。助理小王过来给他们泡了茶，给如盈发了新的笔记本和笔，然后在离如盈稍远的位置上坐下来，翻开记事本准备做记录。

振业笑着对如盈说：今天我们几个人开个碰头会，明确一下你的具体工作。事先也没有同你商量，我现在讲一下，你看看是否合适。

嗯。如盈点点头。

我想让你进宏业公司，以公司员工的身份参与装修队的工作。振业说，除了装修设计这一块，公司再交给你三项工作：一是代表公司与客户签订装修合同；二是负责装修队的财务结算；三是以公司监理的身份监管装修施工。你的工资由两部分组成：一是设计费，依照房屋面积计算，多劳多得；二是公司按月给你发放的工资。此外，你享有与其他员工同等的福利待遇。

如盈听出来了，振业在给她保障，是在关照她。

振业又说：老袁在公司有办公室，以后你就坐他对面。但你的主要工作是装修设计和施工监管，你不必天天来上班，有需要时过来一下就行了。你觉得这样可以吗？

我听你的。如盈感激地说。振业如此替她考虑，让她心里非常温暖。

次日，如盈一早到农贸市场买了鱼肉蔬菜，然后坐公交去了凤鸣新村。

林妈妈见她带了菜过来，觉得过意不去，说了许多客气话。她陪在如盈身边，又是泡茶，又是递糖果，显得非常热情。

如盈说：大妈，您不必把我当客人。您该干什么还干什么，最好跟平日一样。我要了解你们的实际需求，越真实便越有参考价值。

林妈妈听懂了如盈的意思，便很配合地照她说的去做。如盈也没有闲着，她一边帮林妈妈做家务，一边观察老两口的习惯爱好，获得了不少设计灵感。她把自己的设想说给两位老人听，做出解释，并与他们探讨，获得认同便记录下来。

林妈妈对如盈很客气，但她言语谨慎，绝口不提自己的家事，也没有向如盈打听什么。如盈倒是很欣赏老人家的处世态度，管好自己的事，不惹是生非，人生总会平安一些。

如盈在老人家里待了一整天，直到晚上老人们洗漱完毕准备就寝时才离开。她掌握了第一手资料，觉得心里有了底。

回到家里，如盈立即开始了电脑制图工作。因之前练过多次，现在做起来便是得心应手。她专心致志地在电脑上绘着设计图，忘了喝水，甚至忘了睡觉，直到凌晨，猛然想起早上还要去单位上班，才赶紧上了床。

为了尽快完成设计工作，连着三个晚上，如盈都是过了半夜才睡下。到第四天，她终于做出了整套设计图。

如盈跟林一琛联系，傍晚带了图纸去他办公室。林一琛十分热情，从小冰箱中拿出新鲜荔枝招待她。他把图纸细细看了一遍，对许多设计表示赞赏，但也提出了一些看法和建议。如盈认真倾听，据此修改了图纸，并于当天晚上发给了他。

方案定下之后，林一琛与公司签了装修合同，并依约向公司付了首期装修款。考虑到如盈的实际困难，公司预付了一半设计费给她。

如盈去单位辞了职。生活又翻开了崭新的一页，她的心里充满了希望和期待。

新工作

装修动工这天，如盈和老袁都去了现场。

两位老人已经搬走。工人们进进出出、吵吵嚷嚷，把老旧家具一件件搬到楼下，扔在一块空地上。房屋很快清空了。接下来是敲墙。锤子嘭嘭地敲击着，墙体轰然倒下，地动山摇一般，屋子里尘土飞扬，一片狼藉。

老袁大声咳嗽起来。他招招手，叫如盈跟他去了外面，对她说：屋里灰尘太大了，长时间待着会生肺病的。

如盈笑了。老袁看着凶巴巴的，其实心地蛮好的，她为遇到这么好的工作伙伴而高兴。

装修工场里不仅灰尘多，还整天锯啊、刨啊、钻啊、磨啊，充斥着各种刺耳的噪声。如盈也怕灰尘和噪声，但她觉得自己既然入了这一行，就不能怕这怕那，该吃的苦必须吃，否则就不能站稳脚跟。

她给自己买了辆电动自行车，每天骑着它，在几个工场之间来来回回地跑。她熟悉装修环节，监督工程的质量，对工作尽心尽责，不曾有丝毫怠慢。

老袁对她很满意，当面夸奖说：像你这样勤快肯吃苦的女孩子，现在已经不太见得到了。

如盈笑笑不做声。

老袁又说：你没拿另外几家的设计费，却也这么尽心地管着，振业没有弄错，这么好的员工他哪里去找哦。

如盈还是笑笑，没说什么。

现在，她都跟装修工人打交道，知道该如何与他们相处。

装修工总是一两个人一起，待在堆满建筑材料的乱糟糟的房子里，做着辛苦的工作。她去工场，工人们也很高兴，跟她开玩笑，讲些露骨的荤话，见她窘迫，便哈哈大笑。有时候人多，他们便讲别的事情，比如头天晚上谁喝多了酒、谁搓麻将赢了三十元，显得十分满足。如盈笑着听，不说话。她觉得工人们质朴，心里很是赞赏。

林一琛有空就过来看看装修中的房子。他没有架子，经常与工人们谈谈笑笑。见到如盈，也总要聊上几句。起先，他们只谈装修方面的事，彼此熟悉了之后，说的话便多了起来。有次，他们谈到了各自的专业，林一琛说他学的是土木工程。

原来如此，如盈笑道，怪不得你看图纸那么内行。

林一琛也笑，说：自从到管理岗位，接触具体工程的机会少了，也不跑市场，马上要用到墙地砖了，我都不知道该去哪里买呢。

如盈马上说：我熟悉装饰市场，对墙地砖的品类和价格都比较了解，可以带你过去，给你做个参谋。

那太好了！林一琛喜出望外，我们什么时候去呢？

如盈说：我没关系，你有空就可以了。

好。林一琛说，我回去看看，定个时间。

周日上午，林一琛开车到凤鸣新村接上如盈，一起去了东盛装饰城。

如盈问起他的父母情况。林一琛告诉她说：他们现住在我家里，但每天打听装修进度，盼着搬回自己家中去呢。

哦，如盈笑道，那我们得加油干了。

车过新虹大桥，便看见了一片片拔地而起的高楼。道路两旁均围着隔离屏，施工机器轰隆隆地响着。

林一琛跟如盈说：这里在建现代化大医院和重点高中，以后城市重心都移到了这边了呢。

嗯，如盈说，短短几年工夫，城市就大变样了。

林一琛依照导航指引，把车开进了装饰城停车场。

两人下车。如盈指点着跟林一琛说：这里是综合市场，桥那边是细分专业市场，可以买到名品家具和各种家电。

他们从北门进入市场，经过卫浴一条街，横穿灯具市场，来到了墙地砖店铺集中的区域。

如盈带着林一琛进店铺，一家家看过去，经同类比对、综合考量，最终锁定了"欧诺贝"的两款瓷砖。

如盈跟老板娘谈价，让她给些优惠。

你能不能现在就定了？老板娘说，要是现在下单，我给你们最大折扣。

林一琛对价格满意，便立即付了订金。

老板娘说：这几天生意忙，店里人手不够，明天没法去给你们测量面积安排，只能等后天了。

啊？林一琛说，我明天就去广西出差了，要五天后回来呢。

这没问题，如盈说，交给我就行了。

办完手续，两人出了瓷砖店。林一琛说：真是不好意思，又要麻烦你了。

哪里话呀，这是我的工作嘛。如盈笑着说。走到电梯口，又说：橱柜也要预先定制，上午还有时间，我们可以再去看看橱柜。

好啊。林一琛高兴地说，这些事情都处理了，我也就轻松了。

两人乘电梯上二楼，在橱柜店里转悠，看了不少样板，订了款质量好且价格适宜的产品。

林一琛看了看时间，跟如盈说：我们找个地方吃饭去。

别麻烦了，如盈推辞，我们还是回家去吃吧。

不行！林一琛笑着道，刚才我听你的，现在你得听我的了。

如盈也笑，说：那我们吃快餐吧。

林一琛故意卖关子，说：我已经想好去哪里了，你跟着我就是了。

两人出东门，到了一条临河的街上。靠市场这边的店铺门面高大气派：灯具店里一片晶莹璀璨，卖沙发的店铺好似大户人家的奢华厅堂，墙布店是色彩的世界，极具视觉冲击力。再看河对面，一片老房子黑幽幽地蹲伏在水边，门前几件晾晒着的衣服随风飘舞，伸向水里的埠头上积着青苔。河两边一古老一现代，形成了强烈反差。

两人走到街对面，过石桥，沿着一条石板路往前。路边开着照相馆、文具店、小饭馆。有人在杂货店外面打麻将。人家门前种了香菜、葱蒜和月季。

林一琛说：这样的生活也挺不错的。

嗯，如盈说，我也这么想呢。

到了石板路尽头，林一琛指着马路对面的一家菜馆说：那是"荣福记"，我们去他家吃。

如盈颇为惊奇，问他：你不经常来这边，怎么知道这里有家"荣福记"呢？

林一琛笑了，说：我们来的时候经过这条马路，我从车窗看到了这家店。

如盈笑着点头，觉得他是个细心的人。

"荣福记"是兰城家喻户晓的餐饮连锁店，口碑一直很好。里面的玄关和桌椅被做旧了，与春秋蓝染碗、黑釉白刷粗盘一起，给人一种古朴的美感。音响里在播放江南丝竹，欢快流畅、清新活泼的乐曲，听着让人心旷神怡。

服务员把两人引到一张小方桌边，给他们倒了茶水，又递送上菜单。林一琛将菜单推给如盈，让她来点。如盈不肯，又把菜单推还给他。林一琛见她如此，便也不再客气，自己点菜并下了单。

不久，菜上来了。有卤鸭、清蒸鳜鱼、清炒苋菜、小海鲜拼盘、干菜虾汤，是很纯真的本地风味。

吃饭时，如盈说：要是你下午没别的事，我们索性把家具也看了吧。

好是好，林一琛笑着看了看她，有些迟疑地说，就是怕你太累了。

没关系呀。如盈说，不就走几步路嘛，我哪有这么娇贵啊。

饭后，两人来到离装饰城不远的家具市场，一口气把木门、窗框、地板、木床都订购了。

从家具市场出来，过马路时，一半大孩子骑着自行车撞到了林一琛。林一琛不急不恼，帮孩子扶起自行车，叮嘱他注意安全，别的什么都没有说。

如盈把这些都看在眼里，对他的好感又多了几分。

回去路上，林一琛由衷地说：今天真是辛苦你了！

别这么客气嘛。如盈笑着道。

工作日我都在单位上班，很少有自由支配的时间。林一琛不好意思地说，要你帮忙的事肯定还有不少呢。

只要你信得过我，有事尽管吩咐。如盈爽快地说。

林一琛出差期间，如盈的确替他做了不少事。她接待测量瓷砖面积的人，接收瓷砖，又拿着破损的瓷砖跑去装饰城调换。做这些事不费力但费神。来测量的人改了两次时间；货运工人想少跑些路，说过来了，却又先去了别家，让如盈足足等了半天。

林一琛从广西回来，给如盈带了两盒苍梧六堡茶和一箱芒果。如盈不肯接受。林一琛说：我们已经是朋友了，这是我的一点心意，你一定要收下。

听他这么说，如盈只好把东西收了。

装修按部就班地进行着。木工完成后，地面铺了地板，然后是安装橱柜和门。林一琛没有时间，如盈便几乎包揽了所有杂事。

林一琛非常感谢如盈，也想替她做点事。当他听说有朋友打算装修排屋时，便马上找了过去，向朋友现身说法，推荐宏业装饰公司，并最终促成了这桩业务。

如盈万分高兴，对林一琛有说不出的感激。

排屋面积大，结构复杂，设计难度比普通公寓大得多。如盈感到了压力和挑战，但并没有畏缩，而是多方借鉴，在不长时间内完成了全部设计工作。

排屋装修动工后，如盈一下忙了起来。但她依然一如既往地替客户做各种事情，用诚实的劳动换得了良好的口碑。

五月末，林宅的装修顺利完工。公司拿到最后一笔款项，依约付清了如盈的设计费。钱不是太多，但如盈却感到特别开心。她对未来充满了信心，准备好了用自己的双手去改变现实，把所有的厄运都抛得远远的。

休息天，她去街上给父母买夏天穿的衣服。阳光已经灼热，香樟和法国梧桐的叶子都在疯长，城市犹如活力充沛的年轻人，举目一派欣欣向荣的景象。

朋　友

日子在忙碌中飞快逝去，转眼间六月来临。江南进入了一年一度的梅雨季节，天时不时下一场雨，太阳却躲在云层背后时刻窥探，逮到机会就放出炽烈的光来，让人感觉又湿又热，身上总是黏糊糊的。

这期间，如盈手上又多了两家客户。她整天东奔西跑，身上经常湿漉漉的，分不清是汗水还是雨水。

工作虽然辛苦，但如盈的脸上却总是带着笑。她已从低谷中走出来，看见了一个全新的美丽广阔的世界，以及站在这个世界中的全新的自己。她明显黑了，却像一枚贪婪吸收了阳光的果子，旺盛蓬勃，散发着悦目的光彩。

这天，又有新客户来签合同。如盈到公司里，写好合同，校对了几遍，打印出一份，拿去给振业过目。

总经理室的门关着。她屈起手指轻轻敲了两下，听见振业在里面说"请进"，便推门入内。

振业在和公司副总商量事情，见是她，笑着说：你先回办公室，过会儿我去找你。

如盈答应着退了出来。振业很忙，要谈生意、应酬、赴外地出差、参加各类活动，因此他们已经很多天没碰面了。她想着振业那亲切的样子，心里暖丝丝的。他是她的老板，却从不摆架子，让她感到他们的关系还跟原来一样。

如盈回到办公室，开始浏览公司内网。没过多久，振业来了。他在老衰的位置上坐下来，把合同仔仔细细地看了一遍，提了点小意见，便交还了她。

办完正事，两人聊了几句。振业说：这里说话不太方便，下班后我们去"曼妙时光"坐坐，你看怎样？

好啊。如盈高兴地说，有种重回高中时代的感觉。

掌灯时分，如盈来到"曼妙时光"，振业已经在里面了。他坐在一个角落里，一盆枝繁叶茂的棕竹遮掩了他。

如盈在振业对面坐下。服务生过来，点燃香熏蜡烛，放在餐桌的一角。不一会儿，大厅里的灯全数熄灭，只剩下点点烛光温情脉脉地摇曳着。男歌手坐上餐厅中央的小舞台，弹拨着吉他，用摇滚嗓唱响了《爱如潮水》。音乐声在狭长的餐厅内荡漾，盖过了碗盘的叮当及人们的谈笑声。

振业放松地倚靠在沙发上，喝着咖啡，跟如盈谈自己的儿子。

豆豆小时候，我抱着他站在镜子面前，看到我们父子的眉眼像是一个模子刻出来似的，感觉是那么神奇，仿佛怀里抱着的是自己另一个生命。他说着，情不自禁地开怀大笑。

他回忆说，豆豆开口说的第一个词是"爸爸"，长大一点，豆豆就学他的样子，拿着玩具手机走来走去，假装打电话。他说自己的儿子非常聪明，小小年纪已经懂得了许多，知道食蚁兽生活在美洲，世界上还有五千六百五十一种语言。他告诉如盈，豆豆也喜欢足球运动，现在他经常陪儿子去踢球。

豆豆出生时我还太年轻，没有花太多时间陪伴他。他后悔地说，我真不想儿子长大呢。孩子大了，就会倾心别的人和我们所不了解的事，会像我们当初逃离父母身边一样离开我们。只要想到这个，我的心里就会觉得难过和不舍。

如盈看着他笑，说：现在国家出台了新政策，许多人都生了二孩，你们也可以再生一个嘛。

对啊，你说得很对。振业直起身子，露出兴奋的神色，告诉你吧，我们已经在考虑这事了。

嗯，如盈的笑意更浓了，没想到你这么喜欢小孩。

是的，我爱孩子，无论是情感还是理智，都驱使我去爱孩子。孩子小时候是天使，尽管他们长大了必定会离开我们，但不管怎样，他们满足了我们的情感需求，让我们的人生更加完整，始终是我们的精神寄托和希望所在。振业侃侃而谈，有时候我也满腹怀疑，人辛辛苦苦活着到底是为了什么。我们仿佛都是希腊神话里的西西弗斯，每天耗尽体力把大石头推到山上，可到第二天一看，石头又回到了山下。日子周而复始，似乎一切都是徒劳。仔细想想，人类最重要的使命是让生命无尽延续，养育孩子应该是最有意义的事呢。

讲到这里，他看了看如盈，笑道：我猜你肯定在想，养孩子需要付出很多精力和钱财，哪有说说那么轻巧。我承认，生养孩子得有物质基础，如果没有必要的物质保障，其他一切都是奢谈。

如盈笑出了声，说：话都被你说了，我都无话可说了呢。

振业也笑。略停了停，忽然话锋一转，很认真地问：你考虑过再组建家庭吗？

如盈摇了摇头。不，我不会再结婚了。

能说说为什么吗？

我对爱情没有信心。如盈说，人惯于见异思迁，总是这山望着那山高，即使铭心刻骨爱过，也是会背信弃义的。

振业喝了口咖啡，看着手中的白瓷杯说：有次我在景德镇，看见了一套蓝地镶金边的茶壶茶杯，非常喜欢，便立刻买下了。回到家，我把它们拿了出来，但很奇怪，这时再看这套茶具，觉得花纹和色彩都有些俗气，心里再也没有当初那种喜欢的感觉了。后来，诗雅拿这套茶具泡茶，喝茶的时候，我的嘴唇碰到杯口那圈凹凸不平的金边，感觉很不舒服。此后，我就将它们束之高阁，再也不用了。

如盈微笑着听。

男女情爱说到底还是一种喜欢，但人总是喜新厌旧，所以爱情注定无法长久。很多人对待恋人就像对待那只杯子，刚开始喜欢得不得了，但得到之后却又不再珍惜。——当然，我这么说并没有贬低爱情的意思。爱情始终是美好的，而且，好的婚姻必定要以爱情为基础。但爱情和婚姻确实是两码事，恋爱只是婚姻的美妙前奏，婚姻才是实质性的东西。在婚姻里，责任是第一位的，责任心是好的婚姻的基础。

如盈说：我被伤得太厉害，很难再相信婚姻了。

振业笑了笑说：从某种意义上讲，婚姻确实是一场冒险。婚姻可以带给人慰藉，也可能让人步步惊心。但世上没有完美的选择，也没有完美的生活。生命是一段不可知的旅程，谁都不能预知前面等着我们的是什么。拒绝冒险，也就拒绝了幸福和希望。很多时候，我们不能顾忌太多，只有出发了，才有可能抵达自己想去的地方。

如盈说：或许你是对的，可我对婚姻还是心有余悸。

振业顿了顿，接着又说：你知道我们家的情况，我一直不愿意谈我母亲，但今天我想跟你谈谈她。我母亲一直很孤独。这么多年了，我母亲没人陪伴，也没有可以说句知心话的地方。儿子们都有了自己的家庭，很少有时间跟她待在一起。我母亲要强，不肯在人前表现出软弱，但我们都知道她过得并不好，因为她失去了快乐。所以，我觉得选择孤独终老并不可取，人需要爱和被爱，也需要归属感。

嗯。

婚姻确实复杂困难，它需要双方付出真诚的感情，并接受对方的全部。振业说，你是不可多得的好女人，善良聪明，本性淳朴。所以你要相信，一定有个真心爱你的人在某个地方等着你，你们会在合适的时候相见，结成美满的婚姻。

如盈很认真地点了点头。振业看似少年老成，其实依然有着赤子之心。她觉得他对自己的好是实实在在，没有半点虚情假意的那种。

林一琛又给如盈打电话，说二老要买沙发，问她能不能同他一起去市场。

如盈欣然应允。她告诉林一琛，兰城正在举行家居博览会，他们可上那儿去看看。

午后，林一琛开车到她的住处接她。两人来到博览会现场，逛了一圈，买到了价廉物美的沙发。如盈看了不少新式家具，收获颇丰，感到非常高兴。

林一琛说：时间还早，我们去附近茶室坐一会，喝点茶、吃点东西再回去吧。

好的。如盈很爽快地答应了。看得出来，林一琛是想跟她多待一会儿。而她也喜欢跟他在一起那份轻松的感觉，所以也很愿意留下来。

环境很不错。她说。

茶楼处于城市的一隅，由旧式庭院改造而成，门口的匾额上写着"秀江南"三个透着古意的大字。进门是一个小天井，通道两边摆着吊兰和茉莉盆栽，墙角立着一棵高大的柚子树，枝头结着许多拳头大小的果实。

前台服务员问要哪个包厢。林一琛说要"花隐"。服务生过来，带着他们去了那间茶室。

茶室宽大敞亮，木地板、木桌椅，案上点着一炷檀香。如盈走到里面，打开了玻璃窗朝花园里看。枇杷枝头结着串串青涩的果子；夹竹桃长得密不透风，绿叶间缀满了白色和粉色花朵；合欢树如一把巨大的花伞，对窗静静地矗立着。

两人相对而坐。林一琛点了一壶正山小种、坚果蜜饯拼盘和几样点心。如盈环顾室内，发现墙上居然挂着王冕的墨梅题诗图，便起身过去观赏。

林一琛把点好的单子交给服务生，也跟着过去看画。

王冕画的梅花很特别，我很喜欢。他说。

如盈眼睛一亮，露出惊喜的表情。是吗？我也很喜欢他的梅花图呢。她指点着，你看，这梅花长枝处疏，短枝处密，交枝处花蕊累累，勾瓣点蕊简洁洒脱、挺劲有力，虽然没有设色，却深得梅花清韵。

你很懂嘛。林一琛一脸惊讶的神情。

我小时候学过画画，所以知道一点点。如盈笑着说。

林一琛轻轻颔首。嗯，王冕的梅花图开了画繁花的先河，与徐渭的大写意花卉画、陈洪绶的人物画一样，受到了后人的盛赞。

这下轮到如盈惊奇了。你也会画画？她问。

我不会。林一琛笑道，但我对字画有兴趣，这些年也收藏了一些。

哦，怪不得。

我还喜欢改琦的红楼梦人物画，林一琛说，我有他的《红楼梦图咏》。

嗯，我看过这本图册。如盈说，我记得《元春图》，画中，元春坐在庭中盛开的杏花下，盛妆背脸、凝神静思，尽管外表雍容华贵，却给人内心孤独凄凉的感觉。这幅画形神兼备，所以我对它印象深刻。

服务生端来了茶。两人回到桌边坐下。服务生在每人面前放了一只茶盏，并分别斟上了茶水。

两人边喝茶边聊天。林一琛说：二老对你的设计非常满意。老妈总是念叨，说现在好了，明真回来也可以住他们那儿了。

明真是谁？如盈一脸疑惑。

是我女儿。林一琛拿过桌上的手机，打开图片，给如盈看他女儿的照片。

女孩儿长得十分漂亮，特别是那双大眼睛，清澈明亮，给人聪慧纯洁的印象。如盈看着照片上的美丽少女，不觉又想起了自己的女儿。两个女孩的形象叠加在一起，让她有刹那间的恍惚。

我女儿在新加坡国立大学读书，林一琛美滋滋地说，她很漂亮，也很聪明。

嗯，如盈回过神来，看上去是又漂亮又聪明呢。

林一琛似乎想说什么，但不知为何，又没有说出来。

点心上来了，有艾饺和西施豆腐。林一琛给如盈盛了一小碗豆腐，又夹了两只艾饺，放到她面前的碟子里，说：我喜欢吃这些东西。小时候我母亲经常做给我们吃。我母亲做的西施豆腐跟别人的不一样，里面放了鸡汤、冬笋、肉末、鸡肫碎、葱花，味道鲜美。我母亲手巧，做出来的艾饺既好看又好吃。

艾饺我也做。如盈说，清明前后采的艾草最好，以前我总是采很多，用清水煮熟了，放在冰箱里冷冻，可以吃一整年呢。

你这么年轻，却会做这些，真好！林一琛欣喜地说。

如盈轻轻地笑，说：只有你夸我，别人都认为我老土呢。

林一琛哈哈大笑。我就觉得像你这样很好。民以食为天嘛，能做美食的人不异于天使。他说，我喜欢做菜，觉得做菜有些类似于艺术创作，当我们做出色香味俱佳的菜肴时，就会很快乐、很有成就感。

两人谈谈笑笑，觉得时间过得飞快。

从茶楼出来后，林一琛送如盈回家。到小区门口，他照例下车与她道别，站在车旁看着她远去。

如盈心里很温馨，觉得林一琛像是自己的亲人。她边走边想着与他相关的人和事，想他的父母、他美丽的女儿，以及想象中的他的妻子。她觉得人品出众、事业有成的他，应该有一个幸福的家庭，生活完美无缺。

她一路想着，进家门时手臂狠狠地撞在门把手上。她痛得流出了眼泪，抚着伤处待了好一会，忽然觉得刚才自己有些可笑。

是的，林一琛只是她的一个客户，平常没有联系，亦无多少了解；并且一般来说，他们也不会再有交集，时过境迁之后，或许很快就会忘了对方。

这么一转念，他的形象便马上退隐，在她眼前消失了。

离　别

　　盛夏来临，太阳每天都明晃晃地照着，刺得人睁不开眼。城市变成了一个大烤箱，街道、马路、屋顶都烘烘地冒着热气，似乎只要有一星火花就会"轰"的一声燃烧起来。在户外时，人有无处可逃的感觉，就像有谁把你逼上绝路，又在你身后砌了一堵高墙。

　　这天中午，一个客户打电话给如盈，说他人在外地，但前来安装玻璃移门的人已在路上了，问她能不能过去帮忙照料一下。如盈想都没想，便一口答应了。

　　她给自己准备了茶水，戴上遮阳帽，在短袖Ｔ恤外面套了件长袖衬衫，骑上电动自行车出发。

　　这是一天里最热的时候，店铺关上玻璃门，在门口支起了布棚。街上几乎看不见行人。阳光酷烈，如盈握着车把的手被晒得发痛，汗珠不停地从额头滚下，落到眼睛里，火辣辣的。

　　她在大樟树的阴影里停了车，从包里抽出毛巾擦去脸上的汗水，拿出茶杯，倒了些热茶在盖杯里，小口小口地喝着。汗再次冒了出来。如盈拿帽子扇着风，微笑地望着天边汹涌翻卷的白云，觉得一切都是那么美好。

　　喝过茶后，她继续赶路。

　　天突然暗了下来。跟着，有隐隐的雷声响起。如盈刹住车，抬头望了望天空。厚重的乌云已经集结在一起，如潮水奔涌，迅速压向山头。不好，要下暴雨了！她想找个地方躲雨，看到不远处有个公交站，便加速奔向那里。

闪电如一柄明晃晃的长剑凌空劈下，随着一声炸雷，千万道白亮亮的雨线把天地连成了一片。

如盈在站台边停车，跑进了候车亭。她的身上已湿了一大片，发梢也滴着水。她摘下帽子，拿毛巾擦干了湿漉漉的脸和头发。雨点密集地砸在地上，激起了浓重的暑湿味。如盈看了看时间，因怕耽误工作，心里有些发愁。

还好，没过多久天色又好了起来，雨也渐渐停了。

傍晚工作完成，如盈从小区里出来。天空被冲洗得干干净净，露着纯洁的湛蓝，太阳已移到了西边，却依然威力不减。她觉得热，决定走河边步道回家，因为这条路比较阴凉。

她骑车向东，进入一条狭窄幽深的弄堂，再过一道石桥，来到了傍河的老街。高大的柳树遮挡着阳光，在石板路上投下了大片阴影。路面高低不平，电动自行车震得一跳一跳的。她把车速放到最慢，边行边观赏街边的景物。酒馆的黑色门柱十分粗壮，上面镌刻着李白的诗句：人生得意须尽欢，莫使金樽空对月。茶馆门外的水缸里窜出几枝粉红色的荷花。咖啡屋前面摆着石臼、陶罐，格桑花、太阳花以及其他一些小花正热热闹闹地开着。

突然，她听到有人在叫她的名字。这声音如此熟悉，她的心不由得为之一颤。她连忙刹住车，两脚点地，扭头朝身后看。

真是你啊，小江。徐宏辉毫不掩饰惊喜之情，快步向她走来。

如盈听见了自己的心跳声。她从车上下来，站在原地看着他迅速靠近。现实世界退远了，她听见了欢快的乐音，它跳跃着、荡漾着，动人心魄。

徐宏辉走到她跟前，亲热地打量她，笑着说：黑了一点，也瘦了些。

如盈开心地笑着，问他：你怎么在这里呢？

我在那里面。徐宏辉指了指斜对面一家书画社说，我的一个朋友在此经营书画，今天把我叫过来，我们一下午都在喝茶聊天。

如盈看了看，见店门上方的牌匾上写着"常春藤书画社"几个字。

一位穿中式对襟绸褂的中年男子推开玻璃门从门内走出来，站在台阶上朝他们这边看。

我回去了，下次见。徐宏辉对他挥了挥手，回身跟如盈说：走吧，我们一起走。

你没开车吗？

是的。徐宏辉说，这附近没有停车场，我打车过来的。

嗯。如盈冲他笑，与他并排走着。

经过一家卖鲜榨果汁的店铺时，徐宏辉停下脚步，对坐在柜台后面看手机的小姑娘喊道：嗨，来杯西瓜汁。

小姑娘抬头看了两人一眼，不太情愿地站起来，从冰柜里取出西瓜，麻利地榨了杯汁。

徐宏辉过去付了钱，回来从如盈手里接过电动自行车，把果汁交给她说：喝吧，西瓜汁解渴。

你怎么不喝？

我喝了一下午茶，肚子里全是水呢。徐宏辉笑着道。

如盈也确实渴了，便没有再客气，把果汁全喝了。

徐宏辉看着她，目光里满是爱怜之情。

两人出了老街，沿着河边的林荫道往前走。

他们已经很长时间没见了，但彼此的感觉却一如从前，仿佛时间停在了某个点上，他们也从未分离，依然是那个时间里的两个人。

他们兴高采烈地说着话。她跟他讲自己的新工作，描述一些有趣的细节，不时发出清脆的笑声。他饶有兴致地听她讲，赞许地看着她。她告诉他说：我换了房子，现在住城南，这边是商业区，生活比较方便。

哦，房子怎么样？

有装修，比之前的好多了。

嗯，这样很好。

柳树浓绿，河水丰沛，令人心旷神怡。

我去洗把脸。如盈说。她摘下帽子，挂到车把上，拿着毛巾到河埠头，脱了鞋子和长袖衬衣，脚踩进水里，开始清洗脸和手臂。

徐宏辉把车停在树下，也向河边走来。如盈忽然起了顽皮之心，用手撩起少许水，向他洒去。徐宏辉没有防备，脸和身上都中了招。如盈"哈哈"大笑。徐宏辉也大笑，学她的样子撩起水，却远远地抛向了河中间。

此刻，太阳已经下山，晚霞烧红了半边天空，水面动荡着，紫薇花盛开在铺天盖地的红光之中，远处的高楼和山峰贴着天际，成了一幅精美绝伦的剪影。

回到马路上时，徐宏辉说：我们骑车吧，我来带你。

好啊。如盈高兴地坐到了他的身后。

车在环城大道上奔跑，晚风送爽，鸟儿"叽叽喳喳"地赶着回家的路，城市被笼罩在蜜合色的光里，美得有些不真实。

他们到大街上时，恰好街灯亮了。街上车来人往，一派繁荣景象。商场又恢复了活力，外墙的巨幅广告上，身穿白色连衣裙的年轻女郎侧身坐在女贞花丛前，红唇、贝齿、勾魂摄魄的眼睛、领口处的钻石、特意摆在最显眼位置的玫瑰金腕表，都散发着耀眼的光彩。

如盈说：在第二个红绿灯口右转，往前走一公里左右，过一条小街，就到我租住的小区了。

徐宏辉依照她的指引，在路口转弯，很快进了小街。

小街两边住宅密布，晚饭后出来散步的人不少。卖水果的中年汉子坐在三轮车上，用喇叭播放录音叫卖。

徐宏辉停了下来，把车交给如盈，说：我去买些水果，一会儿就回来。

他走向小贩，买了大袋水蜜桃和葡萄回来。他把水果放到车踏板上，说：这是给你买的，水蜜桃很新鲜，放几天没问题。

太多了，如盈说，我们一人一半吧。

不，都给你。徐宏辉语气肯定。

如盈不再说什么。这是他的心意，饱含了真挚的情感。

徐宏辉笑着，轻声说：送君千里，终有一别，我们就在这里告别吧。

嗯。如盈点点头，依依不舍地看着他。

去吧。他也看着她，我们下次见。

如盈上车离去，到转弯的地方，她忍不住回头，看见徐宏辉还站在原地未动。

日子像被谁赶着似的飞快地往前跑。很快，秋天又露出了端倪。草木不再润泽，木槿的叶子也开始发红了。这天夜里，如盈在睡梦中听见了滴滴答答的雨声，清晨开窗时，感到吹在脸上的风已有了些许寒意。

次日，如盈接到了诗雅的电话。诗雅跟她说，哲学家王德蓉要来兰城大学开题为"如何提升幸福指数"的讲座，如果她有兴趣，可以过去听听。

如盈觉得听听也好，便去了。

讲座结束后，她从大学出来，直接去了有三家客户同时在施工的别墅区。

木工师傅见了她，开玩笑说：今天为啥打扮得这么漂亮？是要见什么人吗？

她一愣，从卸下的玻璃门中看到了自己。她化了淡妆，穿着浅蓝色无领薄款毛衣、藏蓝隐条纹开衩窄裙，确实不同于往日的形象。

如盈笑了起来，刚要解释，手机却响了起来。她从包里掏出手机，见是徐宏辉打来的，便忙跑到外面接听。

你在哪里？徐宏辉问。

如盈说了自己所在小区的名字。

我想现在去看你，方便吗？

好的，你过来吧。

如盈给他发了小区位置，然后跑去大门口迎接。夏天那次后，她没有再见过他，现在他来了，她心里又是激动又是欢喜。

时间不长，徐宏辉就到了。他亲热地看着她，满怀欢喜地笑着，对她说：上来吧，带我去停车。

两人从地下停车场上来，在尚无人入住的小区内转着圈。

这次是徐宏辉说如盈听。他谈自己的妻子，说妻子身体康复后，去了当地的语言学校学习英语，不久便在那里开办了一家主要生产牛油果油食品加工厂，目前产品已入驻多个网络销售平台，并且销量可观。他称赞自己的妻子，说她勤劳踏实，肯为家庭做出牺牲，是不可多得的好女人。

如盈从他的话里听到了他对妻子发自肺腑的真情。是的，他的妻子为他生儿育女，与他同甘共苦，理应得到他的敬重与爱惜。她微微抬头，蓦然看见了他鬓角上的一片白发。这是岁月留下的印记，展示着人生的艰辛不易。他的妻子陪他度过了过去的漫长岁月，那些或美好或伤心的往事，是不为人知的秘密，也是他们的共同财富，让他们彼此紧密相连，成了一个不可分割的整体。

那你以后还要忙呢。如盈笑着说。

是的，可能会一直忙下去。徐宏辉说，但仔细想来，人生来就是应该不停劳作的。如果我们偷懒，什么事都不做，那我们的身体就会像机器一样生锈，会失掉活力，生命也就失去了应有的光彩。

嗯。你喜欢国外的生活吗？

也无所谓喜欢不喜欢。人在哪里生活都一样，过得好不好，全在自己怎么想。我去国外，并不是喜欢那里的生活方式，而是因为责任心使然，人不能只顾自己不顾别人，至少，我们得照顾到身边亲人的感受。

徐宏辉说到这里，站住了，看着如盈：有句话不知当讲不当讲？

是什么？你说吧。

假如有合适的人，我觉得你还是应该考虑结婚。因为我们的身体和心灵都需要栖息之地，好的家庭就是避风港，我们都需要它。

嗯，如盈很认真地点头，我会考虑的。

还有，工作很重要，但我们不能变成它的奴隶。赚钱不是目的，生活得好才是根本。

他为何要说这些？如盈突然醒悟过来，问他，你的出国手续办妥了吗？

是的，办妥了。徐宏辉微笑着说，我要走了，后天动身。

哦，这么快。如盈的心隐隐作痛，眼眶也有些发酸。她低下头，下意识地扯下一片石楠的叶，一点一点地把它撕得粉碎。

不远处的教堂里响起了"当当"的钟声。徐宏辉看了看时间，对她说：还有些事情需要处理，我得回去了。

嗯。如盈努力地笑着，你去吧。

徐宏辉点头说好，却站着没动。

如盈抬起头来，看到他正深情地看着自己，他们的目光交织在了一起。这凝视是无言的诉说，短短一瞬，已道尽了心中的千言万语。这一刻，感情变得如此真实，让她仿佛看见了永恒。

他们相识还不到一年，在一起的时间更是少之又少。但感情是不可理喻的东西，它潜入人的心里，就像强悍的种子落进土地，不由分说地疯狂生长。因为他，她感觉生命又有了意义、生活又充满了希望。或许他也跟她一样，在意她如同她在意他一样。但如今一切都过去了，他即将离开，他们都有自己的路要走，如同两颗星辰，无法脱离自身的轨道奔向对方，只能站在各自的位置彼此遥望。

他们离得那么近，她感觉到他似乎想伸出手来拥抱她。但最终他什么都没有做，只是轻轻地说了声"再见"，便决绝地转身离去了。

如盈想追上去再送他一程，又觉得没有这个必要。但她还是想再看看他，便跑到大门外，隐身树丛后面等着他出来。

他的车来了。她看见他四下张望，似在寻找她。泪水模糊了她的眼睛，但她克制着自己，没有任何行动。她目送着他的汽车渐渐远去，感觉过去的时间正被拉成一条长长的线，那些在时间里聚集起来的光亮，一点点黯淡了下去。

心　旅

　　一生中，我们会与很多人发生交集，一起走或短或长的路。绝大多数人如同沙地里的脚印，一阵风过便不留一丝痕迹了。能被我们记住的人少之又少，但他们却是我们生命的线索，让我们清楚地看见自己曾怎样活过。

　　对如盈而言，徐宏辉无疑是难以忘怀的人之一。他在她最落魄的时候出现，关怀她、爱护她，让她的生命之火再次燃烧，让她重新看见了生活的希望。但似乎一切美好的事物都难长久，他来了，又走了，像一艘船在港口短暂停留后再度远航，淡出了她的视野范围。从此，山高水阔，他们天各一方，不再相见。

　　她仿佛做了一场好梦，那些难以忘怀的情节，宛若春天的一树繁花，谢落时，花瓣轻旋曼舞，以绝美的姿态飘逝，徒留无限惆怅在人的心里。她常常想起他，情不自禁地去看他的微信。他没有更新内容，朋友圈如同一处废弃了的景点。她呆呆地看着他的头像——一艘在蔚蓝大海中扬帆航行的船，觉得它像是一个隐喻。

　　很快冬天又到了，阳光淡淡的，失去了昔日的锋芒。如盈傍晚收工，骑电动自行车从郊区的装修工场回城。田野被暮霭笼罩，寂然清冷。北风响着尖利的哨音，打在脸上，灌进脖子，让人浑身起鸡皮疙瘩。铅灰色的云成群结队，宛如奇形怪状的野兽，被风赶着往前奔突。她到家附近时，天已经黑了。因为大风降温，小街上行人寥寥无几，并且都缩着脖子，行色匆匆地低头赶路。

　　买烤番薯咦，热辣辣香喷喷的烤番薯哦。是喇叭的叫卖声。

　　如盈抬头，见卖烤番薯的男人立在三轮车旁边，正期待地看着她。

她心中一动，不由得又想起了那个夏日的黄昏。记忆的闸门打开了，往事如洪水般滔滔奔涌。她停下车，轻轻闭起了眼睛。徐宏辉又来到了她的面前，他对她亲切微笑，眼里满是暖意，他的身后，春日的阳光照亮了满山满坡的晚樱花。

如盈的眼睛湿润了，胸中涌动着温柔的感伤。

有些人和事，我们以为自己已经遗忘，殊不知它们一直隐藏在我们内心深处，如同埋在泥土里的珍珠，当某天在阳光下展露，依然会熠熠生辉。

是的，爱是不能忘记的。灵魂刹那相认，从此便定格在那个时间里，化作了永恒。

夜里，如盈睡得不踏实，梦见自己在天空中飞翔。连绵的群山、开阔的原野、白色缎带般的河流、茂密的森林、成片的屋顶，一一从身下飞掠而过。她不知道自己将飞向哪儿，也不知道能否再回到地面，身不由己地一直飞啊飞。她十分惶恐，却又毫无办法。正在绝望之际，她看见身下出现了大片葱葱郁郁的山林，佛寺的金色檐顶在葱茏的绿色中若隐若现。她的耳边响起了一个浑厚的声音：下来吧，这里就是你的安身之处。她感到有股神奇的力量在推动自己，便依势而行，果然轻轻地降落到了寺院山门外。山谷幽深，四下无人。有诵经声传来，似远又近，如阵阵松涛鼓动。她驻足聆听，感到心安神定，犹如回归了家中。有人在叫她的名字。她有些惊奇，回头看时，却一下醒了。

第二天休息，如盈闲来无事，便去找书看。她搬出藏书的纸箱，把里面的书一本本拿出来。这时，她看见了平姐送给她的《佛陀传》——一本橙红色封面的厚厚的书。她拿过它，快速浏览了一遍，觉得很好，便从头开始，细细地看了起来。

一行禅师笔下的佛陀，不是端坐在庙堂之上的神，而是一个活生生的人，有七情六欲，亦有生老病死。如盈看完一遍，又接着看第二遍。她边看边做笔记，把书中的由佛家经籍转化而来的智慧之言摘抄下来，细加体会，一一践行，渐渐地内心便起了变化，仿佛自己正沐浴着春风、啜饮着甘泉，使深埋在心底的种子萌动发芽了。

听说寺庙里有佛经可取，如盈便抽空去了城外的林泉寺。身穿土黄长袍的僧人坐在大殿门口，面前的木桌上摊着一本功德簿。她走进殿堂，凝视佛像的慈容，然后合掌作礼。她并不迷信，只是感念佛的指引。行过礼，她绕着佛像走了一圈，果然看到了堆放在案几上的佛经，翻了翻，有《金刚般若波罗蜜经》《楞伽经》《圆觉经》《大乘妙法莲华经》等。她往功德箱里投了些钱，带走了几本佛经。

如盈开始读《金刚经》。她日日诵读，不曾有丝毫懈怠。但此经是东晋姚秦时传入中国，为印度高僧鸠摩罗什所译，其中夹杂许多梵语，深奥难懂。她找来大法师的讲法实录，潜心阅读，反复体悟，慢慢理解了经书的含义。她将佛理存养于心，实实在在地践行，无论是在行住坐卧还是在穿衣吃饭、日常工作时，都据此观照自己的言行，从不间断。随着时间的推移，一扇大门缓缓打开了，云雀在清晨的树林里歌唱，小鹿在草地上奔跑，朵朵莲花盛放在亭亭碧荷间。

一日夜晚，如盈整理物品时看到了女儿的作业簿。睹物思人，她感到心里一阵难过。她放下东西，走到阳台上，抬头仰望无边苍穹里的璀璨星河。

宇宙浩渺，与空蒙的时间同在。人苟活于世，不知自己来自何方、将去往哪里，似无根的浮萍，任凭流水随意拨弄。这一刻，如盈怅然伫立，看到了时间尽头的虚无以及生命的荒诞，心中不可遏止地生起了悲凉之感。

她意兴阑珊地回到屋内，一眼看见了摊在桌上的《金刚经》，便遽然警觉，知道自己又退转回去了。她定下神来，清空所有的杂念，让心慢慢回到静止不动的状态。喧嚣声停止了，天地间云开雾散，恢复了原本的清朗。

如盈觉得，修行是一种彻底清洗，能一层层褪去心上的尘垢，让人的双眼逐渐明亮起来。但这并非一蹴而就的事，它需要虔心以待、坚持不懈，如水滴石穿，似琢玉成器。

她一遍遍读《金刚经》，渐渐明悟了其中的深意。

　　是的，诸法空相。科学也印证了这一理论，人们将物质逐层分解，得到原子、中子、质子、夸克，但当他们撞开夸克时，却发现里面竟空空如也。大千世界中没有永恒的存在，万事万物都无中生有，然又终归于无。曾经的"有"，待我们回头张看，便已成了"无"。但是，我们看到这一真相，却不能因此否定生命及事物的存在价值，因为我们所说的每句话、所走的每一步路、所做的每件事、所见的林林总总的事物，无论痛苦甜蜜，都包含着深意，让我们的生命丰盈并呈现出独特的姿态。执"空"或执"有"都是烦恼的根源，只有当清除了贪欲与断灭心时，生命的美妙乐音才会在我们的耳畔奏响。

　　如盈的内心越来越清净了。她已从纷乱的尘杂中抽身出来，看清了自身及赖以寄身的世界，心中的波澜便如船过后拍击堤岸的浪，一波比一波小了。是的，有聚便有散，聚是别离的开始，而很多时候，别离反倒是圆满的结局。

　　又一个春天到来了，大地上繁花似锦。

　　周末，如盈去滨湖公园，坐在阳光下的草地上。孩子们牵着风筝奔跑，爱美的女人们对着花树和自己的脸玩自拍。

　　一对年轻恋人从花树夹道上走来。男孩身材颀长，穿一身黑，看着帅气有型。女孩娇俏可爱，一袭明黄色休闲风衣将她的肤色衬得格外白净，她举着一支火炬冰淇淋，不时伸出舌头舔一下上面的彩色奶冰。男孩搂着女孩的腰，另一只手拎着女孩的浅蓝小包。他们正值青春年少，看起来无忧无虑，给人轻松美好之感。如盈不由得多看了他们几眼。春光明媚，他们的周围花团锦簇，她看着这对年轻人，仿佛看见了爱。她的心中生起了一股温暖的情意，如同春风拂过冰冻的大地一般。

　　如果有一个可心的伴侣，下雪天就可以一起坐在炉火边喝喝茶、聊聊家常，春、秋季结伴到景色宜人的地方走走，偶尔出去看一场电影，在街边餐馆吃些东西，晚归时有人惦念，生病了有人照顾，日子或许就会有意思一些。是的，一个人生活总是迫不得已的事。我们活在尘世中，如同独自在沙漠里夜行，孤独总是如影随形。如果有人与自己同行，一起走不知长短的路，总归是一种安慰。

如盈想要一个真正意义上的家了。她只是一名普通女子，不能总是在生活的大海中游弋，她需要上岸，像所有普通人一样平静安稳地生活。

她的心中有了愿望，期待遇见一个志趣相投的人，与自己共赴新的人生之旅。

第三部　凤栖梧

你说
来，来我这里
于是
我看见了你
——暖阳下的嘉木
我从虚空降落
栖于你的枝头
从此
花晨月夕
歌声如潮

秀江南

春天又即将过去，而如盈的生活依然没有任何改变。

这一天，她外出购物，在超市意外遇到了平姐。她们已经很久没见了，自是万分亲热。超市说话不方便，两人便去了楼上的甜品店。

平姐告诉如盈，她几个月前办了退休手续，女儿泽茵和丈夫也都调来兰城工作了，泽茵在兰城大学医学院任教，泽茵的丈夫在市第一医院做医生，他们的家离超市不远，泽茵刚生了孩子，所以她过来照顾。

如盈说：一家人在一起最好了，就是你有些辛苦。

辛苦是辛苦，但也多了乐趣。平姐笑呵呵地说，女儿回来了，又多了个外孙，现在我每天陪陪女儿、抱抱小外孙，很有幸福美满的感觉呢。她一边说一边翻出手机里的照片给如盈看。

婴儿脸蛋胖嘟嘟的，眼睛又黑又亮，要多可爱有多可爱。如盈满心喜爱地看着照片上的孩子，由衷地说：太可爱了！真的好可爱哦！

平姐笑着看她，小心翼翼地问：你还是一个人住在原来的地方吗？

嗯，我还是单身，如盈笑着回答，但住处换了。

平姐点点头，缓缓说道：我认识一位优秀男士，妻子两三年前患病去世了，他至今独身。我觉得你们很般配，你愿意与他见个面吗？

如盈略想了想，笑着点头说：那见见吧。说完，微微红了脸。

这样就好。平姐高兴地说，安排这个周末行吗？

嗯，我都可以的。

如盈要赴约会了。她化了个淡妆，穿了粉紫色细条纹衬衫、米色休闲长裤。

平姐开车来接她，笑着说：你平日不打扮，其实你是真正的美人呢。

如盈觉得不好意思，笑着说了"谢谢"，然后上了车。

如盈心里有些紧张也有些忐忑，即将见到的会是怎样一个男人？等会我该说些什么？她心里乱纷纷的，手心微微出汗，都忘了跟平姐说话。

到了目的地，两人下车。如盈抬头一看，不由得稍稍愣了愣，"秀江南"？她的眼前闪过了与林一琛一起来这里时的情景。

小天井里，吊兰和茉莉一片浓绿，柚子树开着花，白蝴蝶般的花朵和密实的花苞藏在绿叶间，散发着微苦的清香。

前台换了人，但照例询问要哪间茶室。

平姐说：我们去"花隐"。

如盈心里又一动，这么巧，又是"花隐"。

茶室门虚掩着，服务生推开了它。在沙发上坐着的男子站了起来，与如盈四目相对。两人都愣住了。太意外了！如盈有点不敢相信自己的眼睛，面前站着的男子竟然是林一琛。怎么是他？到底怎么回事？

林一琛显然也很意外，但他很快反应过来，笑着与两位女士打招呼，并热情地请她们入了座。

大家都熟悉，便无拘无束地聊了起来。

如盈偷偷打量林一琛。他刚刚打理过头发，穿着蓝灰色隐条纹衬衫，看起来俊朗有型。他已算不上年轻，笑的时候，眼角已有细细的皱纹，但这并没有减损他的容颜，相反让他平添了成熟的风韵。如盈喜欢他的低调温和及淡定自信，觉得这些都是很可贵的品质。

她看他的时候，他也转过来看她。两个人相视而笑，脉脉温情便借由这甜蜜一笑，传递到了彼此心上。能在茫茫人海中遇到彼此认同的人，实在是够幸运了。林一琛情不自禁地看着如盈，目光中饱含喜悦和情意。

多么美的黄昏！所有东西都被霞光涂上了悦目的色彩，一切都那么好。三个人随意聊着，没有主题，也没有目的。对心怀情意的两个人来说，聊什么已不重要了，他们的一颦一笑、一举一动无不诉说着这情意。

平姐见两人如此光景，知道自己该撤了，便找了个借口，提前告辞了。

平姐走后，如盈问林一琛：你父母好吗？

他们很好。林一琛说，我老家有山有水，空气非常好，我父母过惯了农村生活，都不愿意到城里来。

如盈听了这话觉得奇怪，便问：刚刚装修房子的两位不是你父母吗？

他们是我的岳父岳母。林一琛笑了笑说，我妻子三年前患病去世了。岳父岳母的房子本来早几年就想重装的，但我妻子生病后，这事也就搁下了。我妻子没有兄弟姐妹，两位老人失去了唯一的女儿，一直非常悲伤。前两年我也提不起精神做这事，去年心情基本平复，便把这事了了，也让自己安心了。

哦，原来如此——如盈有些意外，不知说什么好。

都过去了。人生就是这么无常，我们都无法把控自己的命运。林一琛将一块绿豆糕夹到她面前的碟子里，来，吃点甜的。一切都要向前看，今天我们不谈过去。他微笑着，看起来确实已经平静。

如盈了解他，知道他对岳父岳母很好，是个有情有义的人。把绿豆糕一分为二，给林一琛一半，自己吃了另一半。

林一琛对如盈描述自己出生的小村庄，说那里的房屋都依山而建，散落在树林间，到了秋天，乌桕、银杏、柿子树、槭树都纷纷变了颜色，五彩斑斓，非常好看。

如盈说：我一直喜欢空气清新的山里，希望自己老了之后能住在清静的地方，家门外有个大园子，我在那里种花种树、种瓜果蔬菜，闲时喝喝茶，看看山，看看云。这样的生活，想想都很美呢。

林一琛笑了。这不难啊。我家门外就是一个很大的园子，我种了不少树，也是春华秋实，四季都有不同的收获。他热切地看着她说,以后我们可以经常回去,你想种什么就种什么。我父母对人极好,要是见到你,不知会多喜欢呢。

如盈胸中暖流涌动,冲他嫣然一笑。看得出来,他非常喜欢她。他为她描画了一幅未来生活的蓝图,她相信他,相信这一切都将成为现实。她心中既庆幸又感动。在历经种种艰难困苦之后,生活终于对她展开了温柔的笑颜。面对这突然降临的幸福,她有从渺无人迹的荒野回到熟悉的家乡的感觉。

林一琛一直在说话,似乎有满腹话要讲。以前他的话并不多,但今天不一样了,他陷入了对新生活的向往之中,激情荡漾,无法自制。

如盈听着他讲,心里满是甜蜜的滋味。

后来,林一琛问起了她的父母。如盈便如实讲了母亲的病,表现出无奈和担忧。

林一琛说:我有个同学是省医院的精神科专家,我跟他聊一聊。他拿起手机给那位医生同学打电话,谈了母亲的病情,咨询治疗事宜。

谈完之后,他跟如盈说:医生讲最好能把病人带过去看看,我们抽个时间带母亲去省城吧。

两人商量了一下,定了去省城的时间。

到时候我开车过去。林一琛说,这样方便些。

嗯,好的。如盈含笑点头。他把一切安排停当了,她还有什么可说的呢。

从茶楼出来,林一琛替如盈打开车门,让她坐在副驾驶位上。

汽车缓缓行驶。风从打开的车窗涌进里面,温煦并带有花香,让人心情爽朗。两个人一时都没有说话,默默地享受着这温馨美妙的时光。

经过滨湖路时,林一琛提议下车走走。如盈知道他是想同自己多待一会儿,便马上同意了。

两人沿着湖边道路肩并肩慢慢走着。之前都是林一琛在说,现在如盈觉得该轮到自己说了。于是，她把自己的情况和盘托出，详详细细地告诉了他。

听完后，林一琛说：有些人总是欲壑难填，为满足自己的欲望不惜伤害身边的亲人，这种人不肯觉悟，真是可怜又可恨。

停一停，又说：我喜欢干干净净地做人，也喜欢干干净净的人。我曾专心一意地对待我的妻子，努力让她快乐幸福，我觉得这是作为一个丈夫起码的道德和应尽的义务。我妻子先天性脑血管畸形，家里人都不知道她有这病，她自己也不知道。她的离世，让我看到了生命脆弱、人生无常。想想朝夕相处的人转眼之间便可以阴阳两隔，我觉得没有任何理由不善待身边的亲人。

第一次看见你，我就觉得你与众不同。你是那么朴实、温柔，言行中充满了善意，我能感觉到你灵魂的洁净。你就像山谷里的幽兰，只有清香，没有恶浊。我觉得你是那么好，无比珍贵。

这两年也有不少人给我介绍对象，但我一直觉得自己还未做好开始新生活的准备，所以全都回绝了。直到看见你，我才明白自己其实是在等一个真正喜欢的人。但那时我不知道你的情况，以为你有家庭，虽然觉得遗憾，但也无可奈何。今天上天把你送到了我的面前，我的心里真有说不出的感激。

说到这里，他站住了，面对如盈，深情地望着她说：你是不是也喜欢我？我想听你亲口说出来。

如盈抬起头看着他的眼睛，低声但又十分清晰地说：是的，我也喜欢你，就像你喜欢我一样。

林一琛有些激动，将她轻轻拥入了怀中。

如盈听见了他强有力的心跳声，感觉血液在他身体里欢快奔流。她的耳边有悠远模糊的乐音响起，这乐音绵绵不绝，让她的心弦也随之震颤。

十点半，林一琛把如盈送到家。他在小区大门外停了车，陪着她走到里面，在电梯口依依不舍地告别。

这一晚，如盈没有睡好。人生真是奇妙，当我们出发，从起点走向终点，就始终面临着无数种可能。我们一步一步往前走，踏上一条路，转过一个弯，不断选择，不断改变方向，就是为了找到自己满意的归宿。她不知道自己与林一琛的相遇是机缘巧合还是上天有意安排的，但她确信这是一个好的开端，她的生活也将由此而发生深刻的改变。

　　月亮大而圆满，从窗前走过，洒落一地银辉。窗外，有年轻人骑自行车经过，欢歌笑语传得很远很远……

交　往

　　林一琛跟如盈一起赴平安镇，接她母亲去省城就医。

　　母亲第一次见到林一琛，弄不清这人是谁，便把女儿拉到一边，用大家都听得到的声音询问。

　　如盈有些窘，不知道如何跟母亲说。

　　林一琛落落大方地上前，与二老打过招呼，送上带来的礼物：一大盒西洋参片及两罐铁皮石斛粉、一篮水果。

　　父亲请林一琛坐，给他泡了茶，与他聊了起来。

　　如盈提醒母亲带上身份证、医保卡、病历本。母亲进了房间，摸索许久，却依然没有找到。如盈只好出来向父亲求助。后来总算一切就绪，三人一起出了门，可母亲突然想起自己还未吃丹参片，便折回家中，找药瓶、倒开水、吃药，又是一阵忙乱。

　　如盈怕误了时间，有些着急。林一琛便悄悄安慰她，说自己已安排妥当，所有事都不必担心。

　　如盈有些不好意思，但心一下就宽了。

　　下楼梯时，如盈扶着母亲，林一琛把母女俩的东西都拿了过去。他先下楼，打开后座门，把东西放进车内。等如盈她们过来，他用手遮着门框，扶母亲上了车。然后他跑去从后备厢取出羊毛毯和一盒水果，跟如盈说：毛毯是给阿姨准备的，路上睡觉时可以盖一下。

　　如盈放下毛毯，打开水果盒，给母亲吃切成小块的哈密瓜。

　　路上很顺利。到了医院，林一琛让如盈母女坐在休息区等候，他上楼找到专家门诊，取了号、排上队，然后回到楼下，给母女俩倒开水、递水果。诊疗结束后，他带着如盈和母亲到一家环境优雅的餐馆吃饭，把一切都安排得妥妥帖帖的。

如盈觉得林一琛对自己太好了。有他在身边，她便什么都不用操心。他把她肩上的担子接了过去，让她很快便轻松了。他很柔软，但同时又十分有力，她依靠着他，便觉得自己有了保障和安全感。这是一种温暖的关系，她在这样的关系里品尝到了幸福的滋味，觉得生活就像阳光照耀下的树林那样生意盎然。

林一琛全心全意地投入这段感情。他天天去看她，还在工作间歇给她发信息或打个简短的电话，仿佛须臾不能分开似的。在一起时，他的眼睛始终追随着她，目光里充满爱意，她在他的注视下，觉得自己成了一轮皎洁的月亮。

两人经常交谈。林一琛是心清如水的人，对如盈敞开心扉，没有任何保留。他与她谈对种种事物的看法，也谈自己的工作，开心或不开心的事情都谈，有叙述也有内心细细的感受。

如盈喜欢他的真实坦诚，她无比信赖他，对他既敬又爱。她觉得他们的心靠拢、交融，正在渐渐成为你中有我、我中有你的一个整体。

林一琛给如盈讲自己孩提时的事情，说自己从小爱看书，曾积攒一年的零花钱买了套《水浒传》绘本，被很多人借去看，结果弄丢了。

如盈问：你那时候很喜欢《水浒传》吗？

那倒不是，林一琛说，我与《三国演义》也有一段故事呢。

哦，说说看。如盈很有兴趣。

林一琛便讲了起来。他说自己最初看到的并非《三国演义》，而是一本封面和封底都被撕去了的用文言文写的《三国志》。当时农村人家里都不太看得到书，他家的这本书也不知是哪里来的，被放在一只陶坛上做了盖子。有次他闲着无事，忽然看见这本书，便拿起来翻了几页，虽然许多字不认识，内容也似懂非懂，但到底还是被精彩的故事吸引住了。

他说：因为没有其他书可看，我便翻来覆去看这本，慢慢地，居然也知道了那些文言文词语的意思。但我一直不知道这是什么书，直到上了大学，偶然在同学那里看见了一本《三国志》，这才知道自己看了无数遍的残书原来是《三国志》。

如盈笑出了声，觉得很有意思。

林一琛说：熟读《三国志》后，我的语文成绩一下跳脱了出来，因为别人看不懂的文言文我都能看懂。依我个人的经验，确实开卷有益，要想语文好，就得多看文学作品。但现在的父母热衷给孩子补课，却忽视阅读，这是多么大的错误啊。

嗯，我同意你的观点。如盈说，我们的语言文字水平还有思想认识水平，很大部分是在阅读中得到提升的，书读得多了，人自然就会眼界开阔、对世界有更清醒的认识，"三观"也会正一些。

是这样。林一琛说，你小时候读哪些书呢？

我爸爸热爱古诗词，我们家那时候就有《全唐诗》《唐诗鉴赏》《宋词三百首》《豪放词》这些书。我刚会说话，爸爸就开始教我古诗词。春天，他带我去河边玩，指着随风飘舞的柳条一句句地教我说"碧玉妆成一树高，万条垂下绿丝绦。不知细叶谁裁出，二月春风似剪刀"。看见蝴蝶在花丛中起伏、鸟雀飞上枝头鸣叫，便又教我说"留连戏蝶时时舞，自在娇莺恰恰啼"。

林一琛笑道：原来不知道你为何这么灵秀，现在知道了，是被诗书熏陶的。

如盈乐了，轻轻打了他一下。

林一琛说：其实我也喜欢古诗词。唐诗宋词写得那么好，说出神入化一点都不为过。

嗯，你有很喜欢的诗词吗？

有啊。林一琛笑，我最喜欢元好问的《雁丘词》："问世间，情为何物，直教生死相许？"简简单单的词句，没有任何雕饰，却写尽了"情不知所起，一往而深"的玄妙。"君应有语：渺万里层云，千山暮雪，只影向谁去"，"你告诉我啊，日暮时分，遥望渺茫无际层层叠叠的云霭、连绵无尽冰雪覆盖的群峰，你让孤零零的我飞往哪里啊？"简直把失去至爱时孤独绝望的心情写绝了。

嗯，《牡丹亭》题记里也说"情之所至，生可以死，死可以复生"。

是的。林一琛说，古往今来但凡善良有灵性的人，大多都挣不脱一个"情"字。但说实话，我并不赞成拘执于情的人。感情很重要，但人活在世上，还有更多使命和意义，如果沉沦于感情，甚至因情而自我毁灭，我认为是很大的错误。《牡丹亭》歌颂对自由的追求、对爱情的忠贞不渝。爱情应该像阳光，照亮生命，让生命发光发热，而不能像一场暴风雨，将生命推上毁灭之路。

嗯。如盈点点头，说得很对。

林一琛看着她，继续说下去：自然，失去爱人是令人悲痛的，但人必须向前看，我相信山重水复之后会有柳暗花明，也相信付出真情必定会有真情的回报。"还将旧时意，怜取眼前人"，爱应该延续，不应该是断灭。

如盈懂他的意思，笑着颔首。

我看你每天都读佛经，是一直这样吗？林一琛转换了话题。

没有，我接触佛经仅仅一年。

为什么读佛经？

如盈笑了。为了降服自己的心。她说，我们的心总是不肯安静，执着分别，妄念迭起，给自己和他人制造种种痛苦。佛法是一剂良药，如果我们让它一点点渗入内心，并一直奉持，就会远离烦恼和痛苦。我刚刚开始学，但已经感受到了它的好处。

嗯，林一琛认真地说，我还是门外汉，以后要跟着你学。我们得步调一致才行嘛。

到了周末，林一琛便下厨给如盈做各种好吃的。如他之前说的那样，他喜欢烹饪，并且厨艺非常不错。他做的三鲜、卤鸭、萝卜醋溜鱼色香味俱全，丝毫不比酒店大厨逊色。他把如盈当小孩一样宠着，吃鱼时一定要让她吃鱼肚皮上的肉，如果吃大闸蟹，他就剥出蟹膏蟹肉来放到她的碟子里。

如盈从未被这样宠爱过，感动得差点落泪。知道有人爱着你，并且你也爱着这个人，是多么大的幸福啊！她心中充满了感恩之情，也越来越依恋林一琛了。她牵挂他、盼着他来，一旦分开，便又开始想念——想他跟自己说的话、笑起来的样子、看她时的温柔眼神，以及举手投足间那些不同于别人的地方。她痴痴地想着这一切，觉得它们都包含着甜蜜的深意。

他们彼此深爱，炽热的情感如同野火焚烧过的土地上开出的花朵，蓬勃茁壮，美丽芬芳。

照理说，感情升温到如此地步，谈婚论嫁便已是顺理成章的事。但如盈还是害怕步入婚姻，生怕自己受感情的驱使做出错误的决定，依然不敢跨出这一步。林一琛理解她的心情，愿意继续等待。他知道他们的心已经完全融合，瓜熟蒂落只是时间问题。

情深意长

夏天在忙碌中过去了。几场台风过后，天气又渐渐转凉了。

这天，林一琛去省城开会了。如盈傍晚回到家里，感觉身体发冷，头有些重，便随便吃了点，早早睡下了。

半夜，她被"滴滴答答"的水声弄醒，起先以为是雨声，但仔细听又觉得不对，这声音分明就在屋内。是不是什么地方漏水了？如盈心里一激灵，急忙起身下床，顾不上穿外套，便跑出卧室，开亮了客厅的灯。

水正源源不断地从厨房里流出来，客厅地面已经湿了一半。如盈急忙冲进卫生间，抓下大浴巾，将它拦在厨房门口，暂时堵住了水流。

她走进厨房，逆着水流找到漏水的管道，拿来脸盆接在下面。水滴在脸盆里"咚咚"作响。如盈心里发愁，水滴得这么急，脸盆很快就满了，这可怎么办呢？她站着想了一会，去找了一卷打包用的胶带出来，缠在漏水的管子上。她观察了一会，见不再有水滴下来，便拿抹布擦干了地面。她打着响亮的喷嚏回到床上，蜷缩着用棉被裹紧了身体。

早上醒来，她觉得头越发沉重了，并且还伴着反胃的感觉。她知道自己感冒了，但也没有太当回事，泡了包板蓝根喝下，随后打电话给装修队的水电工，请他过来修好了管道。忙完之后，如盈感到浑身难受，便又到床上躺下，立刻便进入了昏睡状态。

手机响了起来。如盈听见了，却睁不开眼睛，而且连动动身子都很难。但手机一声又一声，持续不断地响着。她艰难地动了一下，让自己醒过来，伸手在床头柜上摸到手机。

你在忙什么？熟悉而亲切的声音，是林一琛。我给你发了好几条信息，你都没有回，我有些担心。

刚才我睡着了。我感冒了，可能在发烧。如盈有气无力地说。

啊，你生病了？林一琛立刻紧张起来，那怎么办呢？

不要紧的，我吃过药了。如盈的声音很软弱。

听你的声音就是重感冒了，林一琛说，我这就回，一个多小时就到了。

如盈含含糊糊地答应着，很快又睡了过去。

也不知过了多久，她被弄醒了，看见林一琛坐在床边，正俯身看着她。他摸了摸她的额头，将搭在她脸上的一缕头发轻轻拨开，怜惜地说：烧得这么厉害。来，我扶你起来，我们马上去医院。

嗯，如盈说，我得换衣服，我的内衣也湿了。

哦，在哪里？我给你拿。

如盈指指衣柜：在那里。

林一琛去打开柜子，取出如盈要的内衣，交给了她。

如盈换衣服的时候，林一琛到外面，用电热水壶烧了水，然后拿着开水和热毛巾又回到了卧室。

如盈已经穿好衣服起了床。林一琛让她靠着自己，用毛巾给她擦脸和手，又给她喝了点开水。

他半扶半抱地揽着她出门，乘电梯下了楼。夜色已浓，风里已有了寒意。还未上车，如盈便把刚喝下的开水都吐了。林一琛扶如盈上车，把母亲用过的那条羊毛毯盖在她身上，驾车向医院奔去。

到了医院，林一琛带如盈测体温、就诊、到三楼验血。去付费配药的时候，他都跑着去跑着回来，生怕如盈有事时自己不在身边。拿到药后，他从保温杯里倒出开水，吹吹凉，像哄孩子似的哄她说：乖，我们吃药，吃了药病就好了。

如盈忍不住笑了，鼻子酸酸的，觉得他对自己太好了。

但药吃下去了，胃却不肯接受。如盈又呕吐了。

医生见不能用药，便决定给如盈输液。

林一琛搀着如盈到输液大厅，在护士站挂上针，脱下外套铺在她的座位上，又跑去车上拿来羊毛毯，把她包裹起来。他坐在如盈身旁，替她按摩太阳穴，轻声细语地安慰她，怕灯光刺眼，便用手遮着。

冰冷的液体顺着手臂血管往上，在如盈体内一点点扩散开来。渐渐地，针药的作用显现，她觉得身体舒服了一些，便又蒙眬睡去。待到醒来，她一时间弄不清自己身在何处，当看到挂在铁杆上的几袋药水、长长地垂挂下来的输液管以及林一琛温情脉脉的眼睛时，才记起自己是在医院里，身边有亲爱的人陪着。

林一琛见她醒来，脸色好了不少，便露出了欣慰的笑容。他倒水给她喝。如盈用闲着的右手接过去，小口小口喝完了。林一琛疼惜地看着她，见她喝了水没有事，便高兴地问她想吃点什么。如盈想了想，说要吃蛋糕。林一琛听了，立刻起身去了街上。

蛋糕很快买来了，没放奶油，清爽香甜。林一琛还特地买了米粥，说光吃蛋糕腻味，喝点粥更好。他用调羹舀了粥，喂给如盈吃。如盈笑了笑，顺从地把粥吃了。

她心里热乎乎的，又甜蜜又开心。知道有人真心实意地爱着自己，而且他就陪在身边，无微不至地关心自己，愿意为自己做很多事，把一切都安排得妥妥帖帖的，这是多么幸福的事呵。她如航船驶进了港湾一样，找到了缺失已久的安全感。她抑制不住心中的感动，摸索着找到他的手，把自己瘦削单薄的手放进了他宽厚的掌心里。人生聚有时散有时，爱情会消逝，婚姻亦并非铁板一块，未来的路或许还有坎坷曲折，然而此时此刻，她愿意相信所有美好的东西，相信爱情、相信忠诚、相信人世间的爱与善会天长地久。

夜深了，输液大厅里充斥的声浪渐渐平息下来。林一琛去开水房的时候，如盈看了看周围，发现偌大的房子里除了自己外，只剩下了两对人——一对年轻情侣和一对七八十岁的老夫妇。由于没有别的声音，小情侣的绵绵话语便变得格外清晰。生病的女孩上半身越过椅子扶手，斜躺在男孩的怀里，两个人脸贴着脸喁喁私语、"切切"地笑，沉浸在甜蜜的爱情里。再看那对老夫妇，老爷爷手上插着针，身子靠着椅子在闭目养神，坐在他旁边的老奶奶正用一只小小的热水袋给他暖手，不时抬起头看看他的脸。他们没有交谈，只是静静地一起待着，但那份默契和爱怜，却让人无法不动容。是的，年轻时的爱情是甜美的美酒，是恣意盛放的花朵，是上帝赠予人的最美的礼物。但当我们肩背不再挺直、双眼浑浊不清之时，我们就会知道，生命中最动人的爱情其实是温柔的陪伴。

　　因为有林一琛的精心照顾，如盈的身体恢复得很快。林一琛怕她劳累，一定要她在家休息一段时间，不许她马上出去工作。他一有空就过来陪她，坐在她的身边，跟她谈笑，给她朗诵泰戈尔的诗：
　　我会化作一缕清风爱抚你，
　　我将变作水中的阵阵涟漪，
　　当你沐浴时，
　　一遍一遍地轻吻你。

　　在起风的夜里，
　　雨滴滴答答地敲打着树叶，
　　你在床上会听见我的低语，
　　而我的笑声，
　　会随着那电光一同从开着的窗子闪进你的屋内。

　　如果你躺在床上睡不着，
　　思念你的宝贝到夜深，
　　我会从星星上向你歌唱，
　　睡吧，妈妈，睡吧。
　　他大声朗诵，还配合着一些手势。如盈被逗得"咯咯"笑。他身上显露的浪漫气质，让他从现实的泥沼里跳脱出来，有了世俗之外的超然，使他比任何时候都纯真可爱。她看到了他的内心世界，那里阳光普照、一派清澈明朗。

　　林一琛喜欢大自然，认为去植物繁茂的地方呼吸新鲜空气有利于健康。天气晴朗时，他带如盈到河边钓鱼，去林间散步。到后来，如盈的身体状况越来越好，他便带她到山间去，在乡村公路上骑行。他们拼命蹬着自行车爬上坡顶，然后依着山势快速驰下。山谷里鸟鸣声声，绿得像要流淌下来的亚热带山林迎面扑来，又迅速向后退去。草木的清香一阵又一阵，让人感到连空气都是绿色的。

　　如盈得到了爱和照顾，心中有了向往，重新燃起了对生活的热情，便决定与林一琛结婚了。

　　林一琛跟她说：我本想买套新房，但那得很久，我等不了。但结婚是人生大事，不能草草了事，我想过了，我们把我住着的房子整修一下，把里面的家具都换了，我们的新生活必须要各方面都美美的。

　　嗯，如盈深情地看着他，我听你的。

　　林一琛用充满爱意的目光望着她。这个淳朴的女子，虽然经受了种种磨难、打击，却依然保持着纯真善良的本性、愿意为所爱的人付出自己的所有。现在，她就要成为自己的妻子了，他觉得自己是非常幸运的人。

　　他们商量，把婚期定在两个月之后。

桂枝香

结婚前夕，如盈随林一琛去他老家见他的亲人。

一切都跟他说的一样，他的家乡果然山清水秀，宛若世外桃源。

林一琛在村口停了车，同如盈沿小溪来到自家房前。这是一幢两层楼房。如盈看到，前面的大园子里面种了不少花草树木，无花果树的叶片已微微泛黄，几株柑橘上挂着许多尚未成熟的果实。房后坡上斜着一棵树干开裂的老香榧树，伸展出来的长枝被几支竹竿撑着。

林一琛的父母得到消息，出门来迎接。林母略有些驼背，面目和善，她乐呵呵地笑着，说了声"来了"，便上前亲热地拉住了如盈的手。林父眼睛笑成了一条线，走到如盈面前，亲切地叫她"小盈"。他穿着旧的中式夹袄，嘴唇和眼睛跟林一琛几乎一模一样。虽是初次相见，但如盈仿佛与失散已久的亲人重逢，没有一点陌生的感觉。

屋子收拾得非常整洁，客厅不是很大，摆着一张略显贵气的橙红色雕花大圆桌。母亲给儿子儿媳泡了茶，拿出南瓜子、深紫色的无花果、用粳米粉和豇豆做的糖央招待他们。

林一琛跟如盈说：我带你去看看爸妈给我们准备的新房。

两人上楼，来到新贴了墙纸、铺了地板的房间内。如盈走到窗前，看着不远处油画般的山峦和谷地，心中欢喜不已。

楼下传来了清脆的笑声。

是我妹妹一萍。林一琛告诉如盈，她嫁到邻村，夫妻俩办了家具厂，平日比较忙，也不经常回家，今天知道你来，这么快就跑过来了。

两人下楼与妹妹一家相见。

一萍长着一张娃娃脸，皮肤白皙，看上去还像个年轻姑娘。跟她一起来的还有她面相温和的丈夫和身高已经超过了她的儿子。

大家围着大圆桌坐下来。一萍性格活泼，话语滔滔不绝，并且边说边笑，让人不由得跟着她乐。父亲也善谈，讲起自己年轻时赴外地经营黄酒厂的经历，也是绘声绘色，给人身临其境的感觉。母亲很少插话，只是笑眯眯地听着大家讲。如盈喜欢这个大家庭里的每个人，觉得他们都是那么淳朴善良。她为自己能成为这个家庭的一员而庆幸。

午后，林一琛带如盈去屋后山上玩。

这个季节，银杏叶已经泛黄，柿子红艳艳地挂在高高的枝头。穿过树林时，他们看到了许多落在地上的毛栗子。林一琛捡了几颗放在石块上，踩破长满刺的外壳，剥出鲜嫩的栗肉，自己尝了尝，让如盈吃了另一颗。

他说：我们小时候经常来这里捡栗子、摘柿子。我能爬很高的树，可以摘到很多柿子，小伙伴们都很佩服我，愿意听我的话。有一次，我们想捉松鼠，一直往山里走，结果没来得及在天黑前下山。父母不见孩子回家，都急坏了，打着手电筒进山里寻找，走了很多路才找到了我们。

挨打了吗？如盈笑着问。

没有。我父母从来不打我们。我母亲脾气温和，我父亲虽然有时候严厉，但也是讲道理的人。父母很爱我们兄妹，连重话都很少说。他们两人也很好，结婚快五十年了，我没看见他们吵过架。

嗯，这样真好。

是的。林一琛伸手揽住了如盈的肩膀，我们肯定也跟他们一样。

他们爬上山坡，在茶园边干净的草地上坐下来。阳光和煦，风轻轻的。茶树都在开花，细小的白色花朵散发着清甜的香气。他们对面，山峦绵延起伏，林木已呈现出缤纷的色彩。向下看，浴着阳光的屋舍高高低低，安闲地卧在山的怀抱中；穿村而过的溪流如一群跳跃的羚羊，给静谧的山间添上了动感的一笔。望着这美丽的家园，如盈心都醉了。

如盈把自己要结婚的消息告诉了父母。父亲一向不迷信，然而这次却坚持要她挑个好日子去登记。

如盈跟林一琛讲这事，没想到林一琛居然支持父亲的想法，笑眯眯地说：你想想，从这天开始，你是我的妻子我就是你的丈夫了，这日子对我们来说有多重要啊。结婚挑个好日子，并不一定是迷信，这是一种仪式，是对幸福的祈愿，也让婚姻显得更郑重其事。爸爸的意思也很明白，就是希望我们能白头偕老嘛。

如盈开玩笑：那我们要不要去算一卦呢？

林一琛"哈哈"大笑，说：好呀，我们去算一卦，让你相信我们是天作之合，会一直幸福到老。

如盈也笑。他说的话、做的事都让她感到舒服。

林一琛很少有世俗观念，在他的心目中，如盈是自己的爱人，并非填房的老婆。他们商定了不办婚礼，但他还是想给她一些定情信物，便把她带去"老凤祥"，买了钻石戒指和项链给她。如盈知道，这是他的一片心意，是他表达对自己爱和珍视的方式。

待嫁的日子大概是女人一生中最美妙的时光。因为心中有着对新生活的憧憬和渴望，如盈觉得似乎所有事物都有了幸福的含义。清晨，当她睁开眼睛，看见窗户上明净的天光，幸福感便油然而生。她出门去工作，望见迤逦铺陈的秋色，心中的幸福感便更深浓了。

林一琛的房子整修完毕，虽未改变原先的格局，看着也是焕然一新。

如盈舒服地靠在铺了橘色的软垫扶手椅上，打量自己亲手打造的书房。红橡木书桌，崭新的笔记本电脑，一面墙都做了书架，摆着她的书籍和肖像照。

林一琛说：结婚后我们去旅行吧。

　　嗯，如盈点点头，我把手头的工作安排一下，尽量多留些时间出来。

　　我可以请年休假。林一琛说，我们自己开车，想去哪儿就去哪儿。

　　如盈说：我想去一趟法华山。其他去哪里你定吧。

　　嗯，我都会安排好的。林一琛说，我们结婚这天出发。

　　婚期越来越近了。如盈想买床上用品，还想给自己买几件新衣服，便抽空去了街上。她乘公交车到市中心，下车后沿人行道往前走。

　　桂花一树一树，香气袭人。阳光柔柔的，从树叶之间洒下来，在她脸上、身上嬉戏。她已经很久没有如此贴近地打量这个熟悉的城市了，蓦然间发现它原来竟如此繁华、如此欢快。

　　大街上车来人往、川流不息。阳光漫过屋顶，在街上四处流淌。广告牌闪着耀眼的光亮。黄橙橙的蜜橘堆得跟小山一样。蛋糕店里飘出浓郁的甜香。

　　如盈在小街小巷中穿行，不慌不忙地欣赏每一件自己感兴趣的东西。在堆满各种好看的小玩意的饰品店里，她拿过墨镜戴上，将一条异域风情的围巾包在头上，把自己装扮成阿拉伯妇女模样，然后站在镜子前，冲着里面那个陌生的自己笑。她在老字号食品店里买芝麻片和橘红糕，拍了一对年轻男女唱着歌揉麻糍的视频。她边走边玩，兴高采烈地享受着不可多得的快乐时光。

　　后来走得远了，她有些累，便坐在露天咖啡座歇息。

　　南方的秋天足够温暖，种在屋檐下的花草依然相互推着挤着、不可思议地旺盛着。年轻的情侣坐在角落里低声交谈，话语绵绵密密，若有若无地在空气里飘浮。如盈面对着美景，小口喝着咖啡。一切都是那么好，好得让人心生恍惚，似乎有细细的乐音在空气中飘来荡去，把人的心引到了邈远的仙境。

　　傍晚，林一琛下了班，两人一起上美食城吃东西。林一琛穿了件休闲西装，里面搭配羊绒T恤，正式中带着随意，显得更加潇洒俊朗了。他喜欢走路，他们便选择了步行。

天空呈现出粉蓝颜色，无尽伸展的银杏林给它镶上一道耀眼的金边，秋日的黄昏美得如同梦境一般。两人挽着手，一路有说有笑。

一个骑儿童自行车的小男孩超过他们，却又突然在他们前面停下，横车挡住他们，调皮地朝他们做鬼脸。

林一琛蹲下身，笑着问他：你几岁了呀？

小男孩歪着脑袋想了想，回答道：我不告诉你。我奶奶让我不要跟陌生人讲话。

两人听了这话都笑了起来。如盈看着林一琛，他笑得十分开心，也许因为心中盛满了爱的缘故，那笑容显得格外动人。

美食城生意火爆，披萨店和火锅店外面都排起了长队，为了吃到美食，人们不惜耗费时间耐心地等候着。

你想吃什么？林一琛问。

我随便。如盈笑着说。

那我们先逛逛，看看有什么好吃的。

两人慢慢溜达，研究店铺门外陈列的菜色图片，讨论哪些好吃哪些不好吃。

林一琛说：我们多来几次，凡觉得好吃的都尝一尝。

如盈看见了立在电梯口的巨幅电影海报，跟林一琛说：我们还没有一起看过电影呢。

林一琛马上说：那今天看吧。我们吃完饭就去影城。

他们看的电影名叫《罗马》，一部描述墨西哥小镇生活的影片，讲的是不同阶层、不同种族的两个女人几乎在同一时间被抛弃的故事。电影有些沉闷，但两人都觉得有点意思。

看完电影，林一琛送如盈回她的住处。深秋的夜晚寒意已重，风吹在脸上冷飕飕的。林一琛握住了如盈的手。他的手宽厚温热，让如盈觉得身上顿时温暖了起来。如盈提议抄近路走，林一琛欣然同意。他们在熟悉的小街小巷中穿行，如盈感觉像是走在自家的庭院里般自由自在。

他们讨论刚刚看过的电影。如盈赞赏片中女主人公，说她们坚强独立，令人钦佩。

林一琛说：女性确实伟大，即使自身遭受巨大创痛的时候，也还是不放弃对家庭、对他人的爱。

人都是在伤痛中成长的。如盈说，逆境对人的影响也是两面的，既是考验也是促进。对生活有清醒的认识总比一辈子浑浑噩噩强。

女性天生柔弱，林一琛说，我觉得她们的坚强都是被男人逼出来的。

索菲亚后来去了出版社工作，我觉得她很棒。

是的。林一琛说，工作能让人获得自信，有更多幸福感。

结婚后，我还是要像现在一样工作。如盈看着他说。

嗯，我支持你。林一琛搂住了她的肩膀，只是你要照顾好自己，不要太劳累了。

如盈靠着自己的爱人。是的，他宅心仁厚并且善解人意，是堂堂正正的男子汉，愿意为她遮风挡雨。有他在身边，她感到内心无比踏实。但即便这样，她还是下定决心不做缠绕大树的藤蔓，坚持做独立坚强的自己。

登记前一天，他们一同布置新家，换了窗帘，在客厅里挂了风景画。如盈拿出洗干净的床单被套，两人一起把它铺到新买的大床上。海棠红的丝质床品与柚木地板、花卉图案的墙布互相映衬，房间内一下变得喜气洋洋的。

第二天，如盈早早起床，吃过早饭，在镜前坐下来梳妆。窗外，丹桂正热烈地开放，阵阵的香气从窗口涌入室内，沁人心脾。小河畔，水杉林整整齐齐地排成了一道墙，初染嫣红。在清晨的阳光里，天地间的一切都怡然明亮。如盈慢慢地梳理头发，木质的梳子滑过柔长发丝，发出轻微的"嚓嚓"声。她微微扬起下巴，看着镜子里那个双眸晶亮、含娇带笑的美人，心中满是喜悦和激动。

林一琛准时来接，见到自己的薄施粉黛、穿着玫瑰色薄呢裙装的新娘时，一脸惊艳的神情。是的，她是那么美，整个人由内而外散发着悦人的光芒，令人过目难忘。他跑上前拥住她，很自然地亲了亲她的额头。

两人来到民政局，办妥手续，顺利拿到了结婚证。两个素不相识的人，因机缘巧合走到一起，许对方以婚姻，誓言相伴到老，其中需要多么大的缘分啊！他们温柔对视，携手走向门外，走进铺天盖地的阳光之中。

依照预定计划，两人驱车前往滨海城市——姥州。

旅　行

林一琛稳稳地驾着车，欢快的音乐如溪水奔流。

天朗气清，河水如碎金般闪烁着耀眼的光芒。公路两旁山峦起伏，林木层层叠叠，丰茂的绿色之中镶嵌着团团醉红艳黄，如同天才笔下的巨幅油画。如盈觉得自己仿佛闯入了画里，成了其中最生动的部分。

汽车上了高速，朝目的地奔驰。中途，他们在服务区短暂停留，简单地吃了快餐。天擦黑时，他们进入了姥州市区。据导航指引，到文昌街住进了预订的酒店。

次日清晨，如盈在蒙眬中听到了潮汐般的市声。她醒了，悄悄起床，撩起窗帘的一角，见外面古老的街道沐浴着清新的阳光，像是被加了滤镜般柔美。她站在窗前看，发现此地的建筑造型优美，均有红砖外墙、红色尖顶、白色的墙基和都铎式木窗框，有些类似西亚的阿拉伯建筑。如盈做过旅游攻略，她知道文昌街的历史可以追溯到宋代，但没想到它居然比图片上更美。

林一琛起床后，两人去街上吃早点。风从海上吹来，空气中散布着淡淡的咸腥味。街边很多小吃店，烤鱿鱼仔的辛鲜香气四处飘漾。

早饭后，两人在艺术氛围浓郁的老城里闲逛。姥州气候温润，瓜果和花卉都长得特别好，水果摊上木瓜有冬瓜那么大，摊主把它切开了论块卖。两人好奇，想尝尝大木瓜的滋味，便买了两块。木瓜自然熟透，软糯并有丰富的汁水，味道棒极了。他们边走边吃，感觉自由自在。

午后去逛跳蚤市场。林一琛喜欢旧瓷器，如盈便陪他一家家看，买了几件回来。往回走的时候，林一琛在路边花铺买了大束鲜花。如盈抱着花，林一琛一手拎着瓷器，一手搭在如盈的腰间。在这陌生的街头，没有人认识他们，没人知晓他们的生活历史，过去、现在、未来在一个点上，他们无须担忧被人评判和指摘，做了回最真实的自己。两人相拥而行，一心一意地享受属于自己的美好时光。

他们回酒店放了东西，又出去，到大排档吃海鲜。沿着长长的滨海步道走，路边全是做海产生意的店铺。他们进了一家排档，点了海鲜火锅和海蛎煎吃，稍稍喝了点白酒。这一天过得很好，两人都感到轻松愉快。

如盈对老建筑感兴趣，两人便去著名的古宅区参观。

根据旅游指南，他们在一条幽深的巷子里找到了一处深宅大院——甄宅。走进去，看见里面楼阁轩榭齐全，用假山花木点缀，自有宏阔的气派。

两人沿花园石径绕了一圈，也许不是节假日的缘故，竟没有碰见一个人。进入正房，依旧空荡荡的。两人倒是喜欢这种清静。他们细细欣赏门窗上的雕刻和檐下红白镶嵌的抽象图案，探讨它们的含义，觉得颇有收获。

内宅一样华美。庭前有个小花园，没有种花草，一棵枝干遒劲的老梅树孤零零地立在窗边。两人进入屋内，发现里面居然有人——是个上了年纪的男人，蹲在地上，正拿一柄小锤修理一条旧板凳，有人进去，他却连头都没有抬一下。如盈环顾房内，见生活用品一应俱全，最显眼的是雕花红木大床，及一张被放大了挂在墙上的女人照片。照片上的女人唇含浅笑、一双大眼睛如梦似幻，让同样是女人的她亦怦然心动。

您好！林一琛跟男人打招呼。

男人抬眼扫了扫两名不速之客，神情漠然，并不答话。

在与男人目光相碰的瞬间，如盈不由自主地倒退了一步。她从没见过这样的眼睛，它是那么空洞，明明看着你，却似乎什么都没有在看，仿佛面前的男人只是一具躯壳，灵魂已经失去了。

他是谁？为何在这古老的深宅大院独居？他有过快乐吗？庭前那棵梅树是不是曾经满树开着花？他是否曾躺在那张雕花红木床上，看天上的星河急速奔流？他是否在一个喜气洋洋的冬日，在这间屋子里迎娶了自己心爱的姑娘？他究竟遭遇了什么？他的亲人都去了哪里？是不是，他那美丽的妻子在四月的黄昏不辞而别，让他在年复一年的苦苦等待中渐渐心如死灰？一切都不得而知，每个生命都是那么神秘。

我们走吧。林一琛说，拉起她的手回到了门外。

两人从古宅里出来。外面阳光灿烂，如盈像从梦中醒来似的，觉得走在街上，置身于熙熙攘攘的人群中实在是美好快乐。

你怎么看那个男人？她问丈夫。

我们不了解他，还真不好说呢。林一琛微笑地看着妻子，但他过得不好，这是肯定的。我想，面对命运的提弄，我们都应该鼓起勇气，与自己的懦弱决裂，把目光转向外面的广阔世界。唯有如此，我们的心才会一点点宽广起来，生命才能重新开始。

去雪龙湾海滩前，如盈下楼梯时不慎扭伤了脚踝。

第二天来到海边。在海滩上活动的人各得其乐。林一琛脱了鞋袜，弯腰背起如盈，沿着海岸线，在潮湿的沙滩上慢慢地走，活力四射的户外运动爱好者与牵着狗漫步的人擦肩而过。

如盈伏在丈夫的背上，手里拎着他的鞋子。第一次与大海如此接近，一切都是新奇的。风扬起她的头发，把她衣服后背吹得鼓鼓的。白色的浪花高高扬起，然后重重拍在岸边的石头上。码头如同长长手臂伸向海中，红色的灯塔矗立在码头的最外端，仿佛是一支燃烧着的火炬。天空碧蓝，海域辽阔，岛屿一重又一重。白色游轮从近处的海面驶过，激起阵阵巨浪。身姿矫健的女孩踩着冲浪板，在波峰浪谷间出没。

相爱的人在一起，什么都好。尽管知道激情的火焰终将在时间里熄灭，一对情侣不可能在十年、二十年之后依然如胶似漆，但此时此刻的幸福却是实实在在的，让如盈无法不心醉神迷。

他们乘轮渡到了对面岛上。小山植被丰茂，彩色的树叶掩映着白色的平顶小屋。海边有用绳索拴着的橘色小舢板，两人上去，仰面躺着，将手伸进温暖的海水里，看着海鸥上上下下地飞翔。哦，世界多么广阔！如盈觉得自己的心也在轻盈地飞翔。

隔天，如盈扭伤的脚基本复原，两人便去枫叶坪，观赏了枫树林，又进了网红景点"爱情园"。

两人穿过竹林间的卵石小径，再绕过一个荷叶将枯未枯的池塘，便看到了刻在大石上的"爱情园"三个红漆大字。两人从竹门进去，见里面有一圈老式平房，院子里种了些花草，靠右有一男一女两座古装塑像——女人头发高高挽起，坐在小矮凳上，俯身揉搓着木盆里的衣服；男人是秀才模样，坐在离女人不远的地方，手握书卷，似在专心阅读。

廊下有块木牌，简要记述了主人公的爱情故事。原来女人是元朝极负盛名的教坊艺人，拒绝做知府的小妾，却与一无名书生结为夫妻。故事到此戛然而止。他们后来怎样了？没有人知道，大概也是生儿育女平淡度日吧。如盈想到了《雁丘词》。人们总是对轰轰烈烈的爱情津津乐道，却有意无意地隐藏了情感淡化后的生活真实。如盈注视着那凝固不动地劳作着的女人，觉得她落入了爱情的圈套。

你在想什么呢？林一琛探究地看着她。

哦，我在想，难道爱情就是这个样子吗？如盈笑着说。

嗯，有没有找到答案呢？

没有。这事情有点复杂。

林一琛笑了。那就别想了。他伸手搂住妻子的肩膀，明天要去石桥镇了，听说那是个世外桃源一样的地方，我的心已经飞向那里了呢。

翌日，两人前往石桥古镇，午后便抵达了那里。

预订的民宿是一幢新建的三层小楼，坐落在半山腰，面向幽深的山谷，隔着一里的距离与集镇相望。

听到汽车的声音，一位衣着整洁的短发中年妇人从屋内走了出来。见是前来住宿的客人，她便热情地把他们迎进了屋里。

这天没有别的客人，老板娘给他们调换了房间，让他们住了二楼朝南套房。

你们住几天？她问。

我们住三天。如盈回答说。

哦，好的。老板娘边熟练地操作电脑，边笑眯眯地说，我们这地方空气好，吃的蔬菜都新鲜，有些人来了，一住就是十天半月。

林一琛问：这附近有旅游景点吗？

景点倒是没有，来我们这里的人大都是喜欢静的人。老板娘说，街上有个茶楼，来画画的人都爱去那里。说着，她把房间钥匙交给了如盈。

房间确实很好。透过敞开着的阳台玻璃门，看得见不远处逶迤的秋山。阳光长驱直入，给室内涂上了亮丽的彩色。卧室很雅致，摆了灰蓝色单人沙发，小圆几上的白瓷瓶里插了支红枫。床上放着两只用布巾叠成的小白兔及小包装的糖果，颇有婚庆的喜感。

四周很安静，只听见鸟儿在悠长地啼鸣。夫妻俩长途跋涉，都有些累了，简单收拾之后，便躺下睡了。这一觉睡得酣畅淋漓，等他们醒来，天已经黑了。

林一琛下楼安排晚饭去了。如盈闭着眼睛静静地躺在黑暗中，听到楼下碗盘叮当作响，林一琛在与老板夫妇说话。食物的香气隐隐飘来，让如盈有些恍惚，似乎是自己从学校回到家里，昏天昏地睡了一下午后醒来。这感觉太好了！有人为自己打理一切，什么事都不必操心，懒洋洋地赖在床上，闻到的全是烟火和爱的味道。

林一琛回来了，用被子裹着如盈扶她坐起来，并帮她穿上了毛衣。

如盈穿好衣服，略梳洗一下，跟着丈夫下楼吃饭。

老板娘捧着朱漆托盘把饭菜送到桌上，有菌菇炖鸡块、炒卷心菜、石笋干蒸腊肉，还有用嫩姜自制的泡菜，食材均产自本地，味道非常鲜美。

饭后，两人坐在阳台边，看着一轮圆月爬上东边的山头、一点点升高。月色溶溶，空气甜丝丝的，带着淡淡的清香。山峰呈现出峻峭的轮廓，树林仿佛笼着层轻纱。灯火星星点点，偶尔传来一两声狗吠，像是经过了扩音器，有着轻厚的回声。夫妻俩相互依偎，低声交谈，时不时发出轻快的笑声。

早晨，他们在笛音般的鸟声中醒来。拉开窗帘，阳光瞬间便铺满了卧室。新的一天开始了，一切都生机勃勃，充满了希望。如盈走出卧室，站在阳台上看风景。柚子树依然绿意森森，枝条被累累果实压弯了，黄中带绿的柚子离她那么近，几乎触手可及。稍远的屋角立着一棵合抱粗的老枫树，经霜的红叶被阳光照透，仿若玛瑙做成的蝴蝶。一条蜿蜒曲折的小路沿着山脚伸向远处，插入屋宇层叠的小镇。

这一天，夫妻俩没有外出。他们吃饭、喝茶、看风景、交谈，享受着不可多得的清静和悠闲。是的，别人介入你的生活或者你介入别人的生活都是可怕的。能从烦杂的事务中跳脱出来，做什么或不做什么全由自己决定，能不必害怕暴露缺点和脆弱，做最真实的自己，实在是一种理想的状态。他们享受这无比美好的时光，觉得生活如此甜蜜，已无复他求。

第三天下午，夫妻俩去了镇上。

石桥古镇保持了原始的风貌，街道狭窄但交互连通，两边深褐色的木楼，如老友般静静地亲密相对。古镇犹如一个大宅院，让人感觉温暖亲切。

两人沿着街道往东走。此地保留了早市传统，午后开门的店铺并不多。街上没有几个人走动。黄斑大猫静静地卧在上了排门的店铺外。路面打扫得很干净，人家的门口种着雏菊和一些不知名的小花。拐过一个弯，有高大的石牌坊矗立着，两人抬头望，只见上面用小篆体写了"抱朴守拙"四个大字。

林一琛说：这是祖训吧。

嗯，如盈说，应该是的。

两人经过居民区。老人们在花坛边聊天、打牌。黑色越野车停在高大的台门外面。杂货铺的老板娘一边用笤帚扫地，一边开启蓝牙跟人讲着电话。脸颊饱满、五官俊俏的年轻女子抱着婴儿从家里走出来，在门前的竹椅上坐下，撩起衣服给孩子喂奶。

如盈跟丈夫说：我觉得这里的人都长得很好看。

嗯，还真是这样。林一琛点头笑道，我相信这跟欲望有关，没有过多欲望的人面貌会和悦，让人看着觉得舒服。

如盈笑着点头，觉得小镇是一个独特的存在，它就像一棵根深叶茂的老树，将历史与现实都纳入了自己的血脉之中。

街道尽头有一道横跨溪流的石桥，过了桥，便到了老板娘推荐的茶楼。

茶室在楼上，宽敞明亮，内部用原木打造，充斥着好闻的松木香气。吧台后面的木架上陈列着各式各样的茶杯茶盏，旁边墙上挂着二十四节气花卉图，看起来很文艺范儿。

里面坐着的人，看样子都是外地来的游客。两人找了个相对幽静的位置坐下。茶泡了上来，倒出来时香气扑鼻。如盈喝了一口，觉得味道甘醇，是茶中上品。

有个衣着随意、梳小辫、戴鸭舌帽、蓄着胡须的画家在窗前支着画架作画。如盈一边喝茶一边看他画。画家专心一意，一笔笔细细勾画涂抹，画面上，远山、溪流、屋舍错落有致，是浓缩了的小镇美景。

时光静静流淌，如盈觉得自己的心也如一汪清泉，安谧自在。

法华山

离开石桥镇后，如盈和林一琛踏上了去法华山的路途。

他们早晨出发，在服务区吃了中饭，又在一个小县城过了一夜，次日中午到了法庆市。车窗外，高架桥回环往复，远处的城市挤在谷地里，看起来有些局促。

汽车下了高速，沿着华光大道走，不久便进入了法华山景区。

道路两旁盛开着波斯菊和虞美人，成片的枫香树矗立在山坡上。寺庙出现了，一座接着一座，庄严堂皇，金色的飞檐在太阳下闪射出耀眼的光芒。香火的气息随风飘漾，把人带入一种特别的氛围之中。

法华山果然名不虚传啊。林一琛赞叹道。

是呀，如盈说，这里寺庙真多，又高低错落分布，看起来确实跟别处不同。

林一琛沉吟说：我在想，建寺庙的意义是什么呢？

寺庙是供佛之处，也是僧侣们栖身和弘法的地方。如盈说，有了寺庙，人们就有机会了解和亲近佛法，找到解除自身烦恼痛苦的方法。

嗯，林一琛点点头，有道理。

他们在法华街上的一家旅馆入住，然后去附近的大众餐厅吃午饭。如盈打量街边的建筑，见全是青砖外墙、人字架木屋顶，觉得它们应该建于 20 世纪七八十年代。

下午去光华寺参加法会。旅馆就在寺院旁边，两人步行过去，几分钟便到了。

大殿外，几只铜鼎香烟缭绕，枝干遒劲的古树分列两旁。两人进入禅堂。身穿杏黄僧袍披红色袈裟的老法师坐于法台上，微闭着眼，与僧人们一起诵经。先到的人亦跏趺而坐，凝神敛息，沉入了空寂的境界。两人悄悄走到里面，在一个角落找到位置，挨着坐了下来。

诵经结束，法会正式开始。老法师说：

我们总是被烦恼痛苦折磨，有些人甚至一辈子都找不到快乐。不知大家有没有想过，我们的痛苦为何如此之多？它们究竟来自哪里呢？现在我告诉你们，除了老、病、死之苦，别的苦其实全是人心自造的。我们的心，刹那变化、捉摸不定。心的幻影，如彩虹般美丽而不真实。心念生灭不已，犹如飞翔在海上的小鸟，找不到栖息的地方。向菩萨求告没有用。谁也救不了你，你只能自救。你只有睁开闭着的眼睛，看清楚自己的内心，找到痛苦的根源，知道自己被哪些妄念所控制，才能够真正消除痛苦，重新获得自由。

大家观照自心，看看自己是否贪念不息？是否心怀嗔恨？是否总是愚痴执着？有没有经常妒忌和恐惧？很多人因为贪、嗔、痴、嫉妒、恐惧，让心变成了一座熊熊燃烧的火宅，把自己困在里面，无力自拔。

法师年事已高，但声音宏亮，所讲的每个字都清晰可闻。如盈望着法师慈和的面容，感受到了来自他内心深处的力量。

法师继续说：

打个比方，有人对你怒吼。你以牙还牙，也立刻对着他怒吼。你一定认为你这么做没有错，但你肯定没有想到，在这个过程中受伤害的恰恰是你自己。你遭遇了恶缘，被它牵着鼻子走，你被嗔恨、愤怒所控制，在激烈的情绪冲突中深受痛苦。

但是，若我们换种方式，别人对你发怒，你不怒不恼，沉着冷静应对，向内寻求此人对你发怒的原因，结果就会很不一样。假如你觉察到此人的怒气来自你的错误行为，你就会承担属于自己的责任，不去责怪对方。假如你觉得自己没有错，你便应该尝试找出引起对方误会的原因，弄清事实真相，让误会得以消除。要是你能这么做，就可以让自己和他人免受许多无谓的痛苦。

世间纷争不断，充斥着欲望、见解的对立。人与人、人与物、人与自然总是发生种种形式的冲突、倾轧。为何会这样？其实均是人的执着和分别心所致，我执和情执是人痛苦的根源。

很多人不能正确认识自身所处的这个世界，看不到生命的实相，将自身与别人和别的事物割裂开来，分出高低贵贱，定要一争高下。但如果你觉悟了，你就会发现，世间万象皆是因缘和合而生。生命与生命紧密连接，万事万物都互相依存，没有什么可以独立存在。如果你正享用着一个甜美的苹果，如果你追溯这苹果的来路，你会想到它来自一棵苹果树，因为吸收了阳光和雨露，所以才变得如此甜美诱人。如果你接着想，你还会想到，是种子、泥土、空气等的共同作用，才最终成就了这个苹果。同理，我们现在享受的物质文明和精神文明，也是人类分工协作、共同创造的成果。生命与生命息息相关，你中有我、我中有你，是一个不可分割的整体。

每个人的眼泪都是咸的。人生而平等，没有贵贱和优劣之分，就像各种形状的金器，只是外观不一样，本质完全相同。人的区别只在于觉悟与不觉悟。修行是走向觉悟的必由之路，它如同一根漂浮在海面上的树枝，给人泅渡到彼岸的希望。

修行的好处很多。它能给我们一颗清静之心，让我们去洞悉事物真性，更深地了解宇宙和生命，获得大智慧。了解之道就是解脱之道，所有的痛苦都可以因深切了解而排除。如果我们对自己与外在事物以及人与人之间的真实关系有了更多的了解，我们就会接受这个世界的有限和不圆满，维持心的平衡，像屹立山谷间的岩石那样，不被毁誉之风干扰，坚定地望着天空中那朵最美丽的云彩，忘掉周围的烈焰和狂涛。

修行就是"诸恶莫作""众善奉行"。我们每做一件善事，就为世间积聚了一种力，每做一件恶事，也为世间积聚了一种力，这在佛教中被称为"业力"。种种业力组合，推动人生的走向。何谓善？善就是怀着慈悲之心对待每一个生命，善中之善就是设身处地、将心比心地爱护生命。每个人都有自己的局限，因此，我们不应该相互鄙薄，而应该怀着善意和宽容之心看待彼此。只有爱和慈悲，才能成全我们，让我们的生命获得最终的圆满。

有人说，人来到世上，就是来受苦的。这么说其实是不对的。万法缘心，苦和乐均为心所造。假如我们能做到心中无相，并一念不生，生命的真相就会昭然显现，痛苦也会因此而消灭，我们的心就会迎来平和与喜悦。那时候，天边的第一缕晨曦，沾着露水的花朵，蓝天上舒卷的白云，淙淙流淌的溪水，树梢上皎洁的满月，都将是我们的快乐源泉。

……

如盈用心聆听法师的教诲，细细品味其中的深意，感觉内心如雨后晴空般洁净明亮。

晚饭后，两人出门散步，听见光华寺内正在做晚课，低沉浑厚的诵经声，似松涛起伏，绵绵不绝。

参加这样的法会真的很好。林一琛说，我是今天才知道，人最好的状态竟是有一颗清净心。

嗯。有了清净心，我们就可以离苦得乐、得到解脱了。如盈说，《心经》里讲"空中无色，无受想行识，无眼耳鼻舌身意，无色声香味触法，无眼界，乃至无意识界。无无明，亦无无明尽，乃至无老死，亦无老死尽。无苦集灭道，无智亦无得"，强调的就是一个"空"字。"空"并不是叫人心如一潭死水，放弃作为人的正当需求。"空"其实就是叫人内心不执着，保持清净。人要是能做到内心清净，就不会成为情绪的奴隶，就不会自寻烦恼、去制造种种痛苦了。

夫人厉害。林一琛笑道，我要拜你为师了。

好啊！如盈大笑，学费就免啦。

第二天，两人按计划先走了山下几个寺庙，然后乘索道到半山腰，再徒步攀登，去往坐落在山顶的法华寺，参加在那里举行的第二场法会。

山坡上，青钱柳、青栲树、鹅掌楸的叶子已开始发黄，只有凤凰松还一片片绿着。他们从陡直高耸的岩壁中间穿过，再转过一块嶙峋突兀的巉岩，看到一道绝壁横在面前，一条由人工开凿出来的羊肠小道，在悬崖峭壁上走着"之"字，通往山顶的法华寺。

林一琛让如盈走前面，说这样可以看着她。

他们开始向上攀登。山势陡峭，如盈看到自己的脚就在林一琛的头顶上。路极狭窄，仅容一个人通过。上了山腰横道，如盈大着胆子朝外栏杆看了一眼，见石壁寸草不生、笔直地插入万丈深渊。她的手心出汗了，两腿微微发抖，战战兢兢地挪着脚步。转弯，再上一层，路更险峻了。一名中年男子靠着岩壁瘫坐在地，年轻的姑娘躲在男友怀里哭泣。

不要怕，林一琛说，有我在呢。

嗯。如盈不敢回头，只求快快结束这路程。

终于，他们踏上了接近山顶的一块平地。法华寺赫然而现，隔着一段长长的石阶，如庄严华美的冠冕，高踞在华峰之上。

两人坐在一块平整的岩石上休息。

怎么样？林一琛看看妻子的脸。

还行。如盈笑着说。

林一琛从双肩包里拿出橘子，剥了皮递给她。

这路太险了。他说，寺庙建在这样的地方，古时候又没有索道，僧人们上山下山一定非常艰难。

嗯，肯定艰难。如盈说，俗世的人业重，古代的僧人为了远离尘杂染源、静心修行，总把寺庙建在人迹罕至的山上。

林一琛点点头。与世界大同一样，人人觉悟是没有可能的。他若有所思地说，但每个人都可以修行，而且任何时候开始都不会晚。我觉得，人若有所觉悟，最大的受益者是自己，其次才是他人和社会。

是的。如盈说，我们都是需要修行的人。

休息之后，两人拾级而上，顺利到达了顶峰。

法华寺是一座古老的寺院，依山而建、造型大气，周围的岩壁上随处可见摩崖石刻，并且均出自古代名家之手。

两人进入殿堂，见里面的装饰亦非常华丽：佛像脚下摆了金色飞龙香案，七色缎幔从梁上披挂下来，朱漆圆柱上雕刻着奇花异草。如盈见墙壁上绘有图画，便走近去看。因年代久远，许多地方脱了色，有些模糊不清。她细细看，发现这些画全是佛教故事。

法会讲的是《六祖坛经》。法师讲完时，有人站起来，合掌作礼道：法师，我住在城市里，几乎天天都会遇到烦心事，我相信佛能让我离苦得乐，但不知该如何修行，请您给予指教。

法师微笑颔首，说：

学佛者，首先必须持戒、修福，如此才可以证得因果。

佛法就像家常茶饭，修和证，都应该在日常生活中进行，必须于行住坐卧中，一切时、一切处，微密用功。清夜平旦时，向自心中观照。对境随缘时，向一切法上观照。不管修何种法，都要在衣食起居和其他各种境缘中锻炼自心。若时刻不离，就能渐渐入门；若久久不离，心便会慢慢清净起来。

佛法出自佛经，多读大乘经论能增长智慧，让人定心安神。然经书难懂，许多人畏难，往往读不懂便干脆放弃了。事实上，佛经主要靠悟，如果我们真正用心去读，读熟之后，经常观照其中一段两段，或者一句两句，久而久之，便会于一念不生时，忽然性光发现，经中真实道理，便也自然明白了。

法会结束，如盈同林一琛走出法华寺，循原路下山。

已是日落时分，薄纱似的雾霭从谷中升起，向四周弥漫开来。山风扑面而来，带着苍茫的力量。峰峦起起伏伏，从脚下层层铺展开去，如万千信徒匍匐于佛前，夕阳的余晖为它们涂上了金红的颜色，让天地融为一体、宏阔壮美。晚钟响了，恢弘悠长，携带着深重的记忆，在千山万壑间流转，传递着亘古不变的讯息。

似乎时间的界限消失，不再有过去、现在、未来。如盈觉得所有的思虑都不复存在，心中湛然空寂，宛若云开月朗，一片光亮。

琴瑟和鸣

婚后，如盈调整了工作节奏，用更多时间来照顾丈夫。

她每天早起，去农贸市场买刚采摘的瓜果蔬菜，给丈夫做营养美味的早餐。傍晚，她边准备晚餐边等丈夫回家，听到开门的声音，便跑去迎接丈夫，给他递茶水、削水果。入冬以后，她又拿老姜、独活、丹参、当归煎汤，让丈夫用它泡脚。

妻子的温柔体贴，让林一琛备感幸福。但他爱惜妻子，怕累着她，也总是抢着干家务活。他关心她的工作，给她订了好几种专业的刊物。他自己也阅读设计方面的书籍，并经常与妻子探讨，帮助她打开思路。

他们情投意合，在一起时，总有说不完的话。

林一琛读了些佛学著作，便跟如盈谈心得：我认为佛教体现了极致的智慧，犹如精神高殿，是一种宏伟精致的精神构建。佛家不编织神话故事，主体是人而不是神，讲的全是宇宙和生命的真相。还有，佛家倡导不住色布施，这是慈悲，是非常现实的世间行为，教人向好，所以我觉得佛学既不是迷信也不消极。

嗯，你说得很对。如盈说，许多人没读过佛经，或者并不理解经文深意，所以产生了种种误会。

林一琛说：佛法其实并不高深，只是需要我们用心去悟，并按照指引持之以恒地去践行。释迦牟尼创立佛法，目的是让人摆脱烦恼和痛苦。那些想通过拜佛升官发财的人，说到底是愚昧无知。

嗯，确实是这样。

林一琛说：小时候听老师讲《陋室铭》，听得一头雾水，根本理解不了文字的意蕴。今天再想起"可以调素琴、阅金经"句，才明白刘禹锡是修功很深的人。

嗯。如盈笑着点头。

是的，他们都是普通人，日子也不外乎柴米油盐酱醋茶，但因为心灵高度契合，他们超越了普通夫妻之间的琐碎与缠缚，关系更接近于灵魂层面的交融。

如盈经常去看望明真的外公外婆，把他们看作自家父母，给他们买各种吃食，为他们洗衣、打扫房间，陪外婆去公园散步。

但外婆的感情颇为复杂，见到如盈，便情不自禁地怀念自己的女儿，一边笑一边偷偷抹泪，弄得如盈也很难过。外婆跟如盈讲自己的女儿，絮絮叨叨地叙说往事，描述女儿如何如何聪明、如何如何美丽，说林一琛与自己的女儿恋爱时天天上自己家，说他非常勤快，还经常唱歌给大家听。有关女儿的事，老妈妈都清楚地记着，讲得细致入微，讲到动情处便又哽咽落泪，仿佛那些事都刻在她的心上，每触碰一下都会让她痛彻心肺。

如盈理解老妈妈，心里充满了同情，便对她更好了。

外婆本来就喜欢如盈，现在接触多了，见如盈真心实意对自己好，渐渐地便不再有失落和妒忌之心，拿她当亲人看待了。

如盈再去时，外婆不再提伤心往事，而是改谈外孙女明真了。她讲着明真的童年趣事，时不时发出欢快的笑声。明真是她女儿的骨血，又由她一手带大，自然是她的心头肉了。每次讲完外孙女的故事，外婆都不忘说一句：到年底了，明真也快回来了呢。

十二月初，明真从新加坡回来了。

如盈在照片和视频里见过明真，但看到真人时，依然被女孩儿的青春靓丽惊到了。

明真有珍珠般的白皮肤和漆黑明亮的大眼睛，一头海藻似的长发，棱角分明的小嘴轻抿着，身上兼具热情奔放和娴静温婉两种截然不同的特质。

看见父亲身边的继母，明真大眼睛一轮，露出了欢喜的笑容，跑上前，给了如盈一个大大的拥抱。

未见面时，如盈不知道明真会怎么对待自己，心里着实有些忐忑。如今，她心头的疑云顷刻间烟消云散。她拥抱着柔软清香的女孩儿，感觉心醉了。

明真是特别简单的人，她性格阳光，且知书达理，明白自己应该尊重父亲的选择、接纳自己的继母，因此对如盈十分友好。明真很独立，动手能力也强。她给父母做西餐，煎出来的牛排外焦里嫩，非常好吃。她还会做南洋咖啡，先在杯里放入炼乳和糖，再用热咖啡冲泡，具有独特的风味。

明真不像别的孩子那样整天玩手机。她经常跟如盈聊天，讲自己在国外的生活，说自己跟同学一起去外面活动，到麦里芝水库徒步，在公园连道上骑行，去阿拉伯街吃鱼片米粉。见如盈喜欢看书，便给她推荐了不少文学作品，其中有石黑一雄的《长日将尽》、多丽丝·莱辛的《青草在歌唱》《金色笔记》。

聪明可爱的女孩儿就像下凡的天仙，让如盈觉得怎么爱都爱不够。她太喜欢明真了，觉得能得到这么好的女儿，是上天给予自己的最好的褒奖。

但如盈很快就发现，跟自己在一起的时候，明真很像个大人，而见到外公外婆时，立刻又变成了一个爱撒娇的孩子，她倒在外婆的怀里，"咿咿呜呜"地说话，把外婆的衣服弄得皱皱的。

对比之下，如盈知道明真只当自己是朋友，并没有当自己是母亲。她略有些失落，但随即又释然了。是的，爱都是对等的，没有付出就不可能得到，付出越多得到也就越多。外婆对明真付出了那么多，明真爱外婆是理所当然的。她觉得明真尚在观察自己，她们还需相互了解，这是个过程，需要时间。

如盈不去管别的，只是真心诚意地付出，对明真呵护备至。明真是冰雪聪明的女孩儿，她感受到了爱，对如盈渐渐亲热起来。

有阳光的午后，她们去广场上散步。明真很自然地挽着如盈的手，跟如盈讲一些自己的小秘密。她描述自己喜欢的男生的样子及未来生活的蓝图，言语中流露出少女的梦幻之情。如盈微笑着听她讲，然后坦率地谈了自己的看法。明真能鉴别是非，知道如盈都是为她好。随着时间的推移，两人的关系越来越融洽了。如盈欣喜地看到，自己与明真的情感如同春天里迁徙的树苗那样，在经历短暂的磨合之痛后，正以茁壮的姿态成长起来。

假期很快过去了。如盈和林一琛送明真去机场。

车停在候机大厅外面的通道上。林一琛从后备厢里搬下沉重的行李箱，如盈接过去推着，把明真送到候机厅门口，把箱子交给了她。明真探过身跟如盈贴了贴脸，又回头对父亲挥挥手，然后转身进了宽大的玻璃门。

如盈站在门外，看着女孩苗条活泼的身影渐渐远去、融入熙熙攘攘的人流中，心里充满了惜别的惆怅。

回到车上，林一琛看了看她的脸，笑着说：不要舍不得，孩子长大了总要飞的。

没办法，我放不下。如盈轻轻叹了口气。

林一琛略顿了顿，跟妻子说：我考虑过了，你把馨儿接过来吧，我会像爱明真一样爱她的。

如盈微笑地看着自己的丈夫。是的，馨儿是她永远的牵挂，馨儿的远离是深埋在她心底的痛。他了解这些，希望她称心如意，所以甘愿承担额外的责任。但她摇了摇头，说：现在这样很好，我觉得很幸福。已经失去的东西，再找回来也已不复从前。父母与孩子的缘分最深，但缘起缘灭都是天意，我们只能遵从。

嗯，林一琛握住了妻子的手，你是对的。

他们走城际公路回兰城。途经风景优美的地方，两人都觉得这里好，便决定下车走走。

正是一年中最冷的时候，山上的草木差不多都落光了叶子，而山下住宅区里的红叶石楠依然生意盎然，人家露台上的仙客来也在阳光下艳丽着。

这房子真不错。如盈说。

嗯，是不错。林一琛环顾四周，有山有水，视野开阔，阳光也充足。

我觉得高一点的房子更好些。如盈说，想想看，坐在家里，抬头就能见到起伏的山峦、不断变换颜色的树林和天空中变幻莫测的云彩，这有多好呀。

林一琛看着她，很认真地说：那我们也买一套这样的房子。

如盈笑笑不说话。

我知道你在想什么。林一琛笑着说，钱不是问题，我的就是你的，我们是一个整体。

被说中了心事，如盈有点不好意思。他善解人意且豁达大度。她爱他也感谢他，觉得自己是幸运的人。

两人开始看房。第一次，他们根据广告找到了一个位于郊区的楼盘。

售楼小姐三十出头，有点自以为是，一直照着自己的心思说话，跟他们谈周边尚在规划中的开发项目，说此地不久后将成为旅游中心，买他们的房产就是最好的投资。他们并不喜欢这里的房子，听完后转身欲走。

但售楼小姐抢前一步把他们拦住了。你们是不是嫌房子贵？她说，你们等几个月试试，到时候你们肯定会大吃一惊——哇喔，这房子怎么涨这么多了！而且，你们也一定会后悔懊恼——因为房子卖完了。

两人耐心地听着，觉得这人口才了得。

这之后，如盈接到了许多房产中介的电话，差不多都是邀她参加新推出楼盘的售房活动。其中一个中介持续不断地给她打电话，弄得她觉得再不去似乎就有些不近情理了。

她与林一琛到达售楼活动现场，发现里面人山人海，如乡村庙会一样热闹。

中介是个矮矮胖胖的年轻人，看见他们便使劲地笑。他带他们参观样板房，指着窗外的人工湖和塑料花说：你们看，小区的景色多美啊！他察言观色，见他们对这个楼盘不感兴趣，便马上转向，说：我手头有不少房子，你们有时间的话，我可以带你们都去看看，保证让你们买到满意的。

从此，只要一到周五，他就给如盈打电话，约她去看房。如盈与林一琛一起去，跟着这个中介看了很多房子，却都不甚满意，觉得不是自己想要的。年轻的中介倒是好脾气，不仅没有不耐烦，还一再跟他们说抱歉。

如盈感叹说：要做成点事也真难呐。

嗯，林一琛笑着道，但年轻人有进取心是好的。

接下来，两人继续看房，却一直没有看到理想的房子。如盈有些泄气，跟林一琛说：是不是我们要求太高了呀？

当然不是。林一琛说，你别不信，我感觉事情马上就要成了。

这期间，柳树又绿了，油菜一方方黄了，各种花也呼啦啦地开了。

周末，如盈和林一琛去南郊踏春，来到一个树木葱茏的地方，看见有条新修的水泥大道，便驱车顺着它往里走。

路旁的田地里开满了色彩缤纷的花朵，散发着醉人的芳香。远远地，他们看见了排列在山坡上的房屋，驱车来到这片房子面前，发现居然是正在销售的住宅楼。

夫妻俩喜出望外。这真是踏破铁鞋无觅处，得来全不费工夫。对，就是它了。这是理想的家园，他们看一眼便知道了。

篱下花开

第二年，四月里的一天，如盈与朱眉、振业相约，三家人在郊外农庄聚会。

朱眉怀了孩子，肚子已经膨大。她穿着葱绿色薄毛衣，外面套件宽大的印花布裙，乌黑的秀发随意地挽在脑后，一张俏脸白里透红，看起来仍是那样出众。

振业的小儿子已经会说话了，他穿着蓝白细条纹针织衫、棕色灯芯绒背带裤，像一只小企鹅似的在草地上摇摇晃晃地走，边走边不停地掏裤兜。

如盈喜爱得不行，便过去蹲在他面前，笑着问他：宝宝在找什么呢？

孩子收回小手，摸摸肚兜上憨态可掬的小熊，含混不清地说：钱纠（丢）了。

哦，丢了多少钱呢？如盈故意逗他。

孩子对钱没有概念，看看自己两只圆圆的小手，又看看如盈，然后眯起眼睛露出了滑稽的笑容。

太可爱了！如盈情不自禁地把孩子搂进了怀里。

诗雅走了过来。孩子从如盈怀中挣脱出来，张开双臂扑向母亲。诗雅笑着抱起孩子，连着亲了好几下。孩子"咯咯"笑，指了指正在放风筝的几个孩子。做母亲的马上明白了孩子的意思，顺从地去了孩子扎堆的地方。

林一琛与振业在花园里喝茶聊天，如盈没去他们那里，径直来到了朱眉身边。

胡彬和悦悦去哪里了？她问朱眉。

他们到后面山上摘花去了。

你也不能总坐着。如盈说，我们也去走走吧。

朱眉点点头，起身跟她一起走了。

　　两人通过花树中间，走向广阔的田野。阳光透过扶疏的花木在朱眉身上嬉戏，溶溶的光影在她五官精美的脸上浮动。如盈挽着好友的手，亲热地注视着她。平日里大家各忙各的，难得聚在一起，现在总算见到了，自是欢喜不尽。

　　她们转到后面，看见诗雅混在一帮孩子中间，牵着一只蝴蝶风筝在跑，她的小儿子仰头看着在天空中飘飞的风筝，举着小手欢叫着。诗雅穿着粉色针织套装、白色运动鞋，身姿轻灵，看起来依然十分青春。

　　如盈说：诗雅有智慧，能把握家庭和事业的平衡点，知道该做什么不该做什么，我真佩服她呢。

　　切，你也太抬高她了吧。朱眉不以为然地说，生养孩子这么难，她要是很聪明，为啥这把年纪了还去吃这种苦头？

　　有孩子多好。如盈瞄了瞄她的肚子，你看诗雅那小宝贝多么可爱啊。

　　你这么喜欢孩子，那为什么不再生一个呢？

　　如盈笑了。确实，借由自己的生命繁衍出另一个新生命，并且这个生命里藏着你的生命密码、与你血脉相通，是无比神圣美好的事。但她现在有两个女儿，已经很满足了。

　　我有明真和馨儿呀，你觉得还不够吗？她笑着反问。

　　朱眉看了看她的脸，小心地问道：馨儿现在怎么样？

　　说实话，我也不清楚。如盈说，她父亲不许她跟我联系，所以我无法得到她的消息。

　　你就这么放弃自己的权利了？

　　那我又能怎么样呢？如盈眯起眼望向远方，轻声说，馨儿是我的心头肉，我非常爱她。但她现在跟着父亲生活，我不想她再被困扰和伤害。

朱眉轻轻叹了口气，问：你怨恨彭海明吗？

如盈笑着摇了摇头。馨儿也问过这个问题。她说，彭海明是馨儿的父亲，但早已不是我的丈夫了，我们是完全不相干的两个人，我没必要在一个不相干的人身上浪费自己的感情。

她们绕过开满绣球花的院墙，走进葱郁的小树林中。

胡彬父女刚从山坡上下来，悦悦看见妈妈，举着一束野花跑了过来。

哇，这花好漂亮啊！朱眉赞叹道，伸手理了理女儿额前的头发。

悦悦一手攀着母亲的胳膊，让母亲说出她手上那些花的名字。

如盈跟朱眉一起辨认，只说出了点地梅、月见花、日日春等几种花名，其余的都不认识。

胡彬走过来，对如盈淡淡地笑了笑，说：天气不错，景色也很好。他从她们身边经过，回头叫悦悦：过来，跟爸爸走。

如盈心里不是滋味。胡彬曾经那么信任她、肯对她倾诉自己的心事，但现在，他似乎在刻意躲避她，仿佛她是一根导火索，会引爆他内心的某个雷区似的。但她并未责怪胡彬，因为没有谁会喜欢见到知晓自己糗事的人。

待丈夫和女儿走远了，朱眉说：他现在就这副样子，你不必理会。

嗯，他对你怎么样？

朱眉叹息了一声，幽幽地说：他现在像换了个人一样，有时高兴，有时脸阴得像蒙着块黑布。以前他喜欢跟朋友聚会，现在他也不出去，整天闷在家里，弄得我心里也很不舒服。

如盈觉得朱眉的婚姻就像一只有了裂隙的碗，已有了勉强和将就的意味。

再要一个孩子是你的意思吗？她问。

不，是他提出来的。朱眉说，我怀上孩子后，他对我好了很多，也不大发脾气了。

如盈也在心里叹息了一声。孩子的到来能修补他们夫妻的感情吗？但愿吧，但愿他们在共同承担艰辛、品尝喜悦的过程中能再次生出休戚与共的情意来。

　　如盈去看望平姐。

　　平姐已搬到了郊外别墅居住。如盈到达时，平姐正在花园里忙活，她穿着胶鞋，额头渗出细小的汗珠，脸红扑扑的，看起来精神十足。

　　这花园真漂亮！如盈看着花花草草欢喜地说。

　　平姐开心地笑。放下工具、脱了手套，说：那我们先在院子里走一圈吧。

　　所有的植物都在拼命生长。铸铁围栏上蔷薇花汹涌翻卷，太湖石旁绣球花开得如碗口般大。樱桃已经红了，枇杷树和无花果树也结下了指甲大小的果实。石径两边，薄荷、三七、穿心莲等药草也都长势喜人。平姐跟如盈说：我在看《神农本草经》，所以种了这些。

　　如盈跟着平姐来到后院，见这里跟前院不同，海棠花下摆着四方茶桌，草坪上立着彩色的玩具屋和滑梯，是休闲和儿童玩耍的地方。

　　泽茵的孩子过周岁了吧？如盈问。

　　是的，已经会走路、会说简单的话了，很可爱呢。平姐笑呵呵地说，老陈非常喜欢孩子，这外孙还这么小，他就又想抱第二个了。

　　如盈笑着问：陈校长在家吗？

　　学校临时有事，他刚刚出去了。平姐说，他知道你要来，特地给你烤了个蛋糕。

　　两人摘了些樱桃，然后进了屋内。

　　平姐带如盈参观自己的新居。如盈很喜欢平姐家的厨房，赞叹说：这么宽敞明亮，又设备齐全，真是好呢。

　　我们当初选择这房子，这个大厨房就是理由之一。平姐高兴地说，我们得为外孙、外孙女准备呀。有了这个厨房，以后小宝贝们来了，我们就能给他们做很多好吃的，无论是中餐还是西餐，只要他们喜欢，我们都可以做给他们吃。她一边说，一边从烤箱里取出了热乎乎香喷喷的蛋糕。

她们把茶和蛋糕拿到外面，坐在海棠花的阴影里聊天。

平姐说：你难得来一趟，老陈一早去买了菜，今天你必须在我们家吃中饭。

陈校长太好了。如盈笑着说，你们真是神仙眷侣呢。

平姐大笑。世上哪有神仙眷侣啊。我们也只是普通夫妻，跟大多数人一样，恋爱、结婚、生子，工作、吃饭、睡觉，厌烦各种琐碎事务，也几乎对平淡生活失去耐心；但好在我们都比较清醒，知道普通人的生活道路只有一条，那就是我们必须脚踏实地过日子，不能对任何人、任何事抱有幻想。她说，我们的婚姻也有艰难的时候，但从来没有糟糕的时候。婚姻生活中有无穷无尽的烦恼，但只要我们忍一忍、再忍一忍，一切也就过去了。婚姻之道并没有捷径可走，必须忍耐、包容、付出，它更像是一种信念，容不得怀疑，更不能抱游戏的态度，需要我们真诚恪守。夫妻关系最现实也最真实，我们在一蔬一饭、一言一语、一举一动中一点点靠近，不离不弃地相守，最终成了彼此生命中最好的人。

如盈微笑着倾听，频频点头。

现在，我们的女儿也结婚生了孩子，我们的人生使命已经完成了大半，来路和去路也已清晰，生活便更加清净无忧了。平姐继续说下去，工作了这么些年，我们也积累了一点财富。有了这些钱，我们就有能力带孩子们出去旅行，大方地给他们买礼物，等我们老得走不动了的时候，我们就选一家好的养老院，在那里有尊严地度过余生。

是的，世间难有称心如意的感情，但是有处理感情的正确方式。人生在世，读书、恋爱结婚、养育孩子、照顾父母、安度晚年，不同的年龄就该做不同的事，这是世间的大秩序，如果违背，人生就会失去平衡。如盈钦佩地看着平姐，感受到了来自她内心的力量。她相信平姐会一直幸福下去，将来儿孙满堂、活到天年、在自家的大床上平静过世。

新居装修完成，如盈和林一琛搬去了那里。

房子东南朝向，四季阳光充沛。如盈的书房视野开阔。凭窗眺望，两山错落相对，一片狭长的谷地从中间穿过，如一条悠远的通道，让目光得以无限延伸，看到山峦起伏相续、一道道铺设开去，翠绿、黛青、灰蓝、淡蓝，层次井然，到远处与天空融为一体。

　　清晨，如盈在喧腾的鸟声中醒来，起床打开门窗，鲜甜的空气便瞬间涌入房内，让她感到心旷神怡。黄昏，她凝视浅蓝色的天幕，看月钩斜挂天际、星星渐次闪耀。她常常于半梦半醒之时听见大自然的各种声响：雨洒落在草尖上，竹子一节节拔高，风铃木打开了沾着露珠的花苞，野兔爬出洞穴在草地上奔跑……

　　如盈和林一琛喜欢坐在宽大的阳台上，边喝茶边欣赏自然美景。春夏之交，树木枝繁叶茂，深深浅浅的绿色相互堆叠，如同大海汹涌的波涛。夏日午后，天空变幻动荡，云彩随风飞渡，时而如大海里游弋的鱼群，时而如高原上圣洁的雪峰，时而像孤鹰展开巨大翅膀掠过山脊，在谷中投下大片阴影。

　　工作之余去林一琛老家，他们一起莳弄柑橘、杨梅、蜜桃、无花果、木槿、紫薇、桂花、蜡梅、凌霄、茉莉、栀子、蜀葵、绣球等果树花卉及各种蔬菜。初春，他们细细翻耕土地，种下毛毛菜、莴苣、豌豆、蚕豆等。到了三月，天气转暖，莴苣叶子日益繁密，豌豆、蚕豆抽长了茎秆，毛毛菜蹿高了嫩绿的薹。林一琛砍来竹枝，教如盈给葫芦和黄瓜搭棚架。五月里，栀子花喷出浓郁的芳香，蜀葵花压弯了枝条，凌霄在篱墙上摇曳。进入六月，阳光更加充足，茉莉、夹竹桃、合欢、木槿、紫薇次第开放，玉米须染上了褐色，毛茸茸的葫芦和长满刺的黄瓜从棚架上挂下。

　　他们朝夕相伴，彼此温柔相待，守持内心的朴素洁净，诚实劳动，用双手创造价值，过着丰富而有意义的生活。

　　对普通人而言，岁月能如此度过，便已是丰足。

后　记

　　为何写小说？首先是想做点有意义的事情，而文字是我唯一熟悉并以为能驾驭的东西。其次是我觉得小说很迷人，乌托邦式的小说世界比现实更广阔也更多样，在我阅读了无数好的小说之后，便萌生了自己也写一本的念头。

　　促使我动笔的是一次偶然的闲谈。那天，同事来我办公室，谈完工作后，跟我讲了一件发生在其朋友身上的事：女士年近四十，没有工作，在家专职带女儿。她的丈夫常年在外地经商，一年只回家一趟。后来有人道出了真相，女士这才得知丈夫不仅一直在本市，而且已经家外有家。同事叙述了诸多细节，包括女士如何贤惠、丈夫给她的生活费少得可怜、她去寻找丈夫时的绝望神情。我异常震惊，在谴责那个失德丈夫的同时，对遭遇背叛、欺骗的女士既同情又惋惜。

　　情爱的本质是什么？女性该如何提升自己、应对命运的挑战？我们应该如何维护婚姻和家庭、合乎其道地度过此生？我开始探索人性中的隐秘部分，并决定以上述事件为蓝本，虚构一个故事，把自己的感悟分享给读者。

　　但写作竟如此艰难，是我始料未及的。它就像一个人在丛林里跋涉，长路漫漫，唯有寂寞相伴。三年多时间里，我沉浸在写作之中，起草，修改，重写，反反复复，耗尽了精力。时间变得如此狡猾，稍不留神，便如鱼入江河般消逝了。我几乎闭门不出，放弃了所有享乐，全力以赴地做着这件事。这过程如同攀登一座高峰，越往上越感到力不从心。在精疲力竭的时候，我也信心动摇，想放弃算了；但我的先生鼓励我，让我重新鼓起勇气，坚持了下来。我感谢他，正是他的理解和支持，才让我走一步、再走一步，最终走完了全程。可以说，没有他就没有这本书。

一切收获都归于心灵。有些话，时过境迁之后已不再重要，说不说其实也无所谓了。当我日复一日坐在书桌前，写作便成了我的生活方式。这种生活方式与修行类似，它促使我不断学习和思考，让我的心远离现实的繁芜，如一叶湛蓝湖水中随意漂荡的小舟，在宁静、和谐之中，自由并快乐着。终于懂得，世上并不存在别样的风景，我出发，历经艰难困苦，只是让心灵抵达了一个和平的国度。我奋力攀登，站到了相对的高处，此时此刻，仰视日月星辰，俯瞰江河大地，我的心胸已豁然开朗。

与梭罗来到瓦尔登湖畔一样，我选择一方幽僻的土地，辛勤开垦，种下花苗，时时护理、浇灌。熬过严冬，春天降临了。花园里万紫千红，一派欣欣向荣的景象。我不知道会不会有人经过我的花园，停下来看看我的花儿。但看不看都没有关系，这是我想要的花园，别人喜欢或不喜欢均无妨。

隐者一白

2021 年 12 月于书斋

图书在版编目(CIP)数据

空谷云影 / 隐者一白著 . —杭州：浙江工商大学
出版社，2022.10
　ISBN 978-7-5178-5110-3

　Ⅰ. ①空… Ⅱ. ①隐… Ⅲ. ①长篇小说—中国—当代
Ⅳ. ①I247.5

中国版本图书馆 CIP 数据核字（2022）第 159870 号

空谷云影
KONGGU YUNYING
隐者一白　著

责任编辑	沈明珠
责任校对	李远东
封面设计	宇　声
责任印制	包建辉
出版发行	浙江工商大学出版社
	（杭州市教工路 198 号　邮政编码 310012）
	（E-mail:zjgsupress@163.com）
	（网址:http://www.zjgsupress.com）
	电话:0571-88904980,88831806(传真)
排　　版	杭州宇声文化艺术有限公司
印　　刷	杭州良诸印刷有限公司
开　　本	880mm×1230mm　1/32
印　　张	9.5
字　　数	260 千
版 印 次	2022 年 10 月第 1 版　2022 年 10 月第 1 次印刷
书　　号	ISBN 978-7-5178-5110-3
定　　价	50.00 元